言葉と他者

小林秀雄試論

権田和士

青簡舎

言葉と他者　小林秀雄試論　目　次

序論　〈聖なるもの〉の表象をめぐって

近代という時代は、人間の様々な活動が宗教的権威から離脱していく過程と見ることが可能であろうが、現代に至るまで、熱心な宗教家は常に存在してきたし、また自らの信ずる宗教上の教えと世俗社会のありようとのギャップに悩む信者たちも多く存在している。この事実は、どれほど世俗化が進んだとしても、宗教的発想が生き延びていくことを示唆している。宗教的迷妄が根深いのではなく、宗教が「死すべき存在」[1]であるという人間の絶対的事実に根ざしているからであろう。次に掲げる漱石の「琴のそら音」(『七人』一九〇五・五)の一節は、そのような近代社会に生きる人間が、時おり抱く死の想念のありようを的確に描き出している。

考へて見ると学校に居た時分は試験とベースボールで死ぬと云ふ事を考へる暇がなかつた。卒業してからはペンとインキと夫《それ》から月給の足らないのと婆さんの苦情で矢張り死ぬと云ふ事を考へる暇がなかつた。人間は死ぬ者だとは如何に呑気な余でも承知して居つたに相違ないが、実際余も死ぬものだと感じたのは今夜が生れて以来始めてゞある。夜と云ふ無暗に大きな黒い者が、歩行《ある》いても立つても上下四方から閉じ込めて居て、其中《なか》に余と云ふ形体を溶かし込まぬと承知せぬぞと逼る様に感ぜらるゝ。余は元来呑気な丈に正直な所功名心には冷淡な男である。

死ぬとしても別に思ひ置く事はない。別に思ひ置く事はないが死ぬのは非常に厭だ、どうしても死に度《たく》ない。死ぬのは是程いやな者かなと始めて覚つた様に思ふ。雨は段々密になるので外套が水を含んで触ると、濡れた海綿を圧す様にじく〳〵する。（傍点原文）

漱石自身、後年「自分の位地や、身体や、才能や、――凡て己れといふものの居り所を忘れがちな人間の一人として、私は死なないのが当り前だと思ひながら暮らしてゐる場合が多い」（『硝子戸の中』一九一五年刊）と、主人公「余」とほぼ同様の感想を記している。

小説では露子がたまたま無事であったため、主人公は前夜の自己の想念を気恥ずかしく感じ、ばかばかしい妄想として片づけてしまうが、そこで識閾下に押しやられたものは、人間が死すべきものである以上、いつか再び主人公の意識を襲うはずである。そのように考えるからであろうか、床屋の職人たちの幽霊談の滑稽さや、主人公たちの大きな笑い声にもかかわらず、「気のせゐか其後露子は以前よりも一層余を愛する様な素振に見えた」という主人公の幸福な感想に一抹の空虚感が伴うように私には感じられる。

幸福な結末と読後感との齟齬は、主人公が抱く自他の死という想念に、雨でずぶ濡れになった外套の不快な触感など、主人公の身体感覚によって、殆ど生理的感覚にちかいリアリティが与えられていなければ生じない。この小説の夜の場面で、執拗なまでに不吉な想念と不快な感覚刺激を主人公に与えている作者の苦心もおそらく、概念的な空疎さに陥りがちな死の観念を主人公や読者にいかにリアルに感じさせるか、という点にあったと思われる。先に引用した場面とは別に、自宅の床の中にいる主人公を襲う不安も詳細に描写されているので、その場面も見ておきたい。犬の陰鬱な遠吠えを細密に描写した後、遠吠えが止んだ夜の静寂の中で主人公の想念が語られている。

> 吾心のみは此静かな中から何事かを予期しつゝある。去れども其何事なるかは寸分の観念だにない。性《しやう》の知れぬ者が此闇の世から一寸顔を出しはせまいかといふ掛念が猛烈に神経を鼓舞するのみである。今出るか、今出るかと考へて居る。髪の毛の間へ五本の指を差し込んで無茶苦茶に掻いて見る。一週間程湯に入つて頭を洗はんので指の股が油でニチヤ〱する。此静かな世界が変化したら――どうも変化しさうだ。今夜のうち、夜の明けぬうち何かあるに相違ない。此一秒も待つて過ごす。此一秒も亦待ちつゝ暮らす。（中略）天井に丸くランプの影が幽かに写る。見ると其丸い影が動いて居る様だ。愈《いよいよ》不思議になつて来たと思ふと、蒲団の上で脊髄が急にぐにやりとする。只眼丈を見張つて慥《たし》かに動いて居るか、居らぬかを確かめる。――確かに動いて居る。

漱石がここでも、不快な触覚・聴覚・視覚などの感覚刺激を主人公に繰り返し感受させることで、「性の知れぬ者が此闇の世から一寸顔を出しはせまいかといふ掛念」とそれがもたらす不安感にリアリティを与えようとしているのは明らかであろう。ところが、引用末尾の「愈不思議になつて来たと思ふと、蒲団の上で脊髄が急にぐにやりとする」という身体感覚は実感可能ではなく、生理的な不快感によって主人公の想念に現実感を与えるこの小説の試みとは異質である。この表現が示しているのは、万一「性の知れぬ者」が現れることがあれば、この世の支柱が崩壊してしまうという恐怖感であろう。だからこそ、「余」は、この後直ちに「腹具合のせゐかも知れまい」と考え、この恐怖感を打ち消そうとするのである。怪異に魅きつけられながらも、現実的思考を決して棄てない「余」の感受性と思考を示すものであるが、それはまた漱石のものでもあった。

心理学者津田君の幽霊研究に影響された「余」の滑稽談の体裁をとる小説の結構も、当時日本において流行の兆しを見せていた心霊学[2]に対する批評として読む[3]ことを読者に促すが、今は、そうした文明批評的な側面ではなく、主人公の不安な夜の経験に表れている〈聖なるもの〉の表象について考えてみたい。というのも、一般にある人間が超越的な存在をいかに表象するか、あるいは超越的存在との接触に際してどのような感情を抱くかということは、その人物の宗教観、世界観を端的に示すと考えられるからである。

『文学論』（一九〇七年刊）の中で漱石は、宗教的対象Fは宗教の歴史的変遷の中で変化してきたが、宗教的対象Fに付随する「猛烈なる世襲の情緒」、宗教的情緒fは不変であるとの理解を示している。漱石は、「神とは吾人がなさんと欲して、なす能はざる理想の集合体に過ぎず。されば神は人間の原型なりと云ふ聖書の言は却つて人間は神の原形なりと改むべきなり」とも述べているが、この言葉はフォイエルバッハ『キリスト教の本質』と全く同根の発想を示している。

それでは、漱石は〈聖なるもの〉をいかに表象したか。「琴のそら音」においては、「夜と云ふ無暗に大きな黒い者」、また「此闇の世から一寸顔を出しはせまいか」と懸念されている「性の知れぬ者」が、主人公の感受している〈聖なるもの〉にほかならない。

ここで用いる〈聖なるもの〉という語は、R・オットー『聖なるもの』に全面的に依拠している[4]。オットーは〈聖なるもの〉という語は曖昧に用いられているのが通例であるとし、通常の意味から、倫理的要素と合理的要素を差し引いたものを表す言葉として「ヌミノーゼ」なる語を用いて、宗教に特異的な本質である〈聖なるもの〉のありようを分析して見せた。よく知られているように、オットーはヌミノーゼを端的に「戦慄すべき秘儀」と呼び、「戦慄すべき」という要素を、自然的恐怖や世界不安とは異なる「薄気味悪い感じ」を伴う「おそれ」を呼び起こすものとして捉えた。またこの「戦慄すべき」という形容が加えられている「秘儀」の純粋な要素として「驚き」または「不思議」を挙げ、理解できず説明もできない超自然的あるいは超世界的な「絶対他者」が「秘儀」とされる。そして、それは、おそれつつも「魅するもの」であり、「巨怪なるもの」であり、「神聖なるもの」であるとされている。

「琴のそら音」において「夜と云ふ無暗に大きな黒い者」や「性の知れぬ者」との接触によって主人公に生じる感情（宗教的情緒ｆ）は、オットーがヌミノーゼの分析に際して確認した諸要素（「神聖なるもの」を除く）を見事に備えている。特に、「夜と云ふ無暗に大きな黒い者」という表現は「巨怪なるもの」と合致する。

「巨怪なるもの」の具体例として、オットーは『ウィルヘルム・マイスターの遍歴時代』にある表現を挙げている。オットーの引用はわずかなので、文意がたどれるよう前後も含めて見ておきたい。ウィルヘルムが「星辰きらめく天空の驚異」に触れた場面である。

衝撃をうけ、驚愕して、彼は両眼をつぶっていた。この巨大なものは、崇高であることをやめて、われわれの理解力を超え、われわれをまさに破壊させようとする。「自己は宇宙に対していったいなにものであろうか？」と彼は彼の心に話しかけた。「いかにして自己はこれに向いあって存在し、いかにしてその中心に存在できるのか？」しかし、しばし瞑想したあとで、彼はつづけるのであった、「われわれの今晩の会話の成果が、また、現在の瞬間の謎をも解明してくれるのだ。もしも人間が、多方面にひきつけられるあらゆる精神力を、己れの内心の奥底に集中しなかったら、またもしも人間がわれとわが心に問うて、『汝の中にも、一つの間断なく動くものが、純粋な中心点をめぐって現われることがないとしたら、汝はこの永遠に生ける秩序の内部にあって、己れを考えてみることさえ許されるであろうか？　そして、この中心点を汝の胸中に見つけだすことが困難な場合にあってさえ、一つの善意ある善行をなす働きがそこから発し、それを証言しているという事実によって、汝はその中心点を認識するであろう』と尋ねてみなかったら、どうして人間は己れを無限なものに対置することが出来るであろうか。(5)」（第一巻・第十章）

ゲーテはここでウィルヘルムの前に、キリスト教の人格神ではなく、宇宙という「自然」を〈聖なるもの〉として提示している。しかし、それにもかかわらず、〈聖なるもの〉によって触発されたウィルヘルムの想念には、〈聖なるもの〉と自己が一対一で向き合い、お互いの中心点が照応することで真の自己が現れる、というまさにプロテスタント的思考と感受性そして倫理が表れている。ここでのウィルヘルムの汎神論的思考には、キリスト教の神に由来する理性と徳そして恩寵に対する信頼を見ることができる。このようなゲーテの表現と対比した時、漱石の〈聖なるもの〉の描き方の特徴もまた明らかとなる。

漱石の小説において〈聖なるもの〉が主人公にもたらす想念には道徳や論理的要素が欠落しているのである。漱石におけるこの世ならぬ不可解なものは、倫理的または論理的に洗練された宗教的存在ではなく、そのような洗練以前の原初的でグロテスクな存在として描かれている。従って、主人公はそれとの接触によって救済されることはなく、ひたすらそれをおそれることしかできない。理性や倫理の要素を持たない〈聖なるもの〉がもたらす原始的な畏怖の感情は、人間の理性と道徳が「神」に由来するものではないという認識と結びつく。漱石の小説の主人公たちは、そのような人間のみに依拠する理性と倫理をもって、全き他者の畏るべき力の前に立たされているのである。そして、この困難な状況からの解放の手段として、禅が漱石の前に現れるのだが、『夢十夜』（「第二夜」一九〇八・七・二七）が示す通り、禅もまた非合理的でおそろしい〈聖なるもの〉であった。

漱石の前に、禅が望ましいものとして現れるには、『思ひ出す事など』（「二十」一九一一・一・五）まで待たねばならない。ドストエーフスキイの神秘体験（＝癲癇の予兆）と比較しつつ語られる、修善寺の大患の際の神秘体験（＝貧血の結果）は、漱石の理解する「禅家の悟」（「虚子著『鶏頭』序」一九〇七・一二・二三）が投影されたものにほかならないが、ここでは確かに清澄な幸福感を伴って語られているからである。まことに「神は人間の鏡である」（フォイエルバッハ）。

注

（1）越智治雄『漱石私論』（角川書店　一九七一年刊）は、「死すべき存在、死に行きつつある存在」を「漱石の強烈なモティーフ」として追究した。

（2）当時の心霊学をめぐる状況は、一柳廣孝『〈こっくりさん〉と〈千里眼〉』（講談社　一九九四年刊）

に詳しい。

（3）例えば、佐藤泉『漱石　片付かない〈近代〉』（日本放送出版協会　二〇〇二年刊）は、後半の床屋談義に近代化の論理をパロディー化する「庶民的な笑い」の健全性を見ている。しかし、神経を言いつつ神経の実態を知らない職人たちの知は危うい。職人たちの依拠する知が彼ら自身の思考によって支えられていない以上、いつ「余」と同様の事態に陥らないとも限らない。明治政府が推進した啓蒙絶対主義的な改革に従順な彼らは、自らの属する社会の支配的な知が別のものとなれば、やすやすと新たな知に乗り換えるだろう。

（4）オットー『聖なるもの』（一九一七年刊　引用は岩波書店一九六八年刊による）。〈聖なるもの〉をできるだけ純粋な要素に分節しようとするオットーの試みに、一種の強引さがあるのは事実であろう。また、オットーが抽出した〈聖なるもの〉の要素も、オットー自身の所属するキリスト教的感受性を完全にぬぐい去ったものとは言えないだろうが、宗教現象を考える際に、本書は現在もなお示唆に富む考察に満ちている。

（5）『ゲーテ全集第六巻』（人文書院　一九六二年刊）による。

第Ⅰ部　自意識と他者

第一章　最初の課題――文学批判からの出発

小林秀雄は、第一高等学校在学中に、「蛸の自殺」(『跫音』一九二二・一二)、「一ツの脳髄」(『青銅時代』一九二四・七)、「飴」(『青銅時代』一九二四・九)、「ポンキンの笑ひ」(『山繭』一九二五・二)等の小説を発表しているが、東京帝国大学文学部仏文科入学後は、「佐藤春夫のヂレンマ」(『文芸春秋』一九二六・二)、「性格の奇蹟」(『文芸春秋』一九二六・三)、「人生斫断家アルチュル・ランボオ」(『仏蘭西文学研究』一九二六・一〇)、「富永太郎」(『山繭』一九二六・一一)、「測鉛」(『手帖』一九二七・五)、「芥川龍之介の美神と宿命」(『大調和』一九二七・九)「『悪の華』一面」(『仏蘭西文学研究』一九二七・一二)など、エッセイや論文に限られる。これらの中、最もまとまった文章は「人生斫断家アルチュル・ランボオ」(以下「人生斫断家」と略記)と「『悪の華』一面」であるが、後者を発表した後、小林は「様々なる意匠」(『改造』一九二九・九)まで、ランボーやボードレールについての無署名の伝記や翻訳の類以外に文章を発表していない。ここでは、「人生斫断家」と「『悪の華』一面」に共通するモチーフについて検討し、文壇登場にいたるまでの小林の課題を明らかにしたい。

1 「人生斫断家アルチュル・ランボオ」

アルチュール・ランボーについては二〇世紀前半まで、一六歳から一九歳までのわずか三年ほどの間に、早熟な才能を爆発させたかのような数々の詩を制作した後、『地獄の季節』で詩への「別れ」を歌い、文学と決別した天才詩人、という伝説が流布していた。小林の最初のランボー論「人生斫断家」も、この伝説の強い影響下にある。ランボーに関するこの伝説は、パテルヌ・ベリションやエルネスト・ドラエーらによって形成され、ポール・クローデルの序文を持つ、ベリション編『アルチュール・ランボー著作集（詩と散文）』（一九一二年刊 メルキュール・ド・フランス）によって定説化したが、一九四九年に刊行されたアンリ＝ド・ブイヤーヌ＝ド＝ラコストの『ランボーとイリュミナシオンの問題』という原稿の筆跡鑑定を基礎とした研究によって、『地獄の季節』の後『イルミナシオン』が制作されたことが主張され、『地獄の季節』においてランボーが詩作を放棄した、という伝説は無条件には受け入れられなくなっている。

ただし、ラコストの研究以後も、『地獄の季節』をランボーの絶作とする見方を捨てない論者はアンドレ・ブルトン、ロラン＝ド＝ルネヴィル、チャールズ・チャドウィック等後を絶たず、「伝説」についての諸家の見解は紛糾している。(1) 小林も、一九五七年一一月に改版された岩波文庫「『地獄の季節』後記」で、「ラコストの推定する通り厳密に言へば、『地獄の季節』がランボオの白鳥の歌ではなかつたにしろ、文学への絶縁状としてのこの作の意味には変りはないし、『千里眼《ヴォアイヤン》』

の詩論で始つた彼の烈しい反逆の詩作が、やがて自らを殺す運命にあつた事に変りはない」との見解を示し、ラコストの提出した「新説」の説得力を認めつつ、「伝説」が事実に反しているとしても、なお「文学への絶縁状」としての『地獄の季節』の意味を重視したランボー理解を改めることをしない。小林と共にランボーの読者となった富永太郎や中原中也が「『地獄の季節』の劇は興味を持たず、従って理解もしなかった[2]」とされているのとは対照的である。

『地獄の季節』における文学批判に重点をおく小林のランボー理解は、二〇世紀前半のランボー伝説に沿ったものであるとともに、小林固有の問題が投影されていたと考えられる。以下、この点に問題をしぼって、「人生斫断家」の論理を追っていきたい。

「人生斫断家」の冒頭で、小林はヴェルレーヌとの交渉、詩の放棄、砂漠の商人、とランボーの生涯を簡潔に述べた後、一転して「宿命」と「生命の理論」について次のように述べている。

> あらゆる天才は、恐ろしい柔軟性をもつて、世のあらゆる範型の理智を、情熱を、その生命の理論の中にたたき込む。勿論、彼の錬金の坩堝に中世紀の錬金術士の如き詐術はないのだ。彼は正銘の金を得る。然るに、彼は、自身の坩堝から取り出した黄金に、何物か未知の陰影を発見するのである。この陰影こそ彼の宿命の表象なのだ。この時、彼の眼は、痴呆の如く、夢遊病者の如く見開らかれてゐなければならない。或は、この時彼の眠（ママ）は祈祷者の眠（ママ）でなければならない。何故なら、自軀らの宿命の相貌を確知せんとする時、彼の美神は逃走して了ふから。芸術家の脳中に宿命が侵入するのは、必ず頭蓋骨の背後よりだ。宿命の尖端が生命の理論と交錯するのは、必ず無意識に於てだ。

ここで語られているのは、作品制作に際しての意識の領域と無意識の領域とに関わる認識である。芸術活動は意識的かつ理知的なものであるが、それにもかかわらず創作行為の結果生まれた作品の中には、制作者の計算を越えた「宿命の表象」が表れる。そして、その「宿命」は決して彼の制作理論の中へ意識化されて導入されることはない、という理解である。制作過程についてのここでの考察には、同時代に活躍していた小説家・批評家の言葉がちりばめられている。例えば、「錬金の坩堝」という言葉は、佐藤春夫の次の文章を受けたものであることは明らかであろう。

彼は彼自身のすべてを坩堝のなかへ投げ込む。さうしてその燃えて溶けてゐるところの彼自身のなかから、自分自身のうちの貴金属をのみ択び出す。この心の作用を芸術的衝動と呼ぶ。この作用の方法で、最高の彼自身を現し得る人を芸術家と呼ぶ。芸術の天才を持つと呼ぶ。

（「芸術即人間」一九一九・五）

佐藤はこの同じ文中で、「彼は自覚のうちに陶酔する。それは酒や阿片の陶酔の如く麻痺に依つてではない。完全に自己を覚醒することによつて陶酔する」とも述べている。佐藤春夫のこれらの発言は、語彙だけでなく意識的行為としての芸術観自体も、小林に供給していたと見てよいだろう。(3) また、作品制作に際しての意識と無意識の交錯に関しても、春夫同様、活発な批評活動を行っていた芥川龍之介の次の発言の影響を見ることができる。

芸術活動はどんな天才でも、意識的なものなのだ。と云ふ意味は、倪雲林が石上の松を描く時に、その松の枝を悉途方もなく一方へ伸したとする。その時その松の枝を伸した事が、どうして或効果を画面に与へるか、それは雲林も知つてゐたかどうか分らない。が、伸した為に或効果が生ずる事は、百も承知してゐたのだ。
（「芸術その他」一九一九・一一）

芥川のこの発言は、意識的芸術活動における意識と無意識の境界領域をめぐるものであるが、意識的芸術家であればあるほど、現実の制作行為以前の計算と実行結果との誤差に対して敏感にならざるを得ない。従って、芥川は「芸術その他」の後、次のように述べることになる。

気韻は作家の後頭部である。作家自身には見えるものではない。若し又無理に見ようとすれば、頸の骨を折るのに了るだけであらう。
（「侏儒の言葉」一九二五・一二）

この芥川の発言が「芸術家の脳中に、宿命が侵入するのは、必ず頭蓋骨の背後よりだ」という小林の発言の材源となっていることも疑う余地はないだろう。

佐藤春夫や芥川龍之介のこれらの言葉に導かれるようにして、若年の小林が、意識的な芸術行為について考察を重ねていたことは間違いないと思われるが、芸術という意識的行為あるいは芸術家という意識的存在のありようとその限界を、芥川らによりつつ先のように確認した後、小林はランボーの意味を次のように提出する。

彼は、無礼にも禁制の扉を放つて宿命を引き摺り出した。然し彼は言ふ。「私は、絶え入らうとして死刑執行人等を呼んだ、彼等の小銃の銃尾に噛み付く為に」と。彼は、逃走する美神を、自意識の背後から傍観したのではない。彼は美神を捕へて刺違へたのである。恐らく此処に、極点の文学があるのである。

ランボーはここでは、大正期の芸術至上主義者たちの所有していた意識的芸術家像の限界を突破した存在として捉えられている。小林にとって、ランボーはこの点において特別な意味を持っていた。「人生斫断家」は、芸術の限界点を詩作によって捕らえたランボーという詩人の在りようを、「斫断」という言葉をキーワードに、『地獄の季節』に至る詩作の変遷を辿ることによって確認したものと言ってよいだろう。

「斫断」とは、小林によれば、情緒に理知が先行した時に生じ、そこからはシニスムが生まれる、ということであるから、「斫断」という語は、現実の表層を切り裂き、文化的衣装の下に隠されているものを暴くような行為を指していると考えられる。理知の機能をそのようなものとすれば、それがシニスムを呼ぶことは容易に理解される。ところが、小林によれば「斫断」すること自体が動機となっているランボーにおいて、「斫断」によって何らかの結論や目的に到達したり、何らかの観念が帰納されることはない。僧、音楽会聴衆、図書館員、慈善看護尼、などが手当たり次第に「斫断」される初期詩編[4]に続いて、シュルレアリスムの先駆と見なすこともできるイルミナシオンを制作し、ついには、彼自身の詩作という行為、詩人という存在を「斫断」した『地獄の季節』を仕上げて、文学を捨て去った、というのが小林のランボー理解である。

凡そ職業と名のつくものがやり切れない。親方、職工、百姓、穢らはしい。ペン持つ手だつて鋤とる手だつて同じ事だ。（「悪胤」）

『地獄の季節』冒頭の詩の一節である[5]。ここでは芸術の特権性は「斫断」され、あらゆる職業と同列におかれている。この「悪胤」の一節は、『地獄の季節』末尾の詩「別れ」の次の部分と照応する。

俺はありとある祭を、勝利を、劇を創つた。俺は新しい花を、新しい星を、新しい肉を、新しい言葉を発明しようとも努めた。俺はこの世を絶した力も獲得したと信じた。扨て、今、俺の数々の創造と追憶とを葬らねばならない。芸術家の、話し手の、美しい一栄光が消えて無くなるのだ。

この俺、嘗ては自ら全道徳を免除された道士とも天使とも思つた俺が、今、義務《つとめ》を捜さうと、この粗々しい現実を抱きしめようと、土に還る。百姓だ。

芥川のような意識的芸術家でさえ、検証対象とすることを避ける必要をみとめていた最小限の無意識すら許さない、絶対的意識家という点から論を起こし、「斫断」の連続の果て、芸術の否定それ自体の芸術化を実現したというのが、小林のランボー理解の概略である。序論部の「彼は、逃走する美神を、自意識の背後から傍観したのではない。彼は美神を捕へて刺違へたのである」という鮮やかであると同時に大仰な比喩の背後には、このようなランボー像があったのである。

ただし、ランボーは芸術の一形式ではなく、芸術そのものを破壊したと言いつつも、「僕は、彼の邪悪の天才が芸術を冒瀆したと言ふまい。彼の生涯を聖化した彼の苦悩は、恐らく独特の形式で芸術を聖化したのである」と書く小林は、ランボーが芸術否定の言葉の裏でそれを「聖化」していたとの判断を示している。

こうした判断の背景には、ランボーとともに芸術を否定したわけではない小林の、文学制作へ向かおうとする欲望があったと見てよい。ランボーによる芸術批判を提示するために「別れ」を引用する際に、先に掲げた部分のうち「この俺、……百姓だ」に至る箇所を小林が省くのも、同様の理由によるものであろう。さらに言えば、ランボーが「芸術を聖化した」という判断を示す際に、「恐らく独特の形式で」としか言えなかった小林は、芸術の価値を、ランボーの否定に抗して、肯定する論理を獲得していたわけではなかったはずである。従って、小林がもし文学に携わろうとするなら、芸術を特権化せず、実生活と等価に見る視点と、芸術家としての自己の宿命を理論化することの必要性とをランボーから受け取った以上、この等価の観点から、自己の芸術家としての存在理由を肯定する論理を手に入れなければならない。

このような課題は、「常に芸術といふものを人生以上のものに考へ、人生を言はば芸術の未成品だと見做して居る俊一にとつては、それは極自然な考へ方であつた、それに就て誰が何と言はうとも……」（「私記」一九一九・一）との感慨を主人公に洩らさせている佐藤春夫や、「若し芸術至上主義を信じないとすれば、（中略）詩を作るのは古人も言つたやうに田を作るのに越したことはない。」（「文芸的な、余りに文芸的な」一九二七・八）という発言のある芥川龍之介には無縁なものであった。文学の価値を自明なものと信ずることができた、これら大正期の作家達の芸術至上主義を相対化した上で文学の存在意義を見出そうとしていた点に、プロレタリア文学運動以後の新世代の作家達の課題があったのである。

2 「『悪の華』一面」

「『悪の華』一面」の主題を、「人生斫断家」において「創造といふものが、常に批評の尖頂に据つてゐるといふ理由から、芸術家は、最初に虚無を所有する必要がある」と簡単に触れられた創造原理に求めれば、創造的自我についての分析は、確かにヴァレリー等を援用しつつより詳細に展開されており、論理は「不足なく完結して(6)」いるということもできるかもしれない。しかし、実生活と芸術とを等価とした上でなお、自身が芸術に携わることに必然性があるか、という「人生斫断家」以来の小林の課題に着目してこの評論を見ると、一見精密に見える「『悪の華』一面」の論理が、ところどころで破綻していることに気付かされる。この課題は、「『悪の華』一面」においても、次のように語られている。

凡そ如何なる芸術家も芸術を形態学として始めるものだ。彼は先づ美神の裡に住むものだ。（中略）だが詩歌とは畢に鶯の歌ではない。やがて強烈な自意識は美神を捕へて自身の心臓に幽閉せんとするのである。この時意味の世界は魂に改宗的情熱を強請するものとして出現する。僕は信ずるのだがこれは先に一目的に過ぎなかつた芸術を自身の天命と変ぜんとするあらゆる最上芸術家の経験する一瞬間である。

「人生斫断家」においては、「宿命」の認知は意識的芸術家にとっても必要な唯一の死角とされており、その唯一の死角をも捉えた例外的詩人としてランボーが論じられていたが、ここでは「宿命」の意識的獲得は、優れた芸術家に必須の条件とされている。

しかし、「『悪の華』一面」においても、芸術家たる宿命の獲得の必要性に触れて「ボオドレエルに課せられた問題はあらゆる思索家の問題である」と言い、芸術家という枠を取り払い、芸術以前の思索を問題としつつも、「思索家は認識を栄光とするが詩人はこれを悲劇とする」という「相違した資質」によって問題を回避することしかできておらず、芸術家以前の思索という自ら設定した条件に即した形では課題に応えられていない。思索家は「実在といふ死」を獲得し、詩人は「虚無といふ生」を獲得する、というような異なる結果を小林が言ったところで、問題の本質は素通りされているのである。

「『悪の華』一面」の論理は、続いて「虚無といふ生」即ち創造的自我の分析に移行する。ヴァレリーを援用しつつ展開される議論の細部については先行研究[7]に譲り、小林の発想の骨格について言えば、現実についての認識の過剰が、世界像を一度解体するが、そこから今一度現実に衝突する時、「創造」行為がうまれるというものである。ただし、ここでの「創造」も芸術的創造に限定されたものでないことは確認しておかねばならない。

　退屈は一絶対物には相違ないが、又、人間にとつて一絶対物とは畢にあらゆる行為を否定する一寂滅に他なるまい。創造とは行為である、あくまでも人間的な遊戯である。キリストにとつて見神は一絶対物であつた。然し創造ではなかつた。彼は見神を抱いて歩かねばならない。一絶対物を血肉の行為としなければならない。蓋し創造とは真理の為にでもない美の為にでもない、一至上命令の為にでもない、樹から林檎が落ちるが如き一つの必然に過ぎぬ。（傍点原文）

分かりにくい文章[8]であるが、「『悪の華』一面」において、ヴァレリーの「レオナルド・ダ・ヴィンチの方法序説」の用語を借用しつつ、小林が定義しようとした「創造」は、次のように敷衍できる。

ある人物が、思索の結果、退屈であれ、神であれ、革命であれ、ユートピアであれ、とにかく一つの観念を獲得し、そこから世界を再認識する。観念が観念として止まるならば、それを創造と呼ぶことはできない。しかし、ある観念がそれを所有する人間にとって切実なものであるなら、必然的にそこから再び現実へと向かい創造行為が呼び起こされる。そして、芸術的創造とは、「物質に対する情熱」によって、絵具なり、音なり、言葉なりに刻み付けることで実現する。

ただし、現実に対する認識の過剰によって獲得した観念を再び現実と衝突させる「血肉の行為」が「必然」であるとしても、なぜその物質化を直接現実生活において行うに加えて、言葉や絵具やに求めなければならないのか、という疑問は残る。そして、この疑問に答えることこそ、実生活と等価の観点を持ちつつも芸術を肯定する必要があった小林自身の課題であった。

しかし、小林はここでも、創造行為を絵具や色や音や言葉において行った芸術家ではなく、「キリスト」を例に取ることでその疑問を回避している。「『悪の華』一面」における創造的自我についての叙述には、ヴァレリーの援用による理論的精密化が認められるとしても、未だ論理化できていない実生活の余剰としての芸術の意義については、「キリスト」を持ち出したり、概念規定なしに大袈裟な観念的語彙を多用することによって糊塗されていると言わざるをえない。余剰行為としての芸術の存在意義の証明というモチーフが次々と論理の薄弱さを露呈させて行く「『悪の華』一面」の末尾には次のような言葉が記されている。

あらゆる芸術は畢に死す可きだ。否最後の一行を書き終つた時彼の詩は死す可きだ。芸術家とは死を創る故に僅かに生を許されたものである。

ここでも「死」という言葉は、文意を曖昧にし、論者の大仰な物言いを目立たせているが、つまりは、創作された詩篇にしろ、絵画にしろ、それが完成された瞬間から、ひとつの、物質的客観として制作者から切り離されて存在し始めるということである。注意しなければならないのは、「芸術家とは死を創る故に僅かに生を許されたものである」という一文である。芸術家の存在について肯定的に発言されている作中唯一の部分であるが、「故に」という接続詞の前後を結び付けているものは、対句的レトリックに過ぎない。このように「『悪の華』一面」を閉じねばならなかった時、この論文が、芸術と実生活を等価とする観点の上に芸術家の存在を論理的に肯定するという、自らの課題に応えていないことを小林は自覚していたはずである。

大正作家達の芸術信仰から脱却した地点に、自己の作家たる理論を獲得するという、この時点での小林に課せられた問題に焦点をあてると、「『悪の華』一面」は全くこれに応えられないで終わっていると言わざるをえない。しかも、「『悪の華』一面」に先立ち、芥川の死と同時に書かれた「芥川龍之介の美神と宿命」（一九二七・九）では、小林は次のように述べていた。

恐らく画家の脳髄は美神より宿命に向つて動くのだ、文学者の脳髄は宿命より美神に向つて動くのだ。芥川氏にはこの方向がなかつた。

ここでは、芥川批判に性急なためか、芸術家は「先づ美神の裡に住む」との「『悪の華』一面」での発言とは異なり、文学に携わる者には「鶯の歌」すら許さない過酷なものとなっている。そうであるならば、この課題に応えることなしに、作家として踏み出すことは許されないことになる。しかし、これらの文章において、文学者は自身が文学に携わる必然性に関する理論を獲得する必要がある、とは説かれているものの、それが具体的に展開されている部分は全くない。この事実は小林自身自らの文学者たる「宿命」を理論化できていないことを疑わせるに十分であろう。「芥川龍之介の美神と宿命」と「『悪の華』一面」が、発表以来長く小林の作品系列として採録されることがなかったのも理由のないことではない。[9]「芥川龍之介の美神と宿命」は、ランボー由来の観念に陶酔した批判者自身、自らが文学に携わる必然性を証明していないにもかかわらず、他者にはそれを要求するという、観念的な青年の尊大が露骨であるし、「『悪の華』一面」は、ヴァレリー摂取による詳細な理論の裏で、当時の小林にとって最も切実であったモチーフを全く展開できずに終わっていた。文学者たる以前にその宿命を獲得しなければならないという理由の下に行われた芥川批判の矛先が、小林自身にも向けられなかったはずはない。「『悪の華』一面」の後、「様々なる意匠」に至るまで、小林が創作も批評も一切公表していないゆえんである。

3 「からくり」

「『悪の華』一面」発表後、一年半の沈黙ののち一九二九年四月、『改造』の懸賞評論に応じ、小林は「様々なる意匠」を執筆する。この評論が第二位に入選し、一九二九年九月『改造』に掲載されると、小林は同年九月に創刊された『文学』に、ランボオ『地獄の季節』の訳詩の連載を開始し、一九三〇年二月には同誌に小説「からくり」を発表する。小林の幾つか発表した小説についての研究は、「おふえりや遺文」（一九三一・一一）や「Xへの手紙」（一九三二・九）に集中しているが、理由のないことではない。文壇登場以前の「一ツの脳髄」や「ポンキンの笑ひ」にしろ、文壇登場以後の「眠られぬ夜」（一九三一・九）や「おふえりや遺文」にしろ、凡そ小林の小説は、自己の内部に閉ざされた自意識の呪縛から逃れられない主人公の苦闘が描かれたものであり、自意識の処理という点でそれらの小説群の主題が一貫している以上、その到達点である「おふえりや遺文」を集中的に検討することは理にかなったものであろうし、さらに「おふえりや遺文」によって自意識という「脳髄」の中の「腫物」（「一ツの脳髄」）を潰した後、他者との関係の中に自己の姿を追求する可能性へと向かう「Xへの手紙」が、小林の文学を通時的に見た時、期を画することもまた、事実だからである。

しかし、文壇登場の直前に発表され、自意識の問題を追究した前記小説群とは異なるモチーフによる「からくり」は、小林文学の出発のありようを考察するに際して逸することのできない意味を持つ。というのも、この小説では、『悪の華』一面」から持ち越されたモチーフが再び取り上げられているからである。

小説は、飛行船ツェッペリン号から撮影した映画を「俺」が鑑賞している場面から始まる。しかし、「俺」は映像に対して殆ど関心を示さず、映画が終わると、「芸術といふ名で包摂されてゐる、人間のあらゆる意識的記号の戯れだけが、無暗と俺をスカすのは奇妙である」と、芸術に対する懐疑を漏らす。その一方で「俺」は、「本物の豚のしつぽは本物の芸術品に較べて上等でも下等でもない事を承知してゐる」と、現実の事物と芸術とを等価とする観点をも所有していることが確認される。

主人公が小説の冒頭で漏らすこのような感懐には、「『悪の華』一面」以後の小林の置かれていた精神状況が色濃く投影されている。「俺」の状況は、芸術と生活を等価とする視点を保ちつつ、芸術と自己とを結び付ける論理を獲得しようとしつつも、それができずにいる小林の状況が小説へと移行されたものと見てよいだろう。

しかし、「俺」はそうした状況の中でも「一種抒情的奇蹟を夢みて了ふ」人物であり、この性格のゆえか「俺」は水族館に入ろうとするが、自分の持ち金を実際よりも多いと思い込んでいて、入場できない。不足分の金が落ちていないか捜しながら、公園をうろつく。歩きながら、「俺」は自分の「不幸のからくり」についで考えをめぐらすが、自己解析によってゆがんだ自らの面貌もまた、解析の終点とはならずに、解析の迷路に迷いこんでいる主人公の状況が示される。「俺」はまた、「人は夢みる術を知つてゐる以上、夢の浪費を惜む事は許されまい」と夢の必要を語るが、すぐさま自らの思考を「痴呆の様な思案には倦き倦きしてゐる」と断じ去る。

こうした「俺」の思考形態は、自意識によってもたらされる自己解体の表現という点において、先にあげた小林の小説群とモチーフを共有している。しかし、この小説固有の問題は、『ドルジェル伯爵の舞踏会』（以下『舞踏会』と略記）という文学作品との接触が契機となり、「俺」という意識家の懐疑が確信へと収斂していく経緯が半ば強引に語られる小説後半部の展開にある。

公園をうろついているうちに友人に出会った「俺」はラディゲの『舞踏会』を読むよう勧められるが、その場では「どうせスカされるんだ、いやなこつた」と、芸術鑑賞に対する先の不信感を表明したものの、その夜のうちに読み終え、小説の古典的完成美に打たれる。そして、コクトーによって紹介されている「一つの色が漾つてゐる。人間共がその色の裡にかくれてゐる」というラディゲの死の直前の言葉に対して「俺」は次のような感想を抱く。

彼の眼の前に搖曳した色は、人間血液の燦然としたスペクトルだつただらうか、それとも彼の文体そのままにナトリウムのスペクトルの様な燻がかかつてゐたのだらうか、俺に知れよう筈はない。だが、俺は信ずるが、彼はある色を鮮かに見たに相違ない、その色の裡に人間共がすべて裸形にされ、精密に、的確に、静粛に、擔球装置をした車軸の様に回転するのを見たに相違ない。神の兵士等に銃殺されたこの人物が垣間みたものは、正しくこの世のからくりだつたに相違ない、そして又恐らく同じあの世のからくりだつたに相違ない。

映画には「スカされ」、水族館には入場を拒否された「俺」であったが、「本物の豚のしつぽ」同様の「本物の芸術品」に出くわしたわけである。『舞踏会』を読む以前は自己の思考も感受性も信用することのできなかった「俺」であったが、この小説の読後感は「信ずる」。

ラディゲが見たという「一つの色」とその中を動く「人間共」に対する分析の表現である『舞踏会』に対して示される「俺」の共感は、ラディゲの創造行為に対する共感にほかならないが、この信頼の表明の後、「俺」は、自分を支えているのはただ過去に過ぎず、その自分の過去も「所詮俺には赤の他人に過ぎまい」と考え、「一切が失はれた様に思ひ、光りが走る様な音」を聞く。「俺」の過去との切断を象徴する表現であるが、小説はこの後、夜が明けた街に出ていこうとする主人公が門口で「こんな石段を二百四十七も登ると雪の中にケチな御堂があります。(中略) 渡り鳥の大群が風で凹んだり出つぱつたりし乍らやんやん飛んで来ます」などとと書かれた従弟からの絵はがきを読んだ場面で、次のように閉じられている。

俺は感服して曇つた寒空を見上げた。俺の首は渡り鳥を捜さうとしたものらしい。

小説の開始時点では、芸術という「意識的記号の戯れ」に対する不信感を表明していた「俺」であったが、ここでは、知らず識らずのうちに言語表現を信頼し、空を見上げる。語り手はこの自己の姿を恥ずかしそうに描いているが、小説の冒頭部のような自虐的な自意識は発動せず、言語表現に対する「俺」の信頼と共に小説は閉じられる。

このように展開する「俺」の叙述の総体を「からくり」と名付ける作者には、「俺」には見えていない「心のからくり」――すなわち小説の最終部に至って言語表現に対して無意識の裡に信頼を表す「俺」の心理の必然――は見えていたはずである。

そして、この小説は、後に小林の最初の著作集『文芸評論』（一九三一年刊）の冒頭に置かれることになる。この著作集は、原則として「様々なる意匠」以後の評論を執筆順に並べていく構成となっているのだが、この原則に反するテキストの一つが冒頭の「からくり」であり、もう一つは掉尾の「批評家失格」である。このことは、批評家として文壇に登場した小林にとって、この二つのテキストが格別の意味を持っていたことを示唆している。「からくり」について言えば、小林の最初の著作集の冒頭に、文壇への登場を果たした「様々なる意匠」ではなく、この小説が置かれたことは、自身が文学に携わることの必然性の証明という、「人生斫断家」以来の課題に対する小林なりの回答としての意味を、この小説が持っていたからにほかならない。

4 「ランボオⅡ」

文学が自分にとって必要であることを、小林は「からくり」において、ともかくも言語化したわけであるが、「からくり」は自身にとって文学が必要であることについての心理的表現ではあっても、自らが文学に携わる必然性の論理的証明と呼べるものではない。その点では、この小説によって、実生活と芸術を等価とした上でなお、芸術に自らが携わることの理論獲得という「人生斫断家」以来の課題が克服されたわけではない。従って、小林がこの後、文学に就くならば、ランボーの『地獄の季節』に心酔し、芥川批判において先鋭化させた、文学者は先ず芸術家たる天命の認識から始めねばならないとする、かつての自他に対する命令を解く必要がある。一九二六年の「人生斫断家アルチュル・ランボオ」から四年後、再びランボーと向き合わねばならないゆえんである。

『文芸春秋』での文芸時評連載に先立ち、小林はランボオ詩の翻訳を始め、それらを収録した『地獄の季節』を一九三〇年十月に刊行したこともあって、この年小林は、ランボー関係の文章を四篇発表している。発表順に、「ランボオⅡ」の原型とされている「横顔」（『詩神』一九三〇・二末尾に「昭和四年十二月廿三日」と執筆時が記されている）と、『地獄の季節』刊行の月に発表された「アルチュル・ランボオ」（『ふらんす』一九三〇・一〇）と、『地獄の季節』に収められた「ランボオⅡ」（末尾に「昭和五年九月」と執筆時が記されている）、アルチュル・ランボオの恋愛観」（『詩神』一九三〇・一二）である。ランボーの恋愛観という課題に従って書かれた「アルチュル・ランボオの恋愛観」の他は、すべてランボーとの訣別がモチーフとなっている。
一九三〇年刊行の『地獄の季節』巻頭に、「人生斫断家」を改題・改稿した「ランボオⅠ」に続いて並べられている「ランボオⅡ」は、緒言というにはあまりに訳者の個人的色彩が濃く、特異な印象を与える。その冒頭は次のようなものである。

四年たつた。

若年の年月を、人は速やかに夢みて過ごす。私も亦さうであつたに違ひない。私は歪んだ。ランボオの姿も、昔日の面影を映してはゐまい。では、私は、今は狷介とも愚劣ともみえるこの小論に、而も、聊かの改竄の外、どうにも改変し難いこの小論に、何事を付加しようといふのだらう。常に同じ振幅を繰り返さなかつた私の孱弱な心を、こゝに、計量しなければならないのか。

私はこの困難を放棄する。

直前にある「ランボオⅠ」との距離がことさらに強調されているが、前作との距離をこのように強調するのは、ランボーの行った芸術批判を通過した上でなお自己の芸術家としての宿命を獲得しなければならない、という課題を果たすことができなかったからである。既述したような、「『悪の華』一面」以後の小林自身の状態はこのエッセイでも次のように繰り返されている。

私は彼の白鳥の歌を、のつけに聞いて了まつた。「酩酊の船」の悲劇に陶酔する前に、詩との絶縁状の「身を引き裂かれる不幸」を見せられた。以来、私は口を噤むだ。いやいや、たゞ、私の弱貧の為にも、私は口を噤むで来た筈だ。

芸術に携わる以前に芸術家としての宿命の認識から始めねばならない、という論理によって芥川を徹底的に批判したにもかかわらず、同じ課題に自ら応えることができずに終わった『悪の華』一面」以後、「様々なる意匠」に至るまで、自身に沈黙を強いてきたことの確認である。しかし、既に「様々なる意匠」を発表し、文芸批評家としての活動を始めている「ランボオII」執筆時点での小林は、既にこの沈黙を破っている。しかも、自ら課した文学活動の禁止解除は、「からくり」に表れていたように心理的なものに過ぎず、論理的に乗り越えられたものではなかった。その意味では、ランボーの詩から獲た観念を、小林は自身の思想として血肉化することに挫折した、と言ってよい。

　芸術といふ愚かな過失を、未練気もなくふり捨て、旅立つた彼の魂の無垢を私が今何としよう。彼の過失は、充分に私の心を攪拌した。そして、彼は私に何を明かしてくれたのか。たゞ、夢をみるみじめさだ。だが、このみじめさは、如何にも鮮やかに明かしてくれた。私は、これ以上の事を彼に希ひはしない、これ以上の教に、私の心が堪へない事を私はよく知つてゐる。

ランボーに陶酔し自他を批判してきたことの愚かさに対する自覚である。このような自己認識の下にいる小林は、自身の現状を、「ランボオII」末尾で次のように述べている。

　人々は其処此処の土を掘り、鼠の様に、自分等の穴から首を出し、あたりを見まはす。私も、やがて私の穴を撰ばねばなるまい。そしてどの穴も同じ様に小便臭からう。

　文壇への登場を果たし、華々しい批評を展開し始めた一九三〇年当時抱いていた自己イメージであるが、借り物の観念に陶酔し現実を見失っていた自己の観念性の自覚とその反動としての自己卑下が露わに見てとれる。文壇登場時の小林は、文学を、実生活の余剰としてでもなく、ましてや「芸術家の栄光」などとは無関係な、生業として捉えていた。ランボーに対する観念的な陶酔から醒めて見いだした、このような自己意識とともに小林の実質的な文学活動が開始されていたことは記憶しておく必要がある。

小林が、最初の文芸時評「アシルと亀の子Ⅰ」（一九三〇・四）で、「作家が理論を持つとは、自分といふ人間（芸術家としてではない、たゞ考へる人としてだ）が、この世に生きて何故、芸術製作などといふものを行ふのか、といふ事に就いて明瞭な自意識を持つといふ事だ。少くともこれの糺問に強烈な関心を持つ事だ。言はば己の作家たる宿命に関する認識理論をもつ事である」と『悪の華』一面」当時の課題を縮小しつつも、「私はたゞ貧乏で自意識を持つてゐるだけで、私の真実な心を語るのに不足はしないのだ」と述べ、借り物の理論によって自他を裁断しないことを、自らの批評の唯一の基準として批評活動を開始することができたのは、文壇登場以前に、これまで見てきたような葛藤を経た自己認識を既に得ていたからである。この認識によって小林の文芸時評は、マルクス主義文学全盛の時代において異彩を放ったのであり、当時にあって最新のフランス文芸思潮についての知識や理論が、小林の批評の水準を保証していたわけではない。さらに言えば、ランボーに心酔し理論に陶酔した自身に対するさめた認識こそが、昭和初年代におけるマルクス主義文学以後の文学的課題を、「思想の干渉を受けた人間の情熱」（『紋章』と『風雨強かるべし』を読む」一九三四・一〇）という側面から担うことを可能にさせたのである。

注

（1）そして現在では、ラコストの研究に情報の改竄があったことなどがアンドレ・ギュイヨーによって指摘されたこともあって、『地獄の季節』以後『イリュミナシオン』が書かれたというラコスト説も以前のような説得力を持ってはいない。現在のランボー研究の水準においては、『地獄の季節』よりも前に開始された『イリュミナシオン』が『地獄の季節』以後まで書き接がれた、という理解が常識的なものとなっているようである。本稿におけるランボー研究の現状についての叙述は、主に『ランボー全詩集』（青土社　一九九四年刊）の中地義和「解題と注・『イリュミナシオン』」による。

（2）大岡昇平『富永太郎』（中央公論社　一九七四年刊）

（3）小林が佐藤春夫から多大な影響を受けていたことについては山崎行太郎「小林秀雄の先駆者」（「佐藤春夫論（三）」『三田文学』一九九二・二）が既に力説している。

（4）白水社版『地獄の季節』（一九三〇年刊）では削除されたが、初出「人生斫断家アルチュル・ランボオ」では、「斫断面の羅列」として初期詩篇から「タルチュフ懲罰」、「音楽会で」、「椅子に坐つた人達」、「慈善看護尼」などが引用されていた。

（5）引用は、小林秀雄訳『地獄の季節』（白水社　一九三〇年刊）による。

（6）樫原修「〈出発〉の神話」（『国語国文論集』一九八三・三）

（7）「『悪の華』一面」におけるヴァレリーからの影響関係についての論考は、清水孝純「小林秀雄のヴァレリー援用」（『比較文学』一九六六・一〇）や、清水徹「日本におけるポール・ヴァレリーの受容について」（『文学』一九九〇・秋）などがある。

（8）この辺りの記述の分かりにくさは、現実、虚無、死、生、という言葉を様々な水準で使用している点に起因している。例えば、現実（及びそれと同義に用いられている死）という語は、社会、自然、素材等の言葉に換言した方が適当である場合が多い。小林は、それらをすべて、最も抽象度の高い一群の言葉で論理を形成している。こうした文体的特徴にも、「『悪の華』一面」当時の小林の自閉した観念性が表れている。

（9）「芥川龍之介の美神と宿命」と「『悪の華』一面」は、一九七四年二月刊行の新潮社版『小林秀雄全集第二巻』に至るまで、それ以前の二度の全集も含め、小林の単行本に収録されなかった。

※この章では小林秀雄の著作の本文は初出により、漢字は適宜新字に改めた。

第二章　小説から批評へ――小説の言葉、批評の方法

「様々なる意匠」（一九二九・九）により文壇に登場した小林秀雄は、翌年の四月から、『文芸春秋』の文芸時評欄を一年間担当し、批評家としての地位を確立した。しかし、当時の小林は、「私は嘗て批評で身を立てようなどとは夢にも思つた事がない、今でも思つてはゐない。文芸批評といふものがそんなに立派な仕事だとは到底信ずる事は出来ぬ」「批評は己れを語るものだ、創作だ、などと言つてみるが、所詮得心のいくものぢやない」（「感想」一九三〇・一二）と公言していたように、批評家としてではなく小説家として立とうとしていた。

この点については、河上徹太郎に「『文芸春秋』で月評をやつてゐる頃彼は、オレは一年間月評であばれたら、後は誰が何といつても小説を書くんだ、といつてゐた」[1]との証言もある。事実、小林は『文芸春秋』の連載の終わった一九三一年に、「眠られぬ夜」（『古東多万』一九三一・九）と「おふえりや遺文」（『改造』一九三一・一一）を発表している。小林が小説の筆を断ち、批評に専念するのは、「Xへの手紙」（『中央公論』一九三二・九）以後のことなのである。ここでは、小林の最後の小説「Xへの手紙」の分析を通して、小説家としてではなく文芸時評家として文壇に登場した小林が、自らを批評家として再構成していく過程を辿り、併せて、小林の批評方法についても検討したい。

1　語り手と作者

この世の真実を陥穽を構へて捕へようとする習慣が身についてこの方、この世はいづれしみつたれた歌しか歌はなかつた筈だつたが、その歌はいつも俺には見知らぬ甘い欲情を持つたものの様に聞えた。で、俺は後悔するのがいつも人より遅かつた。と俺は嘗て書いた事がある。今君に少し許り長い手紙を書かうと思ふ折からふとこの言葉を思ひ出した。どうもよくない傾向だと思ふ。以前書いた自分の言葉をふと思ひ出すなどとは、どうせ碌なことではない。

「Xへの手紙」はこのように語り始められている。冒頭の一節は、小林の最初の著作集『文芸評論』（一九三一年刊）に収められている「批評家失格」（一九三一・二　現行題「批評家失格II」）における、「この世の真実を、陥穽を構へて、捕へようとする習慣が、私の身について此方、この世は壊血症の歌しか歌はなかつた筈だつたが、その歌は、いつも私には、美しい、見知らぬ欲情も持つてゐるものと聞えたのだ。／で、私は、後悔するのが、いつも人より遅かつた」という文章を踏まえたものである。

また、「俺」は「探る様な眼を向けた処でなんの益がある。俺が探り当てた残骸を探り当てて一体なんの益がある」「和やかな眼だけが恐ろしい、何を見られてゐるかわからぬからだ。和やかな眼だけが美しい、まだ俺には辿りきれない、秘密をもつてゐるからだ」とも語っているが、これも同じく『文芸評論』に収められている「批評家失格」（一九三〇・一一　現行題「批評家失格I」）で語られていた「探る様な眼はちつとも恐かない、私が探り当てて了つた残骸をあさるだけだ。和やかな眼は恐ろしい、何を見られるかわからぬからだ」という小林の発言の反復といってよいものである。

さらに、「人並みに卅になつて、はじめて自分の凡庸がしみじみと腹に這入つた」「君も知つてゐる通り、いつとは知らず俺は文学に関する批評文を製造して口を糊するまはり合はせとなつてゐる」という記述も、作者である小林自身の当時の年齢・職業に正確に対応している。

この小説の語り手「俺」と批評家小林秀雄とが重ねられていることは明らかであるが、批評家小林秀雄が一人称で語るという設定は、同時代の読者にとって、「Xへの手紙」を小説として読むことを困難にしていた。例えば、発表当時、杉山平助は「友人に宛てた思想的独白とも云ふべきもので、小説として創作欄に組こむのがもと〳〵間違つたシロモノ」(2)と評し、河上徹太郎も「小説といつていいかどうか判らないもの」(3)とジャンルに関する疑念を表していた。この作品のジャンルに関する同時代の困惑は、このテキストの重要な性格を示唆していると考えられるが、戦後になると、「Xへの手紙」を「思想家の私小説」とし「日本の私小説形式」を「拡大し、同時に爆発」(4)させたという見解が大岡昇平によって提示される。「Xへの手紙」を小説として受け取り、かつ私小説形式のパロディをそこに読みとるものである。

大岡の読みをさらに分析的に展開したのが中村光夫である。中村は、「Xへの手紙」について小説か評論か疑問があるとした上で、この作品について「小説のボーダーラインを目ざした」ものという判断を示し、「たしかに小説的な性格は、この手紙の宛先である『X』という人物がまったく架空の人物であることです。宛名が架空であれば、それにたいして手紙を書く筆者も、いくぶん仮構の存在になるわけです(5)」という理解を示している。「いくぶん」という形容が曖昧だが、中村の主張は小説の語り手「俺」と生身の作者小林秀雄とが異質の存在であることを、小説理論の側面から指摘したものである。この小説の語り手「俺」にとって「君」は実在する人物であり、また叙述もその「君」に向かって「手紙」として書かれているのに対し、生身の作者小林にとっては「手紙」も「君」も仮構されたものであり、小林の現実と異なる水準にあるからである。従って、その仮構の枠の中で叙述する主体である「俺」も、「手紙」や「君」と同様に、仮構された存在であるほかない。確かに「俺」は限り無く作者小林に似せて設定されているとしても、小説に実現されている語りの性質上、「俺」は「生身の小林秀雄」とイコールとはなりえない、という論理である。

「Xへの手紙」が「たしかに小説」である、ということを中村は論証してみせたわけだが、その論理は、小説の定義を言説の仮構性にもとめつつ、仮構概念の拡大により小説概念を拡大したうえで、小説としての地位を与えるというものであった。そして、その後再び、「俺」を「抽象化された精神としての作者」として、語り手を作者と重ね合わせて、「精神の私小説」という位置を与えたのである。

「Xへの手紙」の小説としての性格は、中村のこの理解によってほぼ定められたといってよい。この後「Xへの手紙」は、少数の例外(6)を除いて、ジャンルに関する疑惑が提出されることはなくなり、替わって「私小説」性が強く意識されるようになった。ただし、大岡や中村によって与えられたこの小説の「私小説」性は、反転して「俺」の仮構性を浸食させかねないものであった。事実、関谷一郎は「Xへの手紙」が小説であることについては疑いを示さないものの、「語り手の『俺』は生身の小林秀雄と等身大である」という判断の下に、「私小説の克服という観点」に立って、「Xへの手紙」に「おふえりや遺文」からの「後退」を読みとっているし[7]、樫原修も「この物語の向こうに透いてみえるのが小林自身の生身」であり、「小林のとった〈方法〉は、作品を構造化するためのものではなく、いわば作者の告白への含羞を隠すものでしかない[8]」との理解を示している。両者は、このような論理を展開する際に、「俺」と「生身」の小林とをさりげなく重ね合わせているが、その時、大岡の私小説形式の破壊という理解を支えていたはずの思想家の「私小説」という限定がはずされ、中村が「精神の私小説」という概念を提示する際に、その対抗概念とした「生活の私小説」との混同が生じている点は注目に値する。こうした混同は、大岡や中村が「小説」概念を拡大するとともに、結果として「私小説」概念をも拡大したことを示しているからである。

要するに、「Xへの手紙」の語り手「俺」≒批評家小林秀雄という設定は、同時代の評者達に対しては、小説ジャンルから逸脱する指標となり、小説として読まれることを困難にしていたのであるが、近年の評者達に対しては、小説として受け取ることを拒ませはしないものの、叙述内容の事実性・非虚構性の指標となり、小説の主人公と生身の作者とを同一視するような「私小説」的読みを生産させる原因となっているのである[9]。

しかし、語り手「俺」と批評家小林秀雄との同一性が繰り返し示され、小林の書いた批評テキストまで参照されている一方で、この小説では「俺」の生活に関する具体的情報はまったく欠けている。つまり、小説の語り手「俺」と「小林秀雄」との関係は、批評家小林秀雄≒「俺」≠生活者小林秀雄、と図式化できるものとなっているのである。こうした語り手と「小林秀雄」との関係は、「Xへの手紙」が小林の実生活とは不連続であると同時に、小林の他の批評テキストとの同質性を指向していることを示している。言い換えれば、この小説においては、小説の言語も批評の言語もともに生活者としての作者と水準を異にする領域の言語であることが示され、同時に小説と批評というジャンルの境界が無化されているということである。この点で、「Xへの手紙」は、読者の制度的ジャンル意識に抵触するものを孕んでおり、同時代の読者が小説か批評かにとまどったのも尤もなことであった。

2　小説から批評へ

「俺」と批評家小林秀雄との同一性を小説の冒頭部で明示した後、語り手は、写りの良すぎる「姿見」によって性格を紛失した経験について語り始める。

なんのことわりもなくカメラ狂が一人俺の頭の中で同居を開始した。叩き出さうと苛立つごとに、彼は俺の苛立つた顔を一枚づつ撮影した。疲れ果てて観念の眼を閉ぢてみても、その愚かしい俺の顔はいつも眼前にあつた。

複雑な抽象的な思案に耽つてゐようと、たゞ単に立小便をしてゐようと、同じ様にカメラは働く。凡そ俺を小馬鹿にした俺の姿が同じ様に眼前にあつた。俺にはこの同じ様にといふ事が堪へられなかつた。何を思はうが何を為ようが俺には無意味だ、俺はたゞ絶えず自分の限界を眼の前につきつけられてゐる事を感じた。夢は完全に現実と交錯して、俺は自分の為る事にも他人の言ふ事にも信用が置けなかつた。

具体的な出来事の記述には欠けるものの、この回想が明かしているのは、自分の姿を明らかにしようとして働き始めた自意識が止むことのない自己解析を開始し、自己像が合わせ鏡に映る像のように虚の焦点に解消されてしまう自己解体の経験である。そうした状態から語り手は、さらに「懸命に何かを忍んでゐる、だが何を忍んでゐるのか決してわからない。極度の注意を払つてゐる、だが何に対して払つてゐるのか決してわからない」というような、対応する現実を持たない空虚な感覚の中をさまよい、「生きようと思ふ心のうちに、何か物理的な誤差の様なもの」を感じ、「自殺のまはりをうろつ」く事態にいたる。その経験について、語り手は次のような奇妙な告白をしている。

俺は今までに自殺をはかつた経験が二度ある、一度は退屈の為に、一度は女の為に。俺はこの話を誰にも語つた事はない、自殺失敗談くらゐ馬鹿々々しい話はないからだ、夢物語が馬鹿々々しい様に。力んでゐるのは当人だけだ。大体話が他人に伝へるにはあんまりこみ入りすぎてゐるといふより寧ろ現に生きてゐるぢやないか、現に夢から覚めてるぢやないかといふその事が既に飛んでもない不器用なのだ。俺は聞手の退屈の方に理屈があると信じてゐる。

自殺失敗談の馬鹿馬鹿しさを言いつつも、自らの自殺未遂を語っているこの部分は、自己言及文がその文自体の意味を破壊する、例の「私は嘘つきだ」という文に代表される嘘つきのパラドックスと同様の構造を持っている。自己告白という語りの形式が孕む矛盾を示し、告白形式に対する懐疑を生産しているのである。しかも、この小説は、語り手自身の文章の引用とその引用行為に対する自注から語り始められ、「ではさよなら。君が旅から帰る日に第一番に溜りで俺と面会しよう。俺は早くから行つて君を待つてゐる。だが俺が相変らず約束をうまく守れない男でゐる事を忘れてくれるな。俺は大概約束を破つて了ふ様な事になるだらうと心配してゐる」という意識家の自嘲的な叙述で閉じられている点に露わなように、徹底して自己言及的な叙述から成っているのである。

この事実は、「Xへの手紙」のディスクールの総体が自己言及文のパラドックスの中に投げ込まれていることを示しているが、嘘つきのパラドックスに代表される自己言及文の特徴[10]は、対象言語であるテキスト自身の内部でその意味を確定させることが不可能な点にある。[11]ここで、「俺」＝批評家小林秀雄という語り手の設定によって示されている「批評家小林秀雄という枠」がこの小説理解において重要な意味を持つことになってくる。この「批評家小林秀雄」というテキスト外部の参照枠によって、自殺失敗談に続けて語られている恋愛論は、単なる語り手の恋愛観の提示とは異なる意味を立ち上げるからである。

「俺は恋愛小説を書く才能を持つてはゐないし、それに自分のしでかした事件の顚末を克明に再現しようといふ、或る種の人々の持つてゐる奇妙な本能を持つてゐない」と、私小説批判めいた発言によってその具体的事実の報告を忌避しつつ、恋愛観を語り始める。そしてその際に、「俺はよく考へる。俺達は皆めいめいの生ま生ましい経験の頂に奇怪に不器用な言葉を持つてゐるものではないのだらうか、と。たゞさういふ言葉は当然交換価値に乏しいから手もなく置き忘れられてゐるに過ぎない。（中略）とまれ小説を書かうと思つて書かれた小説や、詩を書かうと思つて書かれた詩の氾濫に一切の興味を失つて了つた今、俺は他人のさういふ言葉が、俺の心に衝突してくれる極めて稀れな機会だけを望んでゐると言つてい丶」と語り、記号化を拒む言葉の発生の場として恋愛経験が位置づけられ、批評対象とするに足る言語表現の出現を渇望する語り手の期待が示されている。恋愛に関連して、小説や詩についての価値判断という文芸批評に関わる意識が呼び起こされているのである。さらに続く場面で、恋愛関係の中で行われる自他の認識について、次のような考察を「俺」は披露する。

俺は恋愛の裡にほんたうの意味の愛があるかどうかといふ様な事は知らない、だが少くともほんたうの意味の人と人との間の交渉はある。惚れた同士の認識が、傍人の窺ひ知れない様々な可能性を持つてゐるといふ事は、彼等が夢みてゐる證拠とはならない。世間との交通を遮断したこの極めて複雑な国で、俺達は寧ろ覚め切つてゐる、傍人には酔つてゐると見える程覚め切つてゐるものだ。この時くらゐ人は他人を間近かで仔細に眺める時はない。あらゆる秩序は消える、従つて無用な思案は消える、現実的な歓びや苦痛や退屈がこれに取つて代る。一切の抽象は許されない、従つて明瞭な言葉なぞの棲息する余地はない、この時くらゐ人間の言葉がいよいよ曖昧となつていよいよ生き生きとして来る時はない、心から心に直ちに通じて道草を食はない時はない。惟ふに人が成熟する唯一の場所なのだ。

「俺」の理知的な自己解析が、現実から徐々に遊離して行き、事実を確定する力を失い、思考や感覚自体の空虚感をもたらしたのとは対照的に、恋愛状態にある人間の認識は、他人からその現実性を疑われようと、本人達の交渉に根付いており、その現実感が失われることはない、とされている。そして、恋愛感情とともに他者へと向けられる言葉は、通常の記号的意味以上の負荷が加えられ、意味を確定することは困難ではあるが、しかし無意味や混乱とも異なる「生き生き」としたものであるという。恋愛は優れた言語経験の場として位置づけられているのである。

ここで、「Xへの手紙」に七ヶ月先だって発表していた「批評に就いて」（一九三二・二）を参照してみよう。先に確認したとおり、この小説は、テキスト外部の批評家小林の発言を参照することを拒否しない、むしろそれらを積極的に参照することを期待しているテキストだからである。そこには、次のような、「Xへの手紙」で語られている恋愛観とほぼ重なる発言が見られる。

人々は批評といふ言葉をきくと、すぐ判断とか理性とか冷眼とかいふことを考へるが、これと同時に、愛情だとか感動だとかいふものを、批評から大へん遠い処にあるものの様に考へる、さういふ風に考へる人々は、批評といふものに就いて何一つ知らない人々である。

この事情を悟るには、現実の愛情の問題、而もその極端な場合を考へてみるのが近道だ。

（中略）

恋愛は冷徹なものぢやないだらうが、決して間の抜けたものぢやない。それ処か、人間惚れゝば惚れない時より数等悧巧になるとも言へるのである。惚れた同士の認識といふものには、惚れない同士の認識に比べれば比較にならぬ程、迅速な、溌剌とした、又独創的なものがある筈だらう。（中略）

理知はアルコオルで衰弱するかも知れないが、愛情で眠る事はありはしない、寧ろ普段は眠つてゐる様々な可能性が目醒めるとも言へるのだ。傍目には愚劣とも映ずる程、愛情を孕んだ理知は、覚め切つて鋭いものである。

恋愛についての考察は「Xへの手紙」と近似しているが、「Xへの手紙」では恋愛は批評対象とするに足るような魅力的な言語表現を発生させる場所として期待されていたのに対し、このエッセイにおいては、批評のモデルとして、鋭敏な理知と独創的な認識の発生の場として、提示されている。ここに示されている小林の批評観は、「感想」（一九三〇・一二）で述べられていたかつての否定的言辞に比べて、肯定的であるばかりでなく、「様々なる意匠」以来の小林の批評意識に大きな転換が生じていたことも示している。

かつて小林は「様々なる意匠」で、「批評の対象が己れであると他人であるとは一つの事であつて二つの事でない」と自己表現としての批評の可能性を語り、芸術作品の中を彷徨することは、「解析によつて己れの姿を捕へようとする彷徨に等しい」と述べていた。しかし、この「様々なる意匠」の高らかな宣言には、批評という他者に向けた理知の発動は、自己に向けた理知の発動と同様である限りにおいて肯定できるものに過ぎない、という小林の批評意識も同時に表れている。だから、「様々なる意匠」で述べられていた批評の可能性は、裏返せば、「批評は己れを語るものだ、創作だ、などと言つてみるが、所詮得心のいくものぢやない」（「感想」）というように、いとも簡単に否定に転じてしまうものでもあった。

しかし、先に見た通り「批評に就いて」における小林は、批評を他者に対する愛情を核とする認識行為として全面的に肯定している。「感想」（一九三〇・一二）と「批評に就いて」（一九三二・二）の間には、小林の批評に対する大きな態度変更があったことに注目しておきたい。

小説家志望時代の小林が「Xへの手紙」に至るまで発表してきた小説は、小林が自身の全集に収めることを最後まで拒否した三人称形式の「蛸の自殺」（『跫音』一九二二・一二）を除くと、初期の「一ツの脳髄」（『青銅時代』一九二四・七）以来、すべて一人称の自己語りの形式が採用されている。そして、「Xへの手紙」の語り手が回想する、かつての求心的な自己追求の試みは、「一ツの脳髄」から「おふえりや遺文」へと徐々にその抽象度を高めていった一人称小説の主人公達とも共通するものである。従って、孤立した自意識による自己解析に生産性を認めずに、他者との交渉の場としての恋愛を称揚する「Xへの手紙」の叙述は、過去の小林自身の小説表現に対する批判としても機能することになる。

換言すれば、「Xへの手紙」は作者の文学的履歴を回顧しつつ、小林が取り組んできた一人称の自己言及小説の破産を語る一方で、他者に対する認識に関わる言語行為である批評の可能性に対する確信を語ったテキストということにもなるだろう(12)。

3　言語の流通と思想の再生産

これまで述べてきたように、「Xへの手紙」には、小説から批評へと作者の文芸ジャンル転換の意志をみることができるが、続いて、この小説に示されている「俺」の言葉に関する見解について考察していきたい。

「俺」は、恋愛を優れた言語経験の場として捉えていたが、思想についても、優れた思想は言語表現の危機に面接し、意味を固定し難い頂を持つと言い、次のように述べている。

この世に思想といふものはない。人々がこれに食ひ入る度合だけがあるのだ。だからこそ、言葉と結婚しなければこの世に出る事の出来ない思想といふものには、危機を孕んだその精髄といふものが存するのだ。

ここで「俺」は、思想を言語との相対性において捉えているが、思想と言語との関連についてのこのような認識も、早く「アシルと亀の子Ⅳ」（一九三〇・七）において、「最初に言葉が語られたといふ事実があつた。これは、精神が言葉に捕へられる事によつてのみ明るみに出たといふ光栄を語つてゐるのだが、同時にこの言葉を聞いた人間がゐたといふ事は、言葉が共通な伝達物と化して不死の死となつたといふ不幸を語るものである」（傍点原文）と述べられていた批評家小林の認識と同様のものである。これらの言葉に見られる思想（ないし精神）と言語に関する小林の理解には、亀井秀雄がはやく指摘した通り(13)、マルクス摂取の跡が見られる。たとえば、『ドイツ・イデオロギー』には次のような一節がある。

『精神』は、不幸にも先天的に物質に『悩まされてゐる』。物質は、こゝでは、流動する気層の、音響の要するに、言語の形で表はれる。言語は、意識と同年である。――言語は実際的な意識、即ち、他人に対しても存在し従つてまた私自身に向つても存在するところの現実な意識である。そして言語は意識と同じく、〈交通〉他人と交通の必要、即ちその緊切を待つて初めて発生する。(14)

また、言語の流通に関して小林は先の「アシルと亀の子Ⅳ」で、言語と商品の類似性に触れた後、「事物が言葉に翻訳される時、その言葉も亦一事物であるから、その言葉が、人類の共有の財産として固定する以前に、その一事物たる全貌が直覚されねばならぬ。人は『石』といふ言葉から、世に一つとして同じ石がないその一つの石の存在に到りつく時、又、世に一つとして同じ音声をもたぬ一つの石といふ言葉を発見するだらう」と言っていた。

　発信者から受信者へ言葉が伝達されるとき、伝達される以上、ズレや誤解があるとしても、両者の間で言葉の意味はとりあえず共有される。また、ある発話においてある語が生産する意味と、他の発話において同じ語が異なる意味を生産することは、珍しくない、というより、厳密に言えば、同じ語であったとしても発話ごとに異なる意味を生産しているはずである。しかし、発話ごとに差異が生じるとしても、親や教師あるいは辞書などによって「共有の財産として固定」された、制度的ないし公約数的な意味が、個々の発話の語の意味に干渉していくことになる。こうした言語理解は、たしかにマルクスが商品を分析する際に見せた論理と共通点を持っている。

　周知のように『資本論』の冒頭では、商品が当初それを交換する者同士の間でそのつどの交換価値が共有されることで流通していた状態から、交換価値がある一つの商品（貨幣）によって表現されるに至る過程が分析されている。小林は、いわば、貨幣によって表現される価値形態ではなく、個別のモノが、個別の使用者による個別の使用価値を持つにもかかわらずなお交換される場合の、価値形態に眼を向けることを要請しているのである。しかし、恋愛関係が特殊な人間関係であるように、そのような商品の交換も貨幣経済の下では例外的な事態であるだろう。使用者が異なれば、使用価値も自ずから異なるわけで、モノの、あるいは言葉の「一事物たる全貌」は、そうやすやすと「直覚」できるものではない。

言うまでもなく、言葉が流通しうるのは、言語体系を共有しているからであるが、個々の発話において生産される個々の言葉は、他の全ての発話された言葉と差異を持つ。したがって、同じ「石」という語であったとしても、その発話の中でその語の持つ意味作用は、他の全ての状況下において発せられるその語の意味作用とは自ずから異なる。しかし、この言葉の意味作用の全貌は、その発話とその発話以外の全ての発話を知ることによってそれらとの差異を明らかにするほかない道理であるから、その全貌を捉えることは殆ど不可能といってよい。だから、実際には、言葉の発信者も含めた受容者すべてが、それぞれの言語経験から自他の発話に関わり合い、それぞれ意味を生産することになるわけであるが、言語体系の共通性を信じる者は、ひとつの正統的な意味を主張するであろうし、差異を強調する者は受容者と等しい数の正当な意味を主張するであろう。無論、交換が成立する以上、無意味とはならない。

こうして、一つの言葉、一つの思想は、「共有の財産」と齟齬を生じさせないように、あるいは齟齬を生じさせながら、様々な色合いで人々に受け取られ、意味を生産しつつ流通していく。だから、「俺」は次のように言うのである。

大衆はその感情の要求に従つて、その棲む時代の優秀な思想家の思想を読みとる。だから彼等はこれに動かされるといふより寧ろ自ら動く為に、これを狡猾に利用するのだ。

時代を代表する思想家の言葉が、その受け手達によって半ば恣意的に受容・再生産されつつ社会に流布していく事実の指摘である。

4　イデオロギー批判の方法

言語と思想の流通形態をこのように確認した後、「俺」は資本主義社会の老衰と新たな社会機構を待望することの正当性を言うが、続けて「かういふ時期に生れる支配的思想は当然極端に政治的であり、又その故に殆ど解きほごし難い欺瞞に充ちてゐる事も動かす事が出来ない」と述べ、同時代にはびこっていた政治主義的傾向を批判する。ただし、ここで誤解してならないのは、「俺」の疑惑が、思想の生産と流通に際して発生する政治主義的欺瞞に対するものであって、「政治思想」そのものに対するものではない、ということである。「現代文学の不安」(一九三二・六)以来、小林がしばしば繰り返してきた「概念による欺瞞」という角度からのプロレタリア文学批判と同様の政治主義批判である。「現代文学の不安」において、小林は次のように述べていた。

　私は如何なる政治形態にも政治家にもあまり信を置かぬ男である。だがさういふ男なみの倫理学はもつてゐる。私は諸君の情熱を少しも嗤つてゐはしないが、諸君を動かす概念による欺瞞を、概念による虚栄を知つてゐる。その欺瞞は諸君が同志との訣別に、同志の死に流す涙にも交つてゐるだらう。私は既に作品上で、如何に諸君が人間を故意に歪めて書いたか知つてゐる、愛情の問題を如何に不埒な手つきで扱つたかも知つてゐる。又実際に諸君がどんな恋愛をしてゐるかも、どんな奇態な夫婦喧嘩をしてゐるかも知つてゐる。社会正義を唱へつゝ人間軽蔑を説く、これを私は錯乱と呼ぶのである。

小林がここで、プロレタリア文学者たちの政治的主張に対して異議を差し挟んでいるのでないことは明らかであろう。小林は、彼らの掲げる政治的理念と個々の表現や具体的な人間関係における行動とのズレを指摘し、ミクロの政治力学に対する無自覚な政治主義的鈍感を批判したのである。この点において、小林の「マルクス主義文学」批判は、政治的立場からする批判ではなく、あくまでも表現に関わる文学批判の一環として行われたものであった。だから、同じ文章で小林は次のようにも言うのである。

青年にとつてはあらゆる思想が、単に已れの行動の口実に過ぎず、思想といふものは、いかに青年にとつて、真に人間的な形態をとり難いものであるか、（中略）私の貧しい体験によれば私の過誤は決して感情の過剰にはなかつた、自他を黙殺して省みぬ思想の或は概念の過剰にあつた。ものの真形を見極めるのを拒むものは感情ではなかつた、概念の支配を受けた感情であつた。今日の新文学ほど青年のあらゆる意地の悪さ、虚栄心を誇示した文学はない。社会的焦躁にかられ已れを忘れた理論が横行してゐる時はない。（「現代文学の不安」）

ここには、小林の言う「概念による欺瞞」が、政治意識によるものと自意識によるものという相違こそあれ、若い知識人達に共通する文学的課題であったとの認識が示されている。むろん、小林はプロレタリア文学運動にかかわる作家達と政治的立場を同じくしていたわけではない。しかし、こうした小林のマルクス主義批判・イデオロギー批判を、マルクス的と形容した柄谷行人の直観が、小林の発想の一面を言い当てているのも事実である。マルクスは次のように言っていたはずだ。[15]

人々はその私生活の上で、或る人が自分自身に関して考へてゐるところ、云ふところと、彼が実際に何であり、また何を為すかといふこと、を区別するやうに、歴史上の闘争の場合には、吾々は一そう、諸党派の言葉と空想とを、彼らの実際の組織体と実際の利害とから区別し、その観念と、その実在とを区別しなければならぬ。[16]（『ルイ・ボナパルトのブリュメール十八日』）

「概念による欺瞞」を撃つという方法において、両者は確かに共通点を持っている。しかしまた、両者の思考様式が全く異なるのも事実である。ここで小林のイデオロギー批判とマルクスのそれとの異同について簡単に触れておきたい。両者の差異を考えるに際しては、「文芸批評の科学性に関する論争」（一九三一・四）の次の発言が参考になろう。

芸術現象の分析に経済人なる仮定は、何んの足しにもならない。何んの足しにもならぬ、とは少々乱暴な言ひ方かも知れないが、芸術の背後に経済人ばかりが見付かるといふ言分に較べたら、ちつとも乱暴ではありません。

マルクス主義文芸批評が、批評対象である文学作品から、経済機構の分析や作者の政治的・階級的意識あるいは無意識を探ることに血道をあげる傾向に対する批判であり、作品の多様性を犠牲にしない批評実践への呼びかけであるが、マルクスの『ドイツ・イデオロギー』（聖マックス）にも、これと同様の発想を見ることができる

私有財産は唯だ人間の個性をも疎外せしむるのみならず、物のそれをも疎外せしむる。土地と地代とは何等の関係もなく、機械と利潤とは何等の関係もない、地主にとつては、土地はたゞ地代の意義をもつのみである。[18]

ここでマルクスが言っているのは、土地は商品として流通しうる限りにおいて私有財産となるが、土地の固有性は交換も売却もできないものである。にもかかわらず、地主は土地に、その地代という一属性のみを見て、土地の持つ他の様々な特性に対する認識を持つことができないでいる、ということである。限定された認識力・感受性によって切り取られた対象の一面のみを理解することで終わり、対象のそれ以外の側面に対する感受性の欠如とそれによる対象の多様性に対する鈍感の指摘という点において両者は共通する。マルクスは経済学者の視点の一面性についても同じ文章で次のように指摘している。

私が私有財産を持つ（ママ）はそれを交易し得る場合にのみ限られる、然るに私の特性は絶対に、交易できない。私の上衣が私にとつて私有財産たるは私が少くともそれを交易、移転、若しくは売却し得る場合にのみ限られる。右の上衣がこれらの属性を失ひ、ぼろぼろとなつても、なほそれは私にとつて価値ある幾多の属性をもつことができ、否、私の属性となり、そして私をぼろを着た個人たらしむることができる。けれども、それを私の私有財産の中に数へることは、如何なる経済学者の念頭にも浮かばないであらう、（傍点訳文）

経済学によっては対象化できない価値についての指摘であり、ここに見られるマルクスの経済学批判と先の小林のマルクス主義批判とは同じ形態をとっていることが認められるだろう。しかし、マルクスの発言は、私有財産が人間の個性や物の個性を疎外しており、人が全的人間となるためには私有財産が止揚される必要がある、という初期マルクスのキーコンセプトである疎外論から切り離して理解することはできない。哲学・経済・政治が連動するマルクスの思考はあくまでも体系的である。それに対して、小林の思考には、体系化への指向は全く見られない。「文芸批評の科学性に関する論争」においてもマルクスが援用されているが、そこではマルクスの政論家・革命家的な側面はきれいに切り落とされている。小林の眼は、決してマルクスの思想体系へ向けられることはない。小林によって提示されるマルクス像がモラリスト的風貌を帯びるゆえんである。(19)

そのようにして政治性、党派性を排除したマルクス理解によって、小林は文壇的対立を易々と乗り越え、プロレタリア文学と芸術派との対立について「諸君の喧嘩の基底に於いて、文学は昔乍らの感傷と素朴とをもつて是認されてゐる点で、プロレタリヤの諸君も芸術派の諸君も同じに私には見えるのだ」(「アシルと亀の子Ⅱ」一九三〇・五)と、左右の文学イデオロギーを等しく批判することから始めることができていたのである。そして、プロレタリア文学、新感覚派、新興芸術派等のグループに対して、小林は文壇登場以来、そのどれにも与しない発言を繰り返してきた。ある党派に対して別の党派的立場から対抗するという意味での「政治」的場に立つことを、徹底して避ける、小林の文芸批評におけるスタンスは、「私小説論」(一九三五・五〜八)に至るまで変わらない。(20)しかし、プロレタリア文学側は、登場時の小林をブルジョワジーの立場にある批評家として位置づけ、その政治至上主義と党派性が徐々に先鋭化されていくにつれ、ブルジョワイデオローグとして敵対視するようになっていき、(21)新興芸術派側は小林に流行に対する無理解や古さを指摘する(22)一方で自陣営の理論家として期待するようになっていった。(23)文壇の政治もまた、政治の必然に従って、小林の意志とは関わりなく、彼を党派的対立に巻き込んでいったのである。そうした状況に置かれていた小林は「Xへの手紙」の「俺」に、次のように語らせている。

俺は政治の理論にも実践にもなんの積極的熱情を感じないのだ。俺はどんな党派の動員にも応じない。俺は人を断じて殺したくないし人から断じて殺されたくない。これが唯一つの俺の思想である。だから必度流れ弾にあたつて犬の様に死ぬだらう。流れ弾なら何処から打ち出した弾であらうと同じ事だ。

自身が党派に属さなくとも「流れ弾」には当たらざるをえないという「俺」は、党派からいかに逃れようとしても、「政治」の力学からは解放されないことを知っている。このような「俺」を描く小林は、政治から超越した[24]、あるいは政治的に中立な[25]、文学的場があると信じていたわけではない。従って、小林は政治を超越した〈純〉文学的な場を仮構し、そこから政治一般を批判するという、芸術派がしばしば採用するマルクス主義文学批判の方法を採用することはない。小林の批判は、先に見たように、思想の生産と流通過程における言語機能の分析を基底にしているという点で、芸術派の楽天的な政治批判とはまったく異なっていた。そうした小林のマルクス主義文学批判を、文学的と呼ぶことは可能であるとしても、それが言語の流通と思想の再生産の場にはたらくミクロの政治力学を意識化することによってなされたことは記憶しておかねばならないだろう。

注

（1）「小林秀雄」（『小林秀雄全集』全八巻・解説　新潮社　一九五五・九〜五七・五）引用は『河上徹太郎著作集』（新潮社　一九八一年〜一九八二年刊）によった。

(2) 杉山平助「文芸時評」(『国民新聞』一九三二・八・三一)
(3) 河上徹太郎「理知と小説について」(『文芸春秋』一九三二・一〇)
(4) 大岡昇平「小林秀雄の小説」(『小林秀雄全集第二巻』解説一九五〇年刊)
(5) 中村光夫「人と文学」(『現代文学大系小林秀雄集』筑摩書房　一九六五・五)引用は『《論考》小林秀雄増補版』(筑摩書房　一九八三年刊)によった。
(6) 三好行雄・山本健吉・吉田精一編『日本文学史辞典近現代編』(角川書店　一九八七年刊)
(7) 関谷一郎「小林秀雄・その転位の様相」(『国語と国文学』一九八〇・四)
(8) 樫原修「『Xへの手紙』論」(『国語国文論集』一九八一・三)
(9) この点については、鈴木登美『語られた自己』(岩波書店　二〇〇〇年刊)に、「私小説」は読みのモードによってそれと特定されてきた流動的なものであり、小説自体に内在する属性によって定義されたものではない、という指摘がある。
(10) この問題に関わる考察については、末木剛博『論理学概論(第二版)』(東京大学出版会　一九七四年刊)の「Ⅳ　体系論」を参照した。
(11) 吉田凞生「『Xへの手紙』覚書」(『静岡女子短期大学国語国文論集』一九七六・一)が、「『批評家小林秀雄』という枠」(傍点原文)の重要性について言及している。
(12) ただし、生身の小林秀雄が批評への確信を「僕はこの頃やつと自分の仕事を疑はぬ信念を得ました。やつぱり小説が書きたいといふ助平根性を捨てる事が出来ました」と語るのは、昭和十一年十二月の志賀直哉宛の葉書まで待たねばならない。批評家小林秀雄が生身の小林秀雄を克服するに要した時間である。
(13) 亀井秀雄『小林秀雄論』(塙書房　一九七二年刊)
(14) 改造社版『マルクス゠エンゲルス全集』第十五巻(一九三〇年刊)マルクスのテキストは、本稿では改造社版全集を用いる。
(15) 柄谷行人「近代日本の批評・昭和前期Ⅰ」(『季刊思潮』一九八九・七)
(16) 改造社版『マルクス＝エンゲルス全集』第五巻(一九二八年刊)
(17) このズレが小林自身の批評の方法として採用されている作品に「当麻」(一九四二・四)がある。「当麻」については、本書第Ⅱ部第一章で検討を加える。
(18) 改造社版『マルクス＝エンゲルス全集』第七巻ノ二(一九三一年刊)あるいは『経済学・哲学草稿』における鉱物商人の例話を思い浮かべてもよいだろう。
(19) こうした小林の見方は、「人間にとつて最も捨て難い根性といふ宝を捨て切ることが出来た達人」(「マルクスの悟達」一九三一・一)というマルクス評などにもうかがえる。
(20) 青野季吉「文学批評の全体性のために論ず」(『新潮』一九三〇・九)ただし、この時点ではプロレタリア文学サイドにも平林初之輔のように小林に対して一定の評価を加える者もいた。
(21) 宮本顕治「小林秀雄論」(『改造』一九三一・一二)
(22) 阿部知二「流行について」(『読売新聞』一九三〇・五・六)龍膽寺雄「顧望録」(『近代生活』一九三〇・一二)など
(23) 龍膽寺雄「新人に」(『新文学研究』一九三一・七)
(24) 例えば、横光利一「新感覚派とコンミニズム文学」(『新潮』一九二八・一)は、資本主義とマルキシズムのいずれに与するかその意志さえ動かす必要のないものとして、科学と文学を挙げて、政治から超越した性格を文学に与えていた。
(25) 龍膽寺雄「文芸時評」(『近代生活』一九三〇・三)は、芸術派の思想的立場について、左右のいずれにも若干の肯定と否定を示すとしている。

第三章　思想と人間——ドストエーフスキイ論とトルストイ論争

「Xへの手紙」（一九三二・九）を最後に、小林秀雄は小説から撤退し批評に専念するが、当初から批評というジャンルに信頼を寄せていたわけではなかった。「Xへの手紙」発表の前後から「批評」あるいは「文芸時評」という語を表題に冠した文章を小林は量産し、自身の携わるジャンルについての検証を始めるが、例えば「批評について」（一九三三・八）には、「批評の自律性といふものは小説の自律性と同様いや一層不安定なもの」であるという一節があり、批評というジャンルに対して小林が不安感を抱いていたことが見て取れる。無論、批評は批評対象とそれを評する論者との相対的な関係の上に成立する以上、そもそも自律性を期待できるものではない。「Xへの手紙」以後、批評という方法の可能性へ賭けたのも、他者との相対的な関係へと自己を開いていくことを選択したからこそであった。従って、当時の小林が困惑していたのは、そのような批評という方法に内在する本質的不安定さではなく、同じ文章で「正当な鑑賞のない処に批評は成りたゝぬのは論をまたないが、文芸時評といふ仕事では、この正当な鑑賞といふ土台が事実上全く出鱈目である」と述べているように、文芸時評という場所で仕事をしなければならないことがもたらす批評の混乱であった。小林のこの不満は「文芸時評に就いて」（一九三五・一）によく見ることができる。

今日文学を論ずるのは困難だ。何故か。今日の文学がやくざだからである。批評の混乱は、批評する材料の混乱を意味する。僕等が否応なく見せつけられ、眼を背ける事の許されない今日の文学的リアリティそのものの混乱を意味するのだ。……

（中略）

……僕等は批評の対象として、はや明確な文学的リアリティを与へられてはゐない。在るものは文学ぢやない、社会の顔、文壇の顔、個人の顔だ、さういふ顔が文学といふ薬味を利かされていろいろな表情をしてゐる光景だ。（中略）そこで『紋章』を望遠鏡で見れば『青年』を顕微鏡で覗くといふ具合な技巧を使用して、わづかに身の安全を計らうとするのも亦止むを得ない。

文芸時評を批評の場とする限り、自らの思考を展開するに足る批評対象が保証されているわけではないという至極当然の理が、しかし実は往々にして、批評対象の不在という批評家にとって決定的な危機になるという事実に対する憤懣である。こうした状況の中でなお、文芸時評を続けなければならない当時の小林の採った戦略は、月々の雑誌に発表される小説それ自体を対象として論じるのではなく、それらを契機として、ありうべき小説について語ることによって批評を成立させるというものであった。

小林がたびたび「思想は行動の為に、情感は思想の為に、事実は理論の為に、平凡は冒険の為に、圧倒される」という時代状況（「故郷を失つた文学」一九三三・五）について語り、それがもたらした「思想の干渉を受けた人間の情熱といふわが国の文学に開かれた一つの新しいリアリティ」（『紋章』と『風雨強かるべし』を読む」一九三四・一〇）について語るのは、そのような事情からである。またその一方で、小林は自身の掲げる新しい文学的課題を同時代の日本文学ではなくドストエーフスキイに発見し、一九三三年一二月には「ドストエフスキイに関するノオト」と題した一連のドストエーフスキイ論を開始することになる。

1

ドストエーフスキイを対象として継続的な批評を小林が開始したのは、彼がラスコーリニコフやスタヴローギンという「思想の干渉を受けた人間」を描いた作家であったからにほかならないが、ドストエーフスキイの批評に着手した当初、小林が大きな関心を示していたのは、その表現方法であった。

ドストエーフスキイについての最初の意図的な批評「ドストエフスキイに関するノオト」『未成年』の独創性について」（一九三三・一二）は、小林のこのモチーフが露わなテキストである。小林はそこで「思想は常に各人の思想であり而も各人の各状態各瞬間の思想である。（中略）人間は思想に捉へられた時にはじめて真に具体的に生き、思想は人間に捉へられた時に真に現実的な姿を現す」と語り、思想と人間の相対性という問題を提出し、更に小説の方法について「『戦争と平和』や『アンナ・カレニナ』はその累々と重なる複雑な構成にもかゝはらず、与えられる印象は大へん静かな統一したものである。トルストイの小説には読者を惑乱させる様な出来事が描いてないのではない。さういふ出来事が、すべて作者の沈着なリアリズムの作法の中でしか起らぬのだ」とトルストイを引き合いに出した後、それと対照的なドストエーフスキイの方法として、次のような指摘をしている。

彼は、多くの写実派の巨匠等が持つてゐた手法上の作法を全然無視してゐる。作中人物になりきつて語る事。彼の眼は、対象に直かにくつついてゐる、隙もなければゆとりもない。この素朴なリアリズムが対象に喰ひ入る様な凶暴な冷眼と奇怪に混淆してゐる。かういふ近代的なしかも野性的なリアリズムが、読者の平静な文学的イリュウジョンを黙殺してゐる。

ここで小林はドストエーフスキイの方法の特徴を二つあげている。一つは「素朴」あるいは「野性的」と形容される、「隙もなければゆとりもない」語り方であり、もう一つは「凶暴な冷眼」と呼ばれる、登場人物を対象化する「近代的」な批判的視点である。小林はドストエーフスキイの方法の独創性を、この二つの共存あるいは混淆に見ている。小林の言う「作中人物になりきつて語る事」と、「対象に喰ひ入る様な凶暴な冷眼」との両立は、小説においてどのようになされているのだろうか。

「作中人物になりきつて語る」点は、「『未成年』の独創性について」の中では、視覚的な場合と心理的な場合について『カラマーゾフの兄弟』から具体例が採られている。分かりやすい視覚的な例に即していえば、小林が注意を向けているのは、語り手がアリョーシャの知覚して行く順序に従って「秩序なく雑然と眼に飛び込むものを、遅疑することなく雑然と描出」している点である。これは、見方を変えれば冗漫とも感じられる所であり、ドストエーフスキイの描写法の欠点としてしばしば批判されてきたものでもある。それにもかかわらず、この描写方法を小林が支持するのは、現実におけるわれわれの認識もまさにそのように進むと考えるからであり、またこの方法により、事件が生成していく渦中にある登場人物たちの知覚や認識の進展と同様に読者の認識も進行していくと考えるからである。これに対して、小林がトルストイに代表させている端正なリアリズムによる描写では、現象の整理に必要な一定の観点から、既に分析された世界が提示されることになる。だが、議論がこの水準に止まるならば、内的独白や意識の流れと呼ばれる手法によった小説においては、更に先鋭化した形で実現されているはずである。しかし小林は心理主義については一貫して否定的な判断を下している。小林の心理主義批判は「永遠の良人」（一九三三・一）で展開されているので、それを見てみよう。[2]

どんなに複雑であらうとも、孤独な人間の心理を描出するのは容易である。（中略）彼の行為といふものが問題ではないのだから、この場合、彼を取扱ふ作者は、又彼同様に、夢見心地で文字を織ればよい。

（中略）

さゝやかな人間の言動が、仔細に点検すれば、どれ位複雑した導因を、その無意識界に持つてゐるか。この当節流行の問題は、成る程驚くべき問題だ。だが作家にとつては結局消極的な問題だ。遙かに奇怪な事は、さういふ捕捉し難い人間心理が、常に現実の世界で、確定した、のつぴきならぬ表情として、言語として、行為として事実上実現してゐるといふ事なのだ。この事実の大膽な容認こそ百千の心理主義小説的愚論の結論だ。
自意識による自己追求の虚栄と苦痛とを若年期につぶさに嘗めている小林は、内面というものの不確定性・架空性を既に充分に思い知らされている。分析を加えるに応じていかようにも複雑怪奇な様相を見せる心理描写に興じるのでなく、心理が現実と交渉することによって生じる表情や言語や行為こそ、作家は捉えなければならないという発想が、心理主義を愚論として片づけさせているのである。

ドストエーフスキイの方法と心理主義小説の方法との差異を、一人称小説である『未成年』に即して、小林は次のように述べている。

この手記に描かれた出来事はすべて青年の心の中の出来事である。青年の情熱であり、青年の思索であり、青年の観察である。作者は何処にも顔を出してゐない。作者は完全にこの青年を自分の傀儡として、この早熟な天才的な青年の持つてゐる鋭さ、美しさと共にその頑固、鈍感、醜さを憚るところなくさらけ出させてゐる。作者は青年を捕へて瞬時もはなさない、瞬時もこの小説がドルゴルウキイの手記であり、作者或は他の誰の手記でもない事を忘れない。これは青年の徹底した客観化である。

（「『未成年』の独創性について」）

この断定的評言の下にある論理的回路は次のようなものである。『未成年』のような一人称小説の場合、作者や語り手の固定的角度から一定の基準によって、主人公に対する批判がなされることは、原理的にはありえない。従って、一人称小説ではともすれば主人公の主観が野放しとなり、「夢をみてゐると同然」となりがちであるが、『未成年』は、ドルゴルーキイ自身の手記であることによって、主人公の青年の心理的ないし観念的世界が彼の意識の中を浮動するがままに描写されるのではなく、彼自身の言表行為として明確なフォルムを持った客体として提出されている、ということである。

ただし、こうした点は成功するか否かは別として、また一人称小説であろうと三人称小説であろうと登場人物の直話については、すべての作家が細心の注意を払っているはずである。ここでは勿論、そうしたことが問題にされているのではない。小林が注目しているのはドストエーフスキイが、青年の言葉の意味（＝観念）と語り口（＝行為）との一致や不一致によって、主人公の青年らしい欺瞞に形を与えている点であり、一人称の主人公兼語り手の開陳する観念を、彼自身の言表行為との誤差や対立によって相対化していく方法である。(3)

ドルゴルーキイの客観化は、主人公の視点および観念によって切り取られた世界が青年自身の言葉によって造形されており、その青年らしい語り方が主人公の意に反して彼の欺瞞を露呈させている点について言われている。だが、この理論に従えば、ある青年（彼が作家であろうとなかろうと）が自身の文章によって自己告白を行った場合も同様に、フォルムを持った、つまりは「客観」的な告白が成り立つことになるはずである。しかし、小林は「青年が已れを語つた小説」とドストエーフスキイの『未成年』とは全く異質であるという。それはドストエーフスキイの小説の主人公が作家と同年齢に設定されていなかったり、作家の実生活が素材とされていないことをあらかじめ読者が知っているからではない。『未成年』では主人公の「手記」に対する読後感の記された手紙が結末部に提示され、これによって主人公に対する他者の批判的視点が小説内部に組み込まれているからである。

この手紙の言葉を借りてドストエーフスキイは「作者としての自覚を語」っている、という小林の評言に明らかだが、主人公に対する作者の批判的視点を小林はここから読みとっている。小林はここに作者の「冷眼」を見るのだが、勿論実際には一登場人物の見解に過ぎず、主人公に対する絶対的な批判となっているわけではない。しかも、この批判は《ぜんぜん局外者の位置に立っていて、多少冷淡なエゴイストであるとはいい条、疑いもなく聡明なこの人[4]》と主人公によって呼ばれている人物のものである。仮りに手紙の批判が、第三者的な客観性を持っていたとしても、それは既に《多少冷淡なエゴイスト》という主人公の批評による相対化を受けている。主人公に対する第三者的批判は主人公の所有する主観的真実を批判し去ることはできないし、その逆もまた同様である。主人公に対する批判的視点をドストエーフスキイが失うことはないが、それを実現する際に、小説世界を局外から見下ろす「神の視点」を小説に組み込むことによって行うのではなく、小説世界で主人公と対等の位置にある作中人物のものとして対峙させる、という方法を採用している。

こうした特徴を持つドストエーフスキイの小説について考察することを通して小林は、観念と人間との関係、ならびにその表現方法というマルクス主義文学以後の課題を追究していくことになる。「思想の干渉を受けた人間」というモチーフは、既に「現代文学の不安」(一九三二・六)において、「青年にとつてはあらゆる思想が、単に己れの行動の口実に過ぎず、思想といふものは、いかに青年にとつて、真に人間的な形態をとり難いものであるか」と述べられ、政治思想であれ、文芸思想であれ、同時代の若い知識人達の陥った「概念による欺瞞」という共通の課題として提示されていたものであった。

2

同時代そして同世代と共有する「思想の干渉を受けた人間」の表現という課題が、世代間の文学観の対立として表れたのが、一九三六年に正宗白鳥との間でたたかわされたトルストイの家出をめぐる論争である。両者の半年に及ぶ応酬は次のような経過をたどった。

白鳥「トルストイについて」（『読売新聞』一九三六・一・一一～一二）
小林「作家の顔」（『読売新聞』一九三六・一・二四～二五）
白鳥「文芸時評・抽象的煩悶」（『中央公論』一九三六・三）
小林「思想と実生活」（『文芸春秋』一九三六・四）
白鳥「文芸時評・思想と新生活」（『中央公論』一九三六・五）
小林「文学者の思想と実生活」（『改造』一九三六・六）

論争は、自然主義文学の大家白鳥に芸術派の新進小林が挑んだという様相で行われた。両者の主張は、次のようなやりとりの中に見ることができる。

「トルストイについて」で白鳥は、ジイド等の西洋文人の日記の類はどれも面白いがトルストイの未発表日記はことに感銘深いとして、トルストイの家出をめぐる感想を「実際は妻君を怖がつて逃げたのであつた。人生救済の本家のやうに世界の識者に信頼されてゐたトルストイが、山の神を恐れ世を恐れ、おど〳〵と家を抜け出て、孤往独邁の旅に出て、ついに野垂れ死した経路を日記で熟読すると、悲壮でもあり滑稽でもあり、人生の真相鏡に掛けて見る如くである。あゝ、我が敬愛するトルストイ翁！」と述べた。

この白鳥の発言に小林が「作家の顔」で、「あゝ、我が敬愛するトルストイ翁、貴方は果して山の神なんかを怖れたか。僕は信じない」と真っ向から否定する発言をし、「あらゆる思想は実生活から生れる。併し生れて育つた思想が遂に実生活に袂別する時が来なかつたならば、凡そ思想といふものに何の力があるか。大作家が現実の私生活に於て死に、仮構された作家の顔に於て更生するのはその時だ」と述べたことから、論戦が始まる。

白鳥は小林の挑戦を受け、「思想に力が加はつたのは、夫婦間の実生活が働きかけたゝめである。実生活と縁を切つたやうな思想は、幽霊のやうで案外力がないのである」と反論し、小林はそれに応じて、ドストエーフスキイやフロベールについて再説し「創造の魔神にとり憑かれたかういふ天才等には、実生活とは恐らく架空の国であつたに相違ないのだ。（中略）かういふ天才達の信念に関する事情には、実生活の芸術化に辛労する貧しい名人気質には想像出来ない様なものがある事は確かだらうが、又、かういふ事情も天才に特有のものではない」と述べた。

以上の引用で両者のおおよその主張は捉えられる。臼井吉見はこれら両者の発言を、「白鳥にとって、問題は再現であり、記録であり、それの対象としての実生活だ。小林にとっては、創造であり、表現であり、それの母胎としての思想である」と簡潔に整理している。(5) 論争における両者の主張についての従来の理解は、臼井の整理に集約されるが、この臼井の理解は、小林に与しつつ「トルストイという『人間の現実性』をわれら凡俗のレヴェルにまでひきおろすか」、「トルストイの『思想の現実性』をそのものとして尊重するか」という争点を提示した平野謙の読み[6]の延長線上にある。そして平野は、白鳥と小林との論争を『現代日本文学論争史（下）』（平野謙・小田切秀雄・山本健吉編　未来社　一九五七年刊）に「『思想と実生活』論争」として登録し、「昭和十年間の文学史に、一つのプンクトを打つものとしてこの論争を評価した[7]」批評家であった。『現代日本文学論争史（下）』以後、この論争は「思想と実生活論争」と呼ばれることとなった。

しかし、この呼称は、小林の第二論文「思想と実生活」の題名をそのまま論争全域に被せたものであり適切であるとは言い難い[8]。小林の第二論文を論争全体の名称として用いた背景には、自然主義に対抗するマルクス主義以降の新文学という観点から論争を整理する平野の読みがあったことは容易に推察できる。この平野の理解が誤りというのではないが、しかし、平野の解釈が強く反映された「思想と実生活」論争という名称は訂正した方がよいだろう。

事実、論争の当事者小林は、一九四八年の白鳥との対談で「トルストイ問題をめぐる論争」として話題に上げ、最晩年の「正宗白鳥の作について」（一九八一・一）においても「トルストイの家出問題」として言及している。また青野季吉は『論争回顧その六』（『文学界』一九五一・九）に「白鳥・小林のトルストイ論争」と題してこの論争を取り上げ、「わが文学史上、この論争を通じてはじめて、文学と生活、思想と実人生の関係が、理論的究明の曙光を浴びたといふことができる。それから現在まで、十余年の歳月を経てゐるが、それはまだ曙光を浴びたままで残されてゐて、早くもその論争までが忘れられてゐるやうである」と述べていた。五一年当時既に忘れかけられているとされた青野李吉の指摘にもかかわらず、この論争が現在では昭和文学史上最も重要な論争の一つとされることになっているのは平野の功績であるが、「思想と実生活論争」という呼称は、歴史的に見ても適切ではない。従ってここでは、三六年に行われた小林秀雄と正宗白鳥との論争を、平野によって「思想と実生活論争」と呼ばれる以前の「トルストイ論争」と呼ぶこととする。

そして、小林に限って言えば、論争における主張も、先の平野や臼井のような簡単な図式にはおさまらない。例えば、小林の第二論文「思想と実生活」の結末部には次のような一節がある。

実生活を離れて思想はない。併し、実生活に犠牲を要求しない様な思想は、動物の頭に宿つてゐるだけである。

この小林の発言は、「思想と新生活」において白鳥が、「実生活から生れ育つた思想も遂に実生活に訣別する時が来なかつたならば、凡そ思想といふものに何の力があるかと力説したことが、意味のない空言になるのではあるまいか」と言うように、実生活と「訣別」した思想の力を説く小林、という見方によっては捉えられない。かつて三好行雄はこの論争について「小林秀雄は手をかえ品をかえ、執拗に城を攻めつづけた。しかし、白鳥の城を抜くことはついにできなかった」[9]と述べたが、そのような判断を与える主因となる箇所であろう。しかし、平野や臼井の整理と対立するこの「思想と実生活」の結末部に関しては、この論争を対象とした多くの論考もほとんど触れてこなかった。管見に入った限り亀井秀雄の論のみがこの結末部を論じているが、亀井はこの部分を白鳥とほぼ同様に解し、「実生活と一たん訣別をとげた思想は、それでは次に実生活とどの様にかかわることになるのか、という問題」に対する答えと見、更に「正宗白鳥と論争を交わしているうち、いつ知らず小林秀雄はおのれの内なる地下室から自分自身を引っぱり出し、現実の意味を新たに見直す眼を獲得する結果へと辿りついてしまっていた」[10]とする。しかし、そのような読みは、小林が最終論文において「創造の魔神に憑かれた文学者等にとつて、実生活とは架空の国であつたに相違ないのだ」と再び自説を説いている事実を無視しない限り、支持するのは難しいだろう。

先の文に続けて小林は、「社会的秩序とは、実生活が、思想に払つた犠牲に外ならぬ。その現実性の濃淡は、払つた犠牲の深浅に比例する。伝統といふ言葉が成立するのもそこである。この事情は個人の場合でも同様だ」と述べている。社会的秩序を例に引いて論じている点に注意すれば、小林が第二論文末尾で言及しているのは、作家や文学者という限定を解除した、生活者一般が思想を実現する場としての「実生活」であることに気付くだろう。無論、文学者も日々の生活から逃れられようはずはなく、その限り例外ではない。ただ、作家は「自分の夢みる力の烈しさの散り散りな現れ」(「文学者の思想と実生活」)としての実生活とは別種の、仮構された世界での表現に自身の思想の実現をはかる人間であり、晩年のトルストイはその「芸術創造上の魔神を否定して、実生活に実現の場所を求めた」(「思想と実生活」)、というのが小林の理解であった。つまり、小林においても、生活者にとっての思想実現の場である「実生活」や、思想が生まれてくる源泉としての「実生活」に対する視点が見失われていたわけではないのだが、小林論文の歯切れが悪いのも事実である。この歯切れの悪さは、論争当時の小林が自然主義批判を行うに性急なあまり、「実生活」の持つ意味を矮小化していたことから生じている。このことは、初出本文と『文学』(一九三八年刊)収録本文との異同に、明瞭に表れている。主な異同は次のようなものである。[11]

①「クロワッセは癲病院と同じくらゐ僕から遠い。たゞ確かなのは、僕がそつちの方に歩いて行くのを感じてゐる事だ。社会の風景がどうあらうとも、僕は首を出して眺める窓が欲しい。精神のなかに首の出るほどの穴をしつかり開けたいものだ。確定した思想の如き、得たいとも思はぬ。」

（「作家の顔」）

←

削除

②「たゞこゝに再建すべき第一の魔神について恥かしい想ひをしてゐるだけである。」

（「作家の顔」）

←

「ただここに再建すべき第二の魔神について恥づかしい想ひをしてゐるだけである。」

③「エンペドクレス（?）は、永年の思索の結果、肉体は滅びても精神は滅びないといふ結論に到着し、噴火口に身を投じた。実生活とは、思想の舞台に登場する一人物に過ぎないのである。」

（「文学者の思想と実生活」）

←

「……噴火口に身を投じた。狂人の愚行と笑へるほどしつかりした生き物は残念ながら僕等人類の仲間にはゐないのである。」

②では、文学の創造に向かう情熱を指す「第一の魔神」から社会改革等の現実に向かう情熱を指す「第二の魔神」へ書き換えられている。初出では自らの思想を実現する場として文学が志向されていたのに対し、改稿テキストでは反対に思想を実現する場として実生活が志向されていることになる。①の部分の削除は、ドストエーフスキイの「生活」について書いたことで、小林のフローベール的芸術至上主義に変化が生じていることを示している[12]。

このような改稿があるせよ、自然主義的文学観に真っ向から対立する小林の文学観自体に変化はなく、論争本文の改稿は③の場合に代表されるように、論争時に見られた「実生活」の矮小化が矯正されたものと言ってよい。しかし、白鳥との論争時、小林はなぜ「実生活」についての観点を犠牲にしてまで「思想の力」を強調しなければならなかったのかという疑問は残る。論争における小林の語り口も激しく、「批評家の批評」と「作家の批評」との「峻別を求める〝あせり〟[13]」や「裏切られた偶像に対する憤怒[14]」などを見る意見もあるほどである。しかし、佐藤悦子が指摘している如く、「生活者」は小林にとって「常に文学的に優位な存在とされてきた[15]」ものであり、そうした存在への視点を犠牲にしてまで「思想の力」を激しい口調とともに主張しなければならなかったのは、自分のテリトリーを確保しようとするセクショナリズムや、白鳥に対する個人的感情からであったとは考えにくい。

トルストイ論争において、小林が論争の発端となったトルストイ以上にドストエーフスキイに言及しているのも、思想とそれに関わる人間のありよう、両者の力学という点において、トルストイ論争とドストエーフスキイ論とがそのモチーフを共有していたからである。つまり、論戦を挑んだ小林の側から言えば、「思想の干渉を受けた人間の情熱」という新しい時代の文学的課題は、思想や文学を実生活に還元して理解する自然主義的発想とは決して相容れない、との判断から発したものであった。さらに言えば、こうした小林の認識の背後には、思想こそが現実に意味を与えることができるという信念があったと考えてよいだろう。[16] 口調の激しさも、ここに由来する。小林は白鳥との論争と平行して中野重治とも論戦を行っていたが、そこでの論争姿勢は白鳥に対するものとは全く異なる。中野とのやりとりでは、「僕等は、専門語の普遍性も、方言の現実性も持たぬ批評的言語の混乱に傷ついて来た。（中略）今はこの日本の近代文化の特殊性によつて傷ついた僕等の傷を反省すべき時だ。負傷者がお互に争ふべき時ではないと思ふ」（「中野重治君へ」一九三六・四・二〜三）という発言に顕著なように、論争相手と和解し共闘しようとする姿勢が見られる。思想に憑かれた人間というモチーフを共有しているはずであるという意識ゆえのことである。

注

（1）　語り手は主人公を対象化するパースペクティヴを持たず見通しの利かない視点から描写するというミハイル・バフチンの指摘も同様の事態を指したものである。（『ドストエフスキイ論』冬樹社　一九六八年刊）

（2）　この方法のすぐれた実践として太宰治の小説を挙げることができる。太宰の方法については、本書第II部付論「方法としての文体」で論じる。

（3）この方法は後に小林自身「当麻」で採用することになる。本書第II部第一章参照。
（4）引用は『ドストエーフスキイ全集11　未成年』（河出書房新社　一九六九年刊）による。
（5）「『思想と実生活』論争」（『近代文学論争（下）』筑摩書房　一九六五年刊）
（6）『昭和文学史』（筑摩書房　一九六三年刊）
（7）石坂幹将「思想・実生活の文学的意義」（『文芸研究』一九七八・三）
（8）論争の呼称に対する疑義は、井上明芳「小林秀雄と正宗白鳥」『文学研究科論集』國學院大学大学院一九九四・三）が既に提出している。
（9）三好行雄「昭和期の文学論争」（『国文学』一九六一・七）
（10）『小林秀雄論』（塙書房　一九七二年刊）
（11）この論争は『文学』以前にも、『現代小説の諸問題』（十字屋書房　一九七二年刊）に収録されているが、そこではここに掲げた部分は初出と同じ。引用②の「第一の魔神」は「第二の魔神」の誤植の可能性も否定できないが、初出本文と『現代小説の諸問題』所収本文とは一部に改稿があるが、この箇所は双方とも「第一の魔神」とあり、誤植と考えるのは難しい。なお「作家の顔（二）」は『読売新聞』マイクロフィルムに落丁があり、原紙を参照する必要がある。また、『文学』には対白鳥論争のうち、「思想と実生活」は収められていない。「思想と実生活」が『文学』に採られなかったのは、この論文が文学以外の問題系に属していることを示唆している。
（12）「ドストエフスキイの生活（廿三）」（一九三七・二）で、小林は「フロオベルに孤独なクロワツセが信じられたのも、已れの抱懐した広い意味での教養に、衆愚を睥睨する象徴的価値が信じられたが為だ。併しドストエフスキイには、信ずるに足るクロワツセの書斎がなかつた。ロシヤの混乱を首を出して眺める窓が彼にはなかつた。彼が当時のインテリゲンチヤに発見した病理は、即ち已れの病理である事を厭でも眺めねばならない様な時と場所に彼は生きねばならなかつた人である」と述べている。

(13) 棚田輝嘉「正宗白鳥と小林秀雄」(『国語国文』一九八三・一二)

(14) 松本鶴雄「『思想と実生活』論争ノオト」(『群馬県立女子大学国文学研究』一九八四・三)

(15) 「小林秀雄と文学界」(『日本文学ノート』一九七二・五)

(16) 小林は「文学者の思想と実生活」で「若し細君のヒステリイが、トルストイの偉大を證する上に掛替へのないものとするなら、そんな深い意味を、この単なる事実に付与するものはまさしくトルストイの偉大さではないか、即ち思想ではないか」と述べている。思想が現実に意味を与えるのでその逆ではないということの発想は、後年『本居宣長』において言語論的な認識論として変奏されることになる。現実は言葉によって捉えられることで初めて人間に認識でき、その意味を問うことができるようになるという「物のあはれ」論である。この点については第II部第二章で確認したい。

第四章　歴史と文学――その根源にあるもの

これまで述べてきたように、小林秀雄は「様々なる意匠」（一九二九・九）によって文壇に批評家として登場し、以後めざましい活躍をするが、彼自身は批評家として自足することができずに、文壇登場以後も小説をいくつか執筆した。しかし、「Xへの手紙」（一九三二・九）において、自他のあいだに生じる「のつぴきならない運動」の中にあるべき自己を見出していくことを選択した小林は、以後、批評を自己の文学様式として選び取り、彼の文学活動は批評というジャンルに限定される。小林が「批評」あるいは「文芸時評」という語を表題に冠した文章を量産し始め、批評という様式に対して再検討を始めるのもこの頃である。一方、批評についての検証作業に若干遅れはするものの、ほぼ並行するように「ドストエフスキイに関するノオト」と題する、一連のドストエーフスキイ研究が開始される。この二つの事実は、文学様式としての批評に小林が自覚的に取り組んだ最初の作品が、ドストエーフスキイ論であったことを示している。

小林のドストエーフスキイ論は『未成年』論を皮切りに作品についての論が続けられたが、途中ドストエーフスキイの伝記が企図され、先ずは伝記の方が一九三九年五月に『ドストエフスキイの生活』として刊行されることになる。こうした屈折が生じた事情を小林は次のように語っている。

僕は片方でできるだけ作品の機構を調べようと思つてるんだ。作品を調べるとドストエフスキイが自分で知らなかつたことまで僕にわかるやうな気がするんだよ。さうすると、そのことを書くともう僕はドストエフスキイを評論してるんぢやない、僕のことを勝手に書いてるんだ。だけどそれぢやあんまりいかんと思ふから、できるだけ忠実にドストエフスキイの文献を読まうと思つた。できるだけドストエフスキイといふ歴史的存在を忠実に辿らうと思つた。

（『文学界』一九三六・二　同人座談会）

伝記という一種の歴史叙述である『ドストエフスキイの生活』（一九三五・一～一九三七・三　連載）へと小林を向かわせたのは、「生活」上のいわゆる客観的事実によって自らのドストエーフスキイ像に制約を課さねばならないというストイックな必要からであった、という批評家自身の語る動機を疑う理由はない。そこで小林が試みたのは、ドストエーフスキイの実際に生きた「生活」の軌跡を、史料に従いつつ描くことで、いわば評家の〈私〉を殺すことであった。近代批評の確立者とされるこの批評家が、こうした試みによって再出発したことは記憶しておく必要があろう。

しかし、皮肉なことに、小林がこのようなモチーフで開始した『ドストエフスキイの生活』の「序（歴史について）」は、彼の主観的な歴史観の典型的な表れと見られている。小林の歴史観が、理論的に展開されている部分を見ておきたい。

歴史は神話である。史料の物質性によつて多かれ少かれ限定を受けざるを得ない神話だ。歴史は歴史といふ言葉に支へられた世界であつて、歴史といふ存在が、それを支へてゐるのではない。凡そ存在するものは、人間もその一部として、僕等は自然としか考へ得ないのだし、自然を人間化する僕等の能力は、言はば存在しないものに関する能力であり、史料とはこの能力が自ら感ずる自然の抵抗に他ならない。抵抗さへ感じなければ、この能力には何んでも可能だ。例へば僕等は織田信長の友人だつたらと想像するのと同じ気楽さで、若し氷河時代に生れてゐたらと想像する。望むならば天地開闢の仕事に立会ふ事も出来る。実際かういふ想像力の働かない処では、歴史はその形骸を曝すだけである。

例によって文意を辿るのが難しい文章であるが、簡単に敷衍すれば、例えば次のようにも言えるであろう。

史料が存在しなければ、歴史は発見されない。しかも、史料が存在するとしても、歴史は過去に過ぎ去ってしまっていて、今此処には「存在」してはいない。その点では、昨年の私も、百年前のドストエーフスキイも変わりはない。ドストエーフスキイは今此処に存在している人物ではない。今此処に存在しているものはドストエーフスキイの残した作品、日記、手紙等、更に二次的なものとして他者の証言等が紙に印刷されたモノに過ぎない。モノという点では、それらは石や木片や鉄板や何かと同等のモノであるに過ぎない。過去を想起させ得ない限り、それらのモノは科学によって分析される原子や分子の集合体に過ぎないとも言えよう。ところが、それらのモノが、史料としてある人物に立ち現れた時、即ちそのモノが、彼に過去を想起させた時、歴史は誕生する。そうであるならば、歴史とは、史料とそれに感銘を覚え過去を思った人物とのあいだで成立するものということができるだろう。それ自体では単なるモノに過ぎない史料は、それがなければ過去を想起させ得ないという点で必須だが、過去を想起するという人間の心も同様に必須のものである。歴史はこの二つのどちらが欠けても成り立たず、この二つのもののあいだで、歴史は成立する[1]。

充分な（どこまでやれば充分かという問題は「出来うる限り」というよりほかないであろうが）史料の検討なしに思い浮かべる過去は空想に過ぎない。また逆に、可能な限りの史料を収集したところでそれらの材料から、主体が思考によって一つの歴史＝物語《イストワール》を創造しなければ歴史は生まれず、史料は相互の連絡を欠いたモノの単なる寄せ集めに堕してしまうであろう。だから小林は、「あらゆる史料は生きてゐた人物の蛻の殻に過ぎぬ。一切の蛻の殻を信用しない事も、蛻の殻を集めれば人物が出来上がると信ずる事も同じ様に容易である」と言うのである。無論、現代は歴史が、起源から終末へと向かうような形の「大きな物語」として構想されるような時代ではない。また、規範力のあるひとつの物語が大勢に共有されるような時代でもない。既に小説の形式がそうであるように、歴史叙述においても、ある物語へ回収されることを回避するために敢えて物語としての統一をやぶり、叙述を拡散させるような試みがなされているのかもしれない。しかし、たとえ物語の統一性を乱すノイズを混入させたり、統一的な物語を拒否し多面的な叙述をもちいたとしても、それらもまた、著者によって選び取られたひとつの方法によって構成されたものにほかならない。史料の総体から論者に都合の良いものだけを抽出し物語を構成する体のものは論外として、史料の総体から対立矛盾するものを指摘するに止まり、そこから先へ思考を進めようとしないのであれば、それもまた自らの思考を組み換えることに対して怯懦な点で、同じ怠慢と言えるだろう。

　史料という客観物に歴史家の想像力が屈する必要を小林は認めていないが、しかし、史料は歴史家の想像力に対して、その立脚点として最大の限定を加えるだろう。この「歴史について」で表明された方法ないし姿勢は、ほぼクローチェの歴史叙述の理論に拠っている(2)と考えられるが、「歴史について」の後半部では、クローチェの理論を小林は自己の色に染め抜く。それが最も顕著に表れている部分は、「さゝやかな遺品と深い悲しみとさへあれば、死児の顔を描くに事を欠かぬあの母親の技術」といういささか有名過ぎる比喩であろう。この比喩が災いしたのか、小林の歴史理論は、多くの評家によって、非合理的「謬論」(3)として批判されてきた。それら小林の批判者に対して理論的に反論することは、歴史を実体概念で捉えることに対する批判が日常的になされている今日では、たやすいだろう(4)。だが、クローチェと小林の文章には、明らかな相違があり、批判者の言い分にももっともな点がある。例えばクローチェには、次のような発言がある(5)。

> 歴史叙述を嚮導する価値は思想の価値でなくてはならぬ。そしてまさに此の故に、歴史を規定する原理は決して所謂「感情価値」と呼ばれるものであることはできない。これは生命であつて、思想ではない。そして此の生命が思想形式によつて未だ包まれないまゝに表現され描写されたならば、それは詩であつて、歴史ではない。詩的伝記を変質して真の歴史的伝記とするた

> めには、我我は人人の正しく云ふ如く、我我の愛、我我の涙、我我の侮蔑を引き込めて、いまその生涯が物語られようとして居る個人が、如何なる貢献によつて社会的文化的事業に組み入れられて居るか、といふことを尋ねなければならない。（傍点訳文）

言うまでもなく小林は、その歴史論からクローチェのいう「我我の愛、我我の涙、我我の侮蔑」を引き込めはしない。ただし、実際の『ドストエフスキイの生活』の本論部の叙述は、「小林色の希薄」[6]さが指摘されているように、小林の体臭を感じさせない抽象的記述によってなされており[7]、『ドストエフスキイの生活』を書こうとした小林の、〈私〉を抑制するという第一の意図は、さしあたって達成されていると判断してよいと考えられる。しかし、その理論の基底部に「悲しみ」という感情を置いたことによって、クローチェに従って展開された歴史理論に、強い文学的色彩が加えられたことは事実であろう。「悲しみ」を、それなくしては歴史が生まれることのない源泉の感情と捉えることにおいて、クローチェも人後に落ちないと思われるのだが[8]、それを敢えて小林は前面に出したわけである[9]。

歴史哲学者と文学者との相違[10]と言ってしまえばそれまでだが、この相違は、小林の見つめていたものが、実は、歴史ではなくまだ歴史となる以前の、歴史が発生する場所であったことを明かしている。「歴史について」での小林は次のように言っていた。

> 言はば歴史を観察する条件は、又これを創り出す条件に他ならぬといふ様な不安定な場所で、僕等は歴史といふ言葉を発明する。生き物が生き物を求める欲求は、自然の姿が明らかになるにつれて、到る処で史料といふ抵抗物に出会ふわけだが、欲求の力は、抵抗物に単純に屈従し

てはゐない。この力にとつて、外物の検證は、歴史の世界を創つて行く上で、消極的な条件に過ぎないので、どんなに史料が豊富になつても、その網の目のなかで僕等の想像力は、どこまでも自由であらうとするだらう。（傍点権田）

この「不安定な場所」では、子供の死は未だ歴史とはならずに、母親の心中には後悔や絶望というような、生な感情が動揺しているはずである。そうでなければ、死んだ子の年を数えるというようなことも起こりはしないだろう。小林の眼が常にこの場所に向けられ、ここから逸らされないという事実は、小林の資質の重要な点を示唆しているように思われる。

2

ところで、小林の文学的出発が、フランス象徴派との出会いによって遂げられたことはよく知られている通りだが、若年の小林の意識的な眼は主として彼等の理知的な面に集中して向けられていた。しかし、彼等には、小林自身「小説の繁栄に対抗して起つたサンボリストの運動は、当然抒情詩の運動であった」（「現代詩について」一九三六・八）と規定しているところの、そして中原中也が強く魅かれていたところの、優れた抒情詩人としての側面があり、小林もまたそこに魅力を感じていなかったはずはない。

若年の小林はフランス象徴派詩人等と同様に佐藤春夫からも強い影響を受けていたが、この事実もまた小林の資質の一面を示していよう[11]。小林と佐藤との関係についていえば、佐藤が編集者であった『古東多万』創刊号（一九三一・九）に、時評家時代の小林の数少ない小説の一つである「眠られぬ夜」が掲載された事実も見逃せないが、その佐藤に、次のような言葉がある。

　喜びは僕に詩歌を聯想させせません。それは舞踏を思ひ起させます。それだのに悲しみはさうはいかない。少くとも、それを早く客観化し、――忘れ去つて、人事のごとくしてしまはない限りは。詩は実に、非常に燃え盛つてゐる主観を、どうかして客観化しようとする努力の第一歩なのです。人はヒステリイ的状態の頂上にゐて、屡々ふと自分の事を客観して見つめたりするものである。詩は実に此ヒステリイ的作用なのです――少なくとも抒情詩は。（中略）詩の作用は人生の病苦を自ら癒す自家抵抗なのです。

（「喜びの歌、悲しみの歌」一九二五・一二）

敢えて詩論とは言わないが、谷崎をして「おそろしい鋭さ」（「佐藤春夫のことなど」一九六四・五）と言わしめた直観が、「少なくとも抒情詩」の本質は、あやまたず見抜いている。詩の同じ作用を指して、「詠歌ノ第一義ハ、心ヲシヅメテ妄念ヲヤムルニアリ」と言ったのは、『排蘆小船』の本居宣長である。後年の小林はこうした宣長の言葉に導かれて、『本居宣長』（一九七二年刊）で次のように述べる。

　心の動揺は、言葉といふ「あや」、或は「かたち」で、しつかりと捕へられぬうちは、いつまでも得体の知れない不安であらう。言葉によつて、限定され、具体化され、客観化されなければ、自分はどんな感情を抱いてゐるのか、知る事も感ずる事も出来ない。「妄念ヲヤムル」といふ言ひ方は、さういふところから来てゐる。「あはれ」を歌ふとか語るとかいふ事は、「あはれ」の、妄念と呼んでもいゝやうな重荷から、余り直かで、生まな感動から、己れを解き放ち、

己れを立て直す事だ。（三十六章）

小林の言葉は、宣長に拠りつつ、あたかも佐藤春夫の片言を敷衍しているかのような感があり興味深いが、ここでも、小林の眼の向かう所が歌や物語ではなく、歌や物語の発生する場所であるという点に注意したい。その場所はまた、そこから紡ぎだされる言葉の性質が変われば、歴史が発生する場所ともなるであろう。小林の言う「歴史」も「文学」も、ともにこの同じ場所から分岐したものに過ぎないのである。

いささか先走り過ぎたようなので、「歴史について」の時点の小林に戻って言えば、そこで小林の行っていたことは、母親の「悲しみ」を言うことで、近代の様々な歴史観や方法に共通する主知主義的傾向に対する批判を行っていたという性格が強い。小林自身の眼にも、未だ「死児の顔を描く」という行為が母親にとって持つ意味までは入っていない。小林の意識的な眼は、歴史叙述の「技術」、あるいは歴史と批評との方法的アナロジー以外には、向けられてはいなかった。

しかし、『平家物語』について作者の歴史感情がその名調を生んだという考えが述べられている「歴史と文学」（一九四一・三〜四）の頃になると、小林の眼は、既に母親の行為自体の意味を捉え始めている。そして、「歴史と文学」で「立派な歴史家」と呼んでいた『平家物語』の作者を、小林は「平家物語」（一九四二・七）では、「詩人」と呼ぶ。そのように呼んだ時、小林は既に、「批評」と「歴史」と「詩」とが別のものではないと考えていたはずである。ここに、「歴史」に対する小林の問題意識はいったんの解決をみ、以後、『本居宣長』などで自己の文学の総決算を試みる頃まで、小林が「歴史」を直接取り上げて考察することはなくなる。しかし、このような解決は、歴史を文学に回収してしまうことにほかならず、小林が「歴史」と呼ぶものについて、例えば河上徹太郎が『近代の超克』座談会（一九四二・一〇）で、それを敢えて「歴史」と呼ぶ必要はないのではないか、と疑問を呈したのももっともなことであった。

　以上のように見てくると小林が「歴史」という言葉で指しているものは、人間が史料からイストワールを紡ぎ出す行為であったことがわかる。だからこそ小林においては、「歴史」はやすやすと「詩」や「文学」と重なり合うことが可能となるのである。つまり、小林が一貫して眼を注ぎ続けたのは、人文科学の一分野としての「歴史」や「文学」というよりも、人間にとって根底的な行為としての表現行為であった。そして小林は最後に『本居宣長』で、表現行為を、この世界の中に投げ出されて不安状態にある人間がみずからの置かれている状態を克服する方法として、捉えてみせた。だとすれば、私たちがふつう作品と呼んでいるものは、世界とそこに縛られて生きる生身の自己に対して表現主体が挑んだ闘いである表現行為の、まさに「戦の記念碑」（「様々なる意匠」）にほかならないだろう。表現者達は確かに、「私達を捕へて離さぬ環境の事実性に、言語の表現性を提げて立ち向か」（『本居宣長補記』）っているのである。

　もちろん、以上のような小林の表現観で、文学表現のすべてを覆えるわけではない。しかし、抒情詩や、私小説あるいは心境小説（これを心理描写をもってした散文詩と捉えてみせたのは一九二七年の佐藤春夫である）については、彼の考え方によって、多くの真実を捉えることができると予想される。そして、詩人という言葉が、文学のみでなく様々な芸術における制作主体に対する比喩として用いられるという言語事実や、小説（散文）が圧倒的な優位に立つ近代以後においても、詩という表現形式がなおラディカルであり続けている事実は、この表現観もまた、同様に根底的なものであることを示してはいないだろうか。

注

（1）以上のように小林の歴史観を追ってくると、それが丁度小説読者の臨んでいる事態と似ていることに気付かされる。例えば、小説に夢中になっている人物がそこに見ているのは、紙に染み付いたインクの形というより、歩いたり喋ったりする人物や風景そのものである。それらのイメージや言葉は読者と書物とのあいだで、読者の想像力によって成立している。勿論、かつてベルグソン門下のアルベール・ティボーデが批評家を精読者《リズール》と規定したように（『小説の美学』）、精読すなわち批評という行為を成り立たせるにはそれだけでは充分ではない。批評家は夢中になって小説を読む一方、登場人物を批判したり、作者の描写法を分析したり、さらには読者自身の読みを修正したり、ということをしばしば行う必要があろう。与えられた言語等の資料（あるいは史料）を媒体として主体が小説世界（あるいは歴史世界）を想像しつつ、それを成立させる二つの要素である資料（史料）と自身の想像力とに対する批判、これらのことが批評家にも歴史家にも要求されるものであることを指摘しておくことは、あながち無意味でもあるまい。小林自身の言う通り、歴史についての関心が直接はドストエーフスキイ研究の中から生じたものであったとしても、批評家小林が以後、歴史について関心を持ち続けたことの一端は、両者の類似性にあったと考えることも可能だからである。

（2）ベネデト・クロォチェ『歴史叙述の理論及歴史』（羽仁五郎訳　岩波書店　一九二六年刊）参照。小林の言葉を先のように敷衍するに際して、他に『思考としての歴史と行動としての歴史』（上村忠男訳　未来社　一九八八年刊）を参照した。

（3）本多秋五「『ドストエフスキイの生活』をめぐって」（『第三版・転向文学論』未来社　一九七一年刊　一一三頁）

（4）例えば野家啓一は「コンテクストから孤立した純粋状態の『事実そのもの』は、物語られる歴史の中には居場所をもたない。脈絡を欠いた出来事は、物理的出来事ではあれ、歴史的出来事ではないのである。」（『物語の哲学』岩波書店　一九九六年刊）と述べているが、この発言などは「客観的事実」から小林の史観を批判した本多秋五を直接批判しているかのように思われるほどである。

（5）前掲『歴史叙述の理論及歴史』四〇～四一頁

（6）志水速雄「小林秀雄における伝記の方法」（『国文学』一九七六・一〇）

（7）『ドストエフスキイの生活』の本論部は、引用する史料に対して、作品の読みを根拠として徹底的に批判的な視線を投げかける懐疑的思考を叙述の原動力としている。形式的なことだが、一例をあげれば、『ドストエフスキイの生活』は出版に際して、一人称が削除されるケースが数例あり、叙述の普遍性、抽象性を印象づける為になされたと考えられる。

（8）前掲『歴史叙述の理論及歴史』には、歴史叙述に際して「自らそれらの内容を思考しつつ現実によみがへらせつつではなくして、ただ単にこの思出を忘却より守つて彼の後にモンテ・カシノに住まう人人に伝へんが為めにのみ冷めたい型式を書写したのであつたならば、そのとき既にこの歴史が年代記録の形をとることを妨げはしないのである。」（一七頁）とあり、ここに先立つ部分でクローチェも執筆者の涙や戦慄を言っており、彼の理論も充分に文学的である。だからこそ小林はクローチェによったのだと考えられる。

(9) ただしこのことは小林の歴史観の決定的な瑕疵とはならないと思われる。むしろ、小林の歴史観の最大の問題点は、母親の悲しみや愛や無私をいうことで、言葉を持たない死んだ子に対する彼女の特権性を不問に付している点にある。そしてこのことは、小林の表現様式が批評という他者についての叙述であることを考えると決して看過するわけにはいかない問題へとつながるはずである。なお歴史叙述の主体の特権性・暴力性については高橋哲哉「歴史　理性　暴力」(『逆光のロゴス』未来社　一九九二年刊所収)を参照されたい。

(10) 野家啓一は前掲『物語の哲学』において小林の歴史観を取り上げ、「死児を想う母親の技術が単なる思い出に留まるならば、それは甘美な個人的感懐ではあっても歴史ではない」と批判し、「思い出が歴史へと転生を遂げるためには、『言語化』と『共同化』という契機がぜひとも必要とされるのである」と言っている。小林の「歴史」に「言語化」の契機がないとする読みは明らかな誤読だが、「共同化」への志向性が欠けているとする読みは正鵠を射ている。小林の言う「歴史」は、この点においても、学問として、知の共有制度としてある歴史とは異なる。

(11) 中村光夫は、小林を「本質において詩人」と評したことがある(「小林秀雄論」一九五八・五～七『《論考》小林秀雄　増補版』筑摩書房　一九八三年刊　所収)。が、外界への興味を散文的、内面への関心を詩的、とする中村の判断基準はあまりに素朴である。ここでは、佐藤や宣長、小林に従って、主体が情を抒べることによって、その情を客観化する行為を、詩的行為と考えたい。

第五章　自意識と他者——ドストエーフスキイ研究の意味

ドストエーフスキイの作品についての批評は、小林が自己の文学様式として批評を選択した時期(1)にあたる一九三三年から、晩年の主著『本居宣長』(一九七七年刊)の執筆を開始する直前の一九六四年まで断続的に発表された。結局、この仕事は、彼の半世紀を越える批評活動の過半にわたって行われたことになる。このこと一つをとっても、批評対象に寄せる小林の愛着および批評家としての執念を感じさせるが、この膨大な文章群を考察の対象としようとすると、小林の他の批評作品のどれにもまして、困惑せざるをえない。小林はそれらの作品論の殆どを自ら未完と判断していたふしがあるからである。

まずは、この批評群の書誌について確認することから始めたい。ドストエーフスキイの作品についての論は、第三次『小林秀雄全集』ではじめてまとめられた(2)。それらの発表時はそれぞれ次の通り。

①「『未成年』の独創性について」(一九三三・一二)
②「『罪と罰』についてⅠ」(一九三四・二、五、七　以下「罪と罰Ⅰ」と略記)
③「『白痴』についてⅠ」(一九三四・九、一〇、一二、一九三五・五、七　以下「白痴Ⅰ」と略記)

④「『地下室の手記』と『永遠の良人』」（一九三五・一二、一九三六・二、四　以下「地下室の手記」と略記）
⑤「『悪霊』について」（一九三七・六、七、一〇、一一　以下「悪霊論」と略記）
⑥「カラマアゾフの兄弟」（一九四一・一〇、一一、一九四二・一〜三、五、七、九）
⑦「『罪と罰』についてII」（一九四八・一一　以下「罪と罰II」と略記）
⑧「『白痴』についてII」（一九五二・五、六、八〜一二、一九五三・一、一九六四・五　以下「白痴II」と略記）

①②及び③の第三回までの原題には「ドストエフスキイに関するノオト」とあった。②には「了」、③には「完」、④〜⑥は「未完」、⑧は「前編終り」、とそれぞれ連載の最終回にある。①の末尾には特に記されているものはないが、小林に未完との意識はなかったものと思われる。また⑦⑧ともにその初出題では「II」とは付されてはいなかった。なお一九五〇年より刊行された第一次『小林秀雄全集』（創元社）でドストエーフスキイ関係の文章が集められた第五巻目次では「ドストエフスキイの生活」に続けて、「『罪と罰』について」（内容は⑦と同じ）が載せられ、続いて「ドストエフスキイに関するノート」として、③①④⑤⑥の順で作品論が並べられている。③が「ノート」の最初に位置しているのは、小林が『白痴』を最も愛していたからであろう。[3] 一九五五年より刊行された第二次『小林秀雄全集』（新潮社）は執筆年代順に編集されたものであるが、そこでは未だ⑧は収められておらず、②も第一次全集と同様に載せられていない。
　その後、一九六三年六月、小林はソビエトに旅行し（この旅行を機に、一九五八年五月から連載

が続けられていたベルグソン論が中絶された）、帰国後「ネヴァ河」（一九六三・一一・三〇、一二・一、三〜五）を執筆し、翌一九六四年五月には、連載が中断されたままになっていた⑧に最終の第九節を加筆し『「白痴」について』と題して出版した。しかし、出版された「白痴II」は、末尾にムイシュキン、ラゴージン、ナスターシャをめぐるコメントが付されただけで内容的にも形式的にも、第二次全集に収められなかったものと大きく変わるものではない。膨大なドストエーフスキイの作品論から「白痴II」のみ特別に出版された事実が示しているのは、ドストエーフスキイの作品論の中で小林自身最も愛着を持っていたのがこの批評作品であったということであって、それ以上の意味をここに求める必要はない。「白痴II」出版直後の佐古純一郎との対談「批評と人生」（一九六四・七）に、ドストエーフスキイの「言いたいことは、全部『罪と罰』の中にあります」との発言が見られるように、『白痴』あるいは『白痴』論への愛着にこだわらずに小林のドストエーフスキイ理解について言えば、その中心には『罪と罰』があったことが知られるのである。

「白痴II」の刊行後、ドストエーフスキイの作品についての批評はようやく、『ドストエフスキイの生活』やいくつかの関連論文と共に①④〜⑧が『ドストエフスキイ』（一九六四・六）と題してまとめられることになるのだが、以上見てきた経緯を考えるに、長い間まとまった形で刊行されることのなかった点については、「『ノート』は昭和九年から十七年まで改造社の『文芸』に連載され、大方の熱望にも拘らず、著者は『罪と罰』の如く書きかへることを意図してをられた為、今日まで上梓を許さ」なかったという第一次全集月報（「編集室より」）の言を信用しておいてよいと思われる。つまり、「白痴II」を出版した時点で小林はドストエーフスキイの作品について書き直す意思を放棄し、以後その思索の対象を本居宣長へと絞ったということである。

このような経過を示すドストエーフスキイの作品についての小林の文章群が、小林文学にとって重要な位置を占めていることは疑えない。批評というジャンルに対して懐疑的であった新進文芸時評家に、ドストエーフスキイは文芸批評もまた文学たりうるという可能性に賭ける素材を与えた[4]。そしてまた、ドストエーフスキイとの取組が『本居宣長』の著者としての思想家を生むことを準備したのである。こうした批評家の道程を視野に入れながら、ここでは「罪と罰II」を中心に考察する。

1

『罪と罰』論について考える前に、小林が『罪と罰』のデッサンと呼ぶ『地下生活者の手記』[5]についての考察を検討しておく必要がある。小林は地下室の男について「彼は果して狂人であるか。健康で強い精神は既成のものに満足せず、疑ひや否定の力で新しいものを産み出すといふ事が本当なら、『地下生活者』は極度に健康で強い精神の持主ではないかどうか」（「ドストエフスキイのこと」一九四六・一二）と言う。「健康で強い精神」を地下室の男に見るとは、実にユニークな意見であるが、それは小林が《性格を持つた人間、つまり実行家は、極めて限定された存在だ[6]》という地下室の男の言葉を次のように理解するからである。

人間の性格とは何か。性格とは心理ではない寧ろ行為である。或る人が或る性格を持つてゐる事を保證してくれる唯一のものは、その人がどういふ行為をするかといふ事だ。性格とは行為の仮面に他ならない。性格が行為の仮面である以上に、行為とは社会生活の仮面である。そして社会生活とは、社会的訓練、社会的教化、社会的習慣、何んと呼ばれようとも、要は、意識的なものを無意識的なものに化さうと働く、あの巨大なメカニスムの仮面ではあるまいか。この様な時、誰が自意識の座を守つて、その無意識化、行為化に反抗するか。実行といふ美名の下に、どれほどの思索上の可能性が死なねばならないか。誰も、性格を紛失して了ふほどの、自意識の眩暈を持ちこたへてみようとはしない、常識の名に於いて、社会から追放される事を恐れるからだ。（「地下室の手記」）

ここで言う自意識を、昭和初年代の文学的問題として、あるいは青年期の心理学的問題として理解することも可能だが、少なくともドストエーフスキイ論においては実存的課題と結びついていると見た方が妥当である。小林は、戦後の「罪と罰II」においても、「四十五歳にもなつた作者が、廿三歳の青年の言行を、何故あれほどの力を傾けて描き出さねばならなかつたか。これは、青年達にとつては、難解な問題である」とその冒頭で述べている。小林自身はこの問いについての答えを示していないが、同じ文章中に「意識の度は絶望といふ羃の指数である」という『死に至る病』からの引用をしている小林の念頭には、キルケゴールの、青年期にしばしば人は自意識によって内面性を持つが、多くの人々は年とともにそれを失い、精神を棄ててしまう、という言葉があったとみてよいだろう。つまり、精神を棄て去った多くの人々でさえ、青年期には若干の精神性を持っていたというわけだが、だとすれば、青年とは、人間精神についての実験を徹底して行うに際して、好都合な場所といえるはずである。ラスコーリニコフやイヴァンのような早熟な知性を所有する青年達をドストエーフスキイが好んで取り上げたゆえんを、小林はこの辺りに見ていたと考えられる。早熟な青年ほど、肉体を離れた精神の、敢えて言えばその純粋な性質を、実験するに適したものはない。

再び「地下室の手記」に戻って言えば、人間を自動化するものに対する抗議を小林はその主人公に見ている。無論、地下室の男は精神のこの積極的側面のみを所有する者ではない。彼の精神がこの側面のみを終始持っていたのなら、彼は堂々たる反抗者となり、地下室へもぐり込むことにはならなかったはずである。小林はこの間の事情を次のように見る。

精神の可能性を固持しようとして、それを束縛する社会生活を否定した男は、あらゆる行為の可能性の中にさまよい、現実の行動を起こすことを自らに禁じる。しかし、あらゆる行為を禁じられた主体は、その状態に自足できず不安を感じ、今度は逆に、以前は侮蔑していた実行家をうらやむことになる。そこを小林は地下室の男になりかわって言う。「自由な精神への渇望が精神の束縛を羨望するに終るとは、動かし難い人間精神の法則なのか。併し法則と妥協するくらゐなら廿日鼠でゐた方がましだ」（「地下室の手記」）。

不安から逃避することは断固拒否するが、不安はますますつのり、自身を「廿日鼠」とする意識も嵩じる。活動の始発においてはポジティブなものであった精神がそれを押し進めて行くとネガティブなものへ至るという逆説を小林は地下室の男に見ているのである。

『手記』については、「地下室の手記」に続く「悪霊論」においても小林は、悪についての考察を展開する重要な場面で言及する。そこで小林は『手記』に触れて「不安は人間精神の唯一の糧である」と言い、キルケゴールを引用した後、「ドストエフスキイにとつて悪とは精神の異名、殆ど人間の命の原型ともいふべきものに近付き、そこであの巨大な汲み盡し難い原罪の神話と独特な形で結ばれてゐた」と述べる（この件には、人間を精神として規定し〈不安の概念〉を媒介に原罪へと接続するキルケゴール摂取の跡が明らかであろう）。そして、この「悪霊論」の発言を「ドストエフスキイは『罪と罰』で、所謂宗教の問題も倫理の問題も扱つてやしない。罪といふ言葉、罰といふ言葉を発明せざるを得なかつた個人と社会との奇怪な腐れ縁を解剖してみせてくれたのだ」という「断想」（一九三四・八）での発言と比較すると、小林の考察が短期間に大きく転回したことが知られる。清水孝純は「悪霊論」以後の小林のドストエーフスキイ論に倫理的な深まりを認めているが[9]、倫理と宗教との問題が導入された契機としてキルケゴールを通じたキリスト教理解があったという判断が、本稿の仮説的意識としてあることを断っておく（その時期については「地下室の手記」連載中であったろうと考えている）。

さて、精神に以上のような性質を認めた小林には次のような発言が生じることになる。

自意識の過剰といふ事を言ふが、自意識といふものが、そもそも余計な勿体ぶつた一種の気分なのである。（中略）太陽や水や友人や、要するに手ごたへのある抵抗に出会へない苦痛なのである。

（「自己について」一九四〇・一二）

小林のこのような言葉に評家はしばしば惑わされがちであるが、《意識の過剰どころか、どんな種類の意識でも、意識はすべて病気なのである》というほぼ同じ言葉が、『手記』の主人公によってその冒頭部分に記されていたことを忘れてはならないだろう。地下室の男に見られたような精神の逆説的性質が、人に恐怖を与えるとすれば、当の地下室の男自身もそれを知っていた点にこそある。『手記』が明かしているように、自意識の不毛を知っているということは、それだけではいかなる救済ももたらさず、寧ろ苦痛を鋭くし、絶望を深める。「自己に烈しく問ふ者が、何等の明答も得られない様を、僕等は『地下室の手記』に見る。彼は疑ひの煉獄から出る事が出来ず、出ようともしない様も、まさに僕等の読む通りである」（「罪と罰Ⅱ」以下特に記さない引用は「罪と罰Ⅱ」からのもの）。そして、この『手記』の主人公の問題を小林はそのまま『罪と罰』の主人公に移し、ラスコーリニコフについて次のように述べる。

彼の自己紛失は、彼の自己たらんとする同じ力によつて行はれるのである。兇行はさういふ危機に際して現れるのだが、彼自ら「実験」と呼ぶこの行為は、さう呼ばざるを得ないその事が示す通り彼の精神の鏡に映つた可能的自己の姿に過ぎなかつた。この奇妙なエゴティストは、どうしても他人にめぐり会へない事に苦しむ。烈しく純粋な自己反省といふものの運動が、当然落入らざるを得ないディアレクティックに苦しむ。

ここに、「煉獄」から出る契機を他者との出会いに求めている小林自身の問題が現れている。だが、他者とは、出会おうと思って出会えるものではない。この場合必要とされている「手ごたへのある抵抗」としての他者とは、主体に先取り可能であったり、主体によって抽象化された他人や事物等ではない。話は寧ろ逆であって、先取りした他者像に現実の他者を当てはめることや、抽象化されたそれにしか出会えないことが、「煉獄」からの離脱を不可能にしているのである。(10)

その他者をめぐる小林の考察は、ラスコーリニコフとソーニャとの交渉をめぐって展開される。ラスコーリニコフに対するソーニャが他者であるなら、小林は〈他者〉をどのようなものとして捉えていたのだろうか。

2

ラスコーリニコフがソーニャを初めて訪問した時の小説での両者の関係は次の通りである。ラスコーリニコフは彼女を《狂信者》と断定し、《執拗にこの想念を守ろうとした》。だが、《ソーニャの持ってるすべてのものが、彼にとって一刻一刻、いよいよ奇怪に不可思議になっていく》。ラスコーリニコフは、小林によれば、「残酷な好奇心」に駆られて、ラザロの復活を読むことを強要する。ソーニャは《同じように盲目で不信心なこの人も、すぐにこの奇跡を聞いて、信ずるようになるだろう》と期待するが、聞き終わったラスコーリニコフは《お前もやっぱり踏み越えたんだよ》と言い、自由と権力を目的とする自分の同行者を認めただけであった。

しかし、小林はこの時点での両者の関係を、ラスコーリニコフの抱く、何故世の中にはこんな不幸があるのかという「疑問に応ずるもつと大きな疑問の如く、ソオニャといふ女が眼前に立ちはだかり、彼はどうする事も出来ない」（傍点権田）というふうに捉える。ラスコーリニコフにとって了解不能な、不透明性を持った〈他者〉としてのソーニャを小林は認めているのである。[11] そして、ソーニャの他者性の由来は、主体の観念を上回るその「大きさ」に求められている。ただし、小説について見た通りこの場面でのラスコーリニコフは、自己の持つソーニャについての観念像には現実のソーニャが収まりきらない女であることを感じつつも、前者に後者を当てはめることを止めようとしていない。つまり、まだラスコーリニコフは〈他者〉としてのソーニャに出会っているわけではない。この最初の場面で彼に生じたものは、ソーニャが自身にとって未知なものである予感だけである。これに続くソーニャへの自白の場面で、回避の余地なく、ラスコーリニコフは〈他者〉に出会った、というのが小林の理解である。

自白の際ラスコーリニコフはソーニャの顔にリザヴェータを見、ソーニャは殺害されたリザヴェータの恐怖を模倣し、更にラスコーリニコフにその恐怖が伝染した、とドストエーフスキイは書いているが、これを小林は次のように読む。

　リザヴェエタの恐怖は、実はソオニャから貰つたものであり、ソオニャの恐怖は、彼自ら与へたものである。どうしても人と心を分ち得ないと考へてゐる人間が、思ひも掛けぬ形で人と心を分ち合ふ有様が見られる。彼は、ソオニャに或る秘密を打明けたのではない。彼自身が「秘密」だつた筈だから。彼は、全心を曝し出さねばならぬ、誰の前に？　已れの前に。（傍点原文）

ソーニャが〈他者〉であるなら、小林にとっての〈他者〉とは、それに出会った人にその人自身の「全心」を開示するものである。そして、それは「恐怖がラスコオリニコフとソオニャを一人にする」といった形式において実現される、と小林は考えているようである。

ところで小林は、「ラスコオリニコフがリザヴェエタの事を本当に思ひ出すのはこの時が始めてであり、又この時限りである」（傍点原文）と言っているが、リザヴェータ殺害についての事後の反省をラスコーリニコフが「不思議な自然さで」避けている点に、「ラスコオリニコフの『頭脳の悪夢』の限界」を見ていた。リザヴェータ殺しについては、老婆殺しとの違いをドストエーフスキイが次の様に描き分けている点に小林は注意を払う。

・老婆

《ほとんど力を入れず機械的に、老婆の頭上へおののみねを打ちおろした。》（傍点訳文）

・リザヴェータ

《彼はおのを振るっておどりかかった（中略）おのの刃はちょうど頭蓋骨へまっすぐに突っ立って、たちどころに額の上部を完全に、ほとんどこめかみまで打ち割った。》

この描写の相違からリザヴェータ殺しを彼の「自己防衛の本能」による、と判断する小林に従えば、ラスコーリニコフの恐怖は、意識の背後にある彼自身の「異様な生の統一」――自由と権力とを肯定する思想の裏面にあって、しかもそれよりもはるかに強くそして醜悪な「自己防衛の本能」をも含んだ――「異様な生の統一」に直面したことに由来する、と言えるだろう。こうした点を指摘した後で、小林はソーニャへ自白した直後にラスコーリニコフが感じる孤独を、小説末尾近くで妹ドゥーニャの愛情にふれた際にもらす《あゝ、もし俺が一人ぽっちで、誰ひとり愛してくれるものもなく、俺も決して人を愛さなかつたとしたら、こんな事は一切起らなかつたかも知れぬ》（傍点訳文）という独白を付会して意味づけている。愛情を持って接する人物が主人公に苦痛をもたらす点を小林は注視するのである。殺人者自身恐怖するその醜悪な姿を見たにも拘わらず、ソーニャが自分に愛情を寄せることが、ラスコーリニコフには不可解なのだが、ソーニャをラスコーリニコフの観念像よりも「大きく」しているものは、この愛情にほかならない。そしてこの愛情だけが彼を悩ませる。小林の論文には引用されていないが、『罪と罰』の次の部分は、この状態をよく示しているだろう。

《彼女はふいに彼の両手を取り、その肩へ頭をのせた。このちょっとした親しみの動作はラスコーリニコフにぎょっとするほどふしぎな感じを与えた。彼は合点がいかないくらいだった。どうしたことだろう？　自分に対していささかの反発も、いささかの嫌悪も見られないし、彼女の手にいささかのおののきも感じられない！　これは何か一種無限の自己卑下に相違ない。少なくとも、彼はこう解釈した。ソーニャは何もいわなかった。ラスコーリニコフは彼女の手を握りしめ、そのまま外へ出た。

彼はたまらなく苦しくなった。もしこの瞬間、どこかへ行ってしまって、完全にひとりきりになれたら、よしやそれが一生つづこうとも、彼は幸福と思ったに相違ない。》

精神の機能を分析的知性に限定してしまっているラスコーリニコフには、ソーニャが彼自身に寄せる愛情を、不合理ゆえに不可解なものとしか考えられない。ラスコーリニコフの苦痛は彼の恃む知的認識が愛情の前で座礁することから生じるのである。

ラスコーリニコフにとってソーニャは不可解な「大きさ」を持って立ち現れたわけだが、逆にラスコーリニコフに対するソーニャについて小林はどのように見ていたのだろうか。ソーニャの〈他者〉性を示す際に、ソーニャに対するラスコーリニコフの意地の悪い批判や不可解な言動にふれて、小林は「そんな事はどうでもよい。さういふ曖昧な問題は、一切彼女には存在しない。彼女は見抜いて了ふ」と言っていた。ラスコーリニコフにとっては不透明な〈他者〉であるソーニャだが、ソーニャにとってラスコーリニコフは透明である。そして、ラスコーリニコフとポルフィーリイが対称的な関係であったことを想起するなら、〈他者〉を、次のように規定しても良いだろう。すなわち、知性を恃む認識と愛情を核とした認識との非対称性によって、主体よりも大きく、不透明なものとして立ち現れてくるような存在として。そして「自己防衛の本能」に根ざしたラスコーリニコフの知的認識にとっては、愛情を核とした〈他者〉の存在はいつまでも不透明で非合理的なままである。この両者の認識力における非対称性が、小林における他者性の特質を形作っている（因みにこの二つの認識力の相違について小林は、既に「批評家失格Ⅰ」において「探る様な眼はちつとも恐かない、私が探り当てて了つた残骸をあさるだけだ。和やかな眼は恐ろしい、何を見られるかわからぬからだ」と言っていた。「和やかな眼」を持った人物の秘めている他者性を小林は早くから感受していたようである）。だからこそ、「ラスコオリニコフはソオニャの沈黙の力の様な愛を痛切に感ずる」時、知性にのみ拠った自分の認識力の非力を感じ、身の回りの全てが、銭葵の鉢や洗濯物などの「彼には、一番よく知つてゐる物が、もはや一番わからぬ物となり了」ると、小林は言うのである。念の為に言っておくと、洗濯物がわからぬものとなった、という言葉は小説にはない。日常的世界とは合理的に整えられた世界でもあるが、その破れ目からソーニャという〈他者〉の実在に接したが故に、最も日常的な身辺の事物さえもが不可解なものとなるのである。

以上が小林の〈他者〉理解であるが、ここで、小林同様キルケゴールやドストエーフスキイに拠った他の批評家の他者理解と比較することで小林のそれをもう少し詳しくみておきたい。

一つは柄谷行人の他者観である。柄谷も彼の考える主体／他者-関係を「非対称的」と形容しているが、キルケゴールに拠る箇所で、弟子にとってのイエス＝キリストが他者であるのは当然として、イエスにとっての弟子も他者とする例を上げていた[12]点に見られるように、柄谷はその方向性を交換可能と捉えており、柄谷の言う「非対称的」な関係と、小林の考えている主体／他者-関係における非対称性とは異なっている。小林の主体／他者-関係は、柄谷の例でいえば、弟子／イエス-関係のみであり、その方向において両者が逆転することはない。比喩的に言うならば、小林の主体／他者-関係は、二次元（平面）／三次元（空間）の関係と同様である。

　もう一つは先にも触れたミハイル・バフチンの論である。バフチンは、ゾシマ、アリョーシャ、ムイシュキンの系譜に属する人物の発する言葉を「**心に沁みとおる言葉**」と呼び、それを機能面から「相手が自分自身の声を自覚するのを助ける力を持った言葉[13]」と規定していたが、小林がラスコーリニコフに対するソーニャに見た機能もまた、バフチンが「心に沁みとおる言葉」の持ち主に見たものと同様、自己認識をもたらすものであったことは先にみた。「心に沁みとおる言葉」についてバフチンは、イヴァンやナスターシャの系譜に属する人物にとってそれが「**他人**の言葉として役に立つはずなのだ」と言っているが、そこでバフチンがゴチックで**他人**と表記しているものをここでの用語に従って他者と呼んでよいならば、主体に対して他者の果たす役割において、小林とバフチンの他者理解は共通している。ただし、小林は、先に確認した通り、〈他者〉としてのソーニャに出会った後のラスコーリニコフが邂逅時の自己認識を持続できずに不安定な状態に置かれる理由を知的解釈を恃むラスコーリニコフの側の意識に求めていたが、バフチンは例えばムイシュキンの「心に沁みとおる言葉」をナスターシャが信じられないのは、ムイシュキンの言葉自体が「最後の確信と権威とでもいうべきものを欠いており、単にフトコロをついて出た」からであるとしている。この点において、両者の他者理解は異なっている。

3

ムイシュキンについて小林は、「自分にも思ひ掛けぬ自己を現す機縁の如きもの」(「白痴II」)と言っているが、ラスコーリニコフにとってのソーニャの意味が、これと同様であったことは、既に確認した。〈他者〉としてのムイシュキンやソーニャに接触することが、自己の観念の中に閉じ込められた主体を解放し、知的分析によっては捉えられぬ自己についての全的な認識をもたらす契機となる。そして、そのような認識が実現する時は、他者や自己を客体として対象化し分析する意識が消滅し、主体が〈他者〉と融合し一体となる時でもある、というのが小林の理解であった。この瞬間を、批評家自身の経験として語った文章に「無常といふ事」(一九四二・六)がある(そこで言われていた「解釈を拒絶して動じないもの」とは、ここでの文脈では〈他者〉と呼んでよいものである)。だが、「無常といふ事」の「僕」が比叡山での経験を追体験しようとして同じ文章を眼の前においても、かつての濃密な体験は戻らなかったように、〈他者〉と一体となった主体は、その一瞬の、全的な自己認識を持続しうるわけではない。対象化によって認識する分析的知性が主体のもとに素早く戻って来るからである。その知性に従えば、他者との融合感は「取るに足らぬある幻覚」(「無常といふ事」)と呼ばざるを得ない。しかし、以前のやうに自己の観念を他者にあてはめようとしても、「幻覚」の現実性を経験した記憶がそれを許さない。観念的な自己完結に安住することはもはや不可能となり、主体は不安定な状態の中に止まり続ける。こうした事態は、ソーニャの愛情に対して知的解釈を試み、そこに彼女の自己卑下を見てしまうラスコーリニコフの苦しみを描いた先の小説の一節にもよく表れていたものである。小林は「さういふ不安状態のうちに、主人公を掴んで離さぬ為に、作者はどれほどの努力を必要としてゐるかを想ひ見るがよい」と注意を促していたが、その「不安状態」の意味を追う小林は、「罪と罰II」の最終章に入ると、「人間が置かれた在るがまゝの状態を直視」した思想家として、パスカルに言及する。

小林にはパスカルとドストエフスキイとは「別々に同じ星の下に生まれた人間らしい」(「カラマアゾフの兄弟」)との発言もあるが、「罪と罰II」においても、両者に共通するものとして「呻き乍ら求める」(『パンセ』四二一)という「発想法」を指摘している。こうした指摘をする小林の念頭には、パスカルの次のような言葉があったと考えてよい。

自然は私に、疑いと不安の種でないものは何もくれない。もし私が自然のなかに、神のしるしとなるものを何も見ないのだったら、私は否定のほうへと心を定めたことであろう。もしいたるところに創造主のしるしを見るのだったら、信仰に安住したことであろう。ところが、否定するにはあまりに多くのものと、確信するにはあまりに少ないものとを見て、私はあわれむべき状態にある。(14)

シベリアのラスコーリニコフについて、《そこでは、時そのものが歩みを止めて、さながらアブラハムとその群牧の時代が、未だ過ぎ去つてゐない様であつた》という引用に続けて「併し、自然は、ラスコオリニコフの精神を静める様な神話を語つてはくれない。彼は苦しい黙想に沈む」と書いた時、小林はパスカルの言う「あわれむべき状態」をラスコーリニコフに見ていたにちがいない。それは、「神話」を語らずに、「疑いと不安の種」だけをもたらす「自然」を前にした「人間が置かれた在るがまゝの状態」にほかならない。このシベリアのラスコーリニコフの姿に続けて、小林は「時が歩みを止め、ラスコオリニコフとその犯罪の時は未だ過ぎ去つてはゐないのを、僕は確かめる。そこに一つの眼が現れて、僕の心を差し覗く」と記す。

「一つの眼」については、それがキリスト教における神のシンボルであることを小林は意識的に使っていると考えてよいだろう。「基督教は神を眼として譬喩的に表現した」（『不安の概念』）というキルケゴールの言葉を小林はもちろん読んでいたはずである。しかし、敢えて「一つの眼」としていることから、ここでの表現はキルケゴールよりもキリスト教絵画から借りていると考えた方が妥当と思われる。よく知られているように[15]、キリスト教絵画においては、しばしば画中に全知の神の存在が「一つの眼」として描かれてきたし、また、特にロシアにおいては「十九世紀になっても、イコンの上にいわゆる〝大いなる眼〟なるものを描き、その下に『神』と書き記す習慣を持っていたという事実[16]」があるからである。『ゴッホの手紙』においても小林は、「旧約聖書の登場人物めいた影が、今、麦の穂の向うに消えた」というゴッホの絵についての印象を述べ、「僕は、或る一つの巨きな眼に見据ゑられ、動けずにゐた様に思われる」と同様の比喩を用いている。「罪と罰II」

から『ゴッホの手紙』（一九五二年刊）にかけて小林はキリスト教に最も接近したという考えも成り立つだろう。ドストエーフスキイ研究を断念しキリスト教が分からないという発言（「人間の建設」一九六五・一〇）をする頃になると、小林を見つめる超越的なものを「一つの眼」の比喩では語らなくなる（「花見」一九六四・七）からである。[17] ただし、早く「白痴II」の連載第三回（一九五二・八）には「聖書に一つの宗教を読みたい人には、妥協的な解釈が現れざるを得ないだろう」との発言がみられ、聖書をキリスト教という特定の宗教の聖典として捉える人々への批判的眼差しを投げかけている。従って、ここでは、「超越」という普遍的用語を用い、この語の種々の宗教における現れとしての「神」の性格については捨象する。

ここで小林は、人間の知覚や行動やの働き得るこの世界の向こう側から超越的なものに見据えられていることは感じつつも、見ることのできるものは「疑いと不安の種」ばかりであるがゆえに「信仰に安住」することのできない状態にある自身の姿を認めている。

そして、ラスコーリニコフについて「悔恨は来ない」と言い、「そんなものは元々人間の世界にはないものではあるまいか」と言っていた小林は、「罪と罰II」を「すべて信仰によらぬことは罪なり」というロマ書（一四・二三）の引用で閉じる。この聖書の言葉は、キルケゴールが罪を信仰の対立概念として「神の前に於いて」規定する際、及び「罪の継続」を説く際に引いているものである。[18] 小林の解釈もそれに拠っているとすれば、「ロマ書」の引用が示しているものは、彼自身の「置かれた在るがまゝの状態」を、瞬間瞬間が新しい罪であり「罪の継続」の中にあるとの認識であると同時に、自己を超越的なものとの関係において不断に把握するということでもある。[19]

最後に小林の超越との関係のとり方に触れておかなければならないだろう。この点については、「一つの眼が現れて、僕の心を差し覗く」と発言した後、それと重ね合わせるようにラスコーリニコフが「もう一つの眼に見据ゑられている光景を見る」[20]と述べていることが示唆的である。ラスコーリニコフにとって「一つの眼」であるところの作者を見ることは、主人公である彼には不可能である。だが、ソーニャの〈他者〉性について触れた際の「ソオニャの眼は、根柢的には又作者の眼であつた」との発言は、小林が「一つの眼」は「ソオニャの眼」として主人公の生きる世界に現れている、と考えていたことを示している。つまり、超越的なものは〈他者〉を通じて主体の生きる世界に顕現する、というわけである。このような〈他者〉理解は、「かの〈全くの他者〉、この世のものならざる一つの実在が、この〈自然〉界、〈俗〉界の不可欠な要素を成す諸事物のなかに顕われる」[21]と言うミルチャ・エリアーデの「聖体示現《ヒエロファニー》」の発想に近く、宗教的世界像としては、普遍的に見られるものである。

しかし、小林において〈他者〉は、主体と同一平面の上にあり、主人公に不可視な存在ではなく、従ってまた、主人公の不断の相対化に曝されている存在であった。聖なるものの顕現としての実在物である〈他者〉それ自体に対して超越性を認めることを拒んでいる点で、小林の発想は宗教学者のものとは異なり、紙一重のところで宗教からは剝離している。小林においては、それらこの世の実在物は、瞬間的に日常性のベールを破って〈他者〉として立ち現れるが、直後には対象的知性が主体に戻り、他者は相対化され、その他者性も消失する。主体には〈他者〉経験の残響だけが残り、彼は「不安」の中に止め置かれる。この世の実在物に恒常的に聖性を認める時（それが教会であれ、党であれ、国家であれ、あるいはカリスマ的人物であれ）、そこには大きな危険も生じる。歴史の繰り返したこの危険からは小林は逃れているが、そのことは同時に、信仰の安らぎからも排除されることにほかならない。そして小林は、このジレンマの中に止まることを、自らの態度として決断しているのである。

ヒューマニズムでは解決出来ない問題として、「宗教の問題」をドストエーフスキイが残していったとの発言が小林にはあるが(22)、ドストエーフスキイ研究によって小林の獲得したものは、以上見てきたような意味での超越的なものの発見であった。最後に繰り返しておけば、〈他者〉との邂逅は決して予定されているわけではないし、またその〈他者〉も宗教的な啓示とは異なって絶対的なものではなく、主体による相対化の可能な存在――というより相対化をまぬがれない存在である。そしてラスコーリニコフや「無常といふ事」について見たように、〈他者〉との出会いによった自己認識の瞬間は持続するわけではなく、それはまもなくゆらぎ、疑わしい体験と化してしまう。しかし、その不安定な日常性の中で、〈他者〉とそして超越的なものとの結びつきを求めようとする行為、具体的には垣間見た〈他者〉に言語によってかたちを与えること。このモチーフこそ、『無常といふ事』以後の小林の主たる批評作品に通底し、彼の批評の特質を形作っているのである。

注

（1）「Xへの手紙」（一九三二・九）を最後に小林は小説の筆を絶ち、批評を自己の文学様式として選び取った。この頃から小林は、文学様式としての批評についての検証を始め、文芸時評では「正当な鑑賞といふ土台石」が保証されておらず、批評の混乱の多くもこれに起因する、という判断を示していた（「批評について」一九三三・八）。ドストエーフスキイ研究へ小林が進んで行った理由の一つは、「正当な鑑賞といふ土台石」を求めてのものであったと考えられる。

（2）一九六七年より刊行された第三次『小林秀雄全集』から、全てのドストエーフスキイの作品論が載せられるようになり、同全集から、現行全集と同じ題名となった。

（3）岡潔との対談「人間の建設」（一九六五・一〇）に、『白痴』が最も好きだとの発言がある。

（4）小林が「今はじめて批評文に於いて、ものを創り出す喜びを感じてゐるのである」（「再び文芸時評に就いて」一九三五・三）と述べたのが、『ドストエフスキイの生活』のモチーフを語った時であるのは恐らく偶然ではない。また「僕はこの頃やつと自分の仕事を疑はぬ信念を得ました。やつぱり小説が書きたいといふ助平根性を捨てる事が出来ました」との自覚を、小林が志賀直哉へ書簡で伝えているのが、一九三六年十二月のことであるのは、「様々なる意匠」以来華やかな活躍を続けて来た批評家の言葉としては、やや意外の感を与える事実である。批評家自身にとっては、ついに文芸時評というフィールドは、創造の場ではなく、既得の理論を消費する場であったようである。

（5）ドストエーフスキイの小説の題名及び小林の批評に引用されていない箇所の本文は、米川正夫訳『ドストエーフスキイ全集』（河出書房新社　一九六九年～一九七一年刊）による。ドストエーフスキイの小説からの引用は《　》で記す。なお、『地下生活者の手記』は以下『手記』と略記。

(6)「地下室の手記」中の引用文。この引用箇所は「罪と罰II」にも引かれているがそこでは《実行家といふものは凡庸な精神の持主でなければならぬ》となっている。「永遠の良人」(一九三三・一)や「白痴I」では引用文に「N・R・F版全集による」との断りを付けて自身の訳文を提示している部分があり、小林は時によって仏訳を参照していたらしく、この「地下室の手記」中の本文もその可能性が高いと思われるが、未詳。

(7)『キェルケゴール選集』第一巻(改造社　一九三五年刊)三一五頁。小林のキルケゴール摂取について言えば、早く「悪霊論」に同じ文の引用があり、ドストエーフスキイとキルケゴールとの「不気味な程の酷似」を見ている。

(8)『死に至る病』(「現世或は何か現世的なものについての絶望」の項)前掲書三三五〜三三七頁参照。

(9)「小林秀雄のドストエフスキイ認識」(『解釈と鑑賞』一九七五・八)

(10)ミハイル・バフチンが『手記』について「悪しき無限の対話」と呼び、その言葉の特質として他者を「予想して先廻りする」点を挙げ、また地下室の男の対する他人は「抽象的性格を帯びている」と指摘している(『ドストエフスキイ論』新谷敬三郎訳　冬樹社　一九六八年刊)点が示唆的である。

(11)この点については、早く佐藤泰正「小林秀雄・その一側面」(『国文学研究』一九七一・一)に指摘がある。

(12)『探究I』(講談社　一九八六年刊)一五七頁

(13)注(10)に同じ。その三七五頁。

(14)『パンセ』二三一九。引用は『世界の名著29パスカル』(前田陽一・由木康訳　中央公論社　一九七八年刊)による。

(15)「一つの眼」が画中に描かれている絵画としては、イタリアルネサンス期の画家ポントルモによる

図版１　ポントルモ　エマオの晩餐
1525年　ウフィツィ美術館蔵

図版２　クプカ　イスラエルの神
1904年　プラハ国立美術館蔵

「エマオの晩餐」（ウフィツィ美術館蔵）がもっともよく知られているものの一つであろう（図版１）。また『ゴッホの手紙』ではとくに「旧約聖書」と関連づけられているが、ユダヤ教も神を「一つの眼」によって表象している（図版２）。

(16) ボリス・ウスペンスキー『イコンの記号学』（北岡誠司訳　新時代社　一九八三年刊）

(17) この点については、本書第II部第四章で論じる。

(18) 『死に至る病』前掲書三六四、三九二頁。但し、小説末尾のラスコーリニコフに「人間的なものの孤立と不安」以外のものを見ない小林は、キルケゴールとは異なって、キリスト教的には「罪」と呼ばざるを得ない状態の中に止まることを選択している、と考えてよいだろう。《私は現代の子だ、不信と懐疑との子だ、恐らく（と言つても実はよく承知してゐるのだが）一生涯さうでせう。信仰への渇望に、私がどんなに恐ろしく苦しめられたか（今でも苦しめられてゐる）、反證を握れば握るほど、この渇ゑは強くなる。》という一八五四年のフォンヴィジン夫人宛書簡をドストエーフスキイ論においてしばしば引用するゆえんでもある。

(19) 小林は前掲の対談「批評と人生」で次の様に言っている。「ナチュラルになるということは、自分より大きなものが常にあるということです。天があって、その中に〈ぼく〉がいるんです。そうなら、そのように心がはたらくというのが、自然のことでしょう。」「もっとも、近代の思想じゃ、超越的なものがなくなったものが、ナチュラルだなんていっている者もあるが……。」（傍点権田）ただし、このような小林の発言から、彼の信仰を認めることが可能であるとしても、それはパスカルの言う「人間的なものであるにとどまり、魂の救いのためには無益」（『パンセ』二八二）なものにすぎないことを忘れてはならない。なお、『パンセ』二八二については塩川徹也『虹と秘蹟』（岩波書店　一九九三年刊）二三二〜二三三頁を参照されたい。

(20) 小林が作者（ドストエーフスキイ）とは呼ばず敢えて「もう一つの眼」という言葉を使った意味を生かすならば、現実の生身の作者を超えた、『罪と罰』という小説世界を創造しその世界に遍在する全知全能の「小説の霊」（W・カイザー「物語るのは誰か?」『現代思想』一九七八・三）と呼んだ方が適当であるかも知れない。

(21) 『聖と俗』（風間敏夫訳　法政大学出版局　一九六九年刊）

(22) 座談会「偉大なる魂に就て」（『世界文学』一九四六・七）

第II部　超越と言葉

第一章　方法としての古典――『無常といふ事』と『本居宣長』

ボードレール、マラルメ、ランボー、ヴァレリー等のフランス近代詩に学ぶことによってその文学的出発を果たした後、小林秀雄は多様な批評活動を半世紀にわたり展開する。その長い活動の中で小林が特別に力を込めて追究した批評対象は、ドストエーフスキイ、ベルグソン、そして本居宣長であろう。特に小林の文学活動を締めくくることになった本居宣長論は、国学の大成者本居宣長という批評対象のイメージと連動して小林秀雄という批評家の文学的行程にあからさまな日本回帰の印象を与えている。また、宣長論の時点からさかのぼって小林の批評活動を見ると、ちょうど宣長論と同様の性格付けがなされている作品群がある。言うまでもなく『無常といふ事』（創元社　一九四六年刊）にまとめられている一連の作品である。ここでは、『無常といふ事』と『本居宣長』（新潮社　一九七七年刊）の方法とモチーフを検討し、小林秀雄の批評の特質を浮かび上がらせていきたい。

1

先ずは、『無常といふ事』の方法について、この作品集の巻頭に位置する「当麻」(『文学界』一九四二・四)と表題作「無常といふ事」(『文学界』一九四二・六)を中心に検討したい。

「当麻」は『無常といふ事』の中でも、評家の注目を最も集めて来たものの一つである。作中の「美しい『花』がある、『花』の美しさといふ様なものはない」という一文は、小林の審美観の切り詰められた表現としてよく知られている。この文の意味するところは、具体的なモノを遊離した観念的な美の否定、と理解しておいてよいだろう。ただし、しばしば引用されるこの名文句に、「当麻」という作品の思想が集約されているかというと、そう単純ではない。とかく批評では作品のフォルムは無視されがちだが、『無常といふ事』に収められている作品は、その点について慎重な態度を要求している。幸い、この作品には初出とかなりの異同があり、両者の比較は決定稿の「形」が持つ意味を浮かび上がらせてくれるはずである。(1)

初出の冒頭は次のようなものであった。

先日、梅若の能楽堂で、当麻を見て、非常に心を動かされた。当麻といふ能の由来についても、万三郎といふ能役者が名人である事についても、僕には殆ど知識らしい知識があるわけではなかつた。が、そんな事はどうでもよかつた。

何故、あの夢を破る様な笛の音や太鼓《おほかは》の音が、いつまでも耳に残るのであらうか。そして、確かに僕は夢を見てゐたのではなく、夢を醒まされたのではあるまいか。星が輝き、雪が消え残つた夜道を歩き乍ら、そんな事を考へ続けてゐた。白い袖が翻り、金色の冠がきらめき、中将姫は、未だ眼の前を舞つてゐる様子であつた。

初出では、冒頭が「先日……」と書き出されていることから、テキストを統御する時間として、文章の執筆時が設定される。作品は「僕」の回想によって、執筆時から観能の帰り道の時点にもどり、更に観能中にまで遡るが、作品の基調時は「僕」が文章を綴っている時間である。従って、初出の文章を冒頭から追っていくと、「何故、あの夢を破る様な笛の音や太鼓の音が、いつまでも耳に残るのであらうか」という部分は、「当麻」執筆時現在の「僕」に、太鼓や笛の音が聞こえているかの印象を初読では与える。続けて「夜道を歩き乍ら、そんな事を考へ続けてゐた」とあるので、太鼓や笛の音が聞こえていたのは帰り道であったことはすぐに明らかになるのだが、読者に多少の混乱を与えることはまぬがれない。

「夜道を歩き乍ら」という句で、文章の焦点は帰り道に考え事をする「僕」に移動し、能「当麻」のあらすじを振り返るのだが、作品は更に「老尼が、くすんだ菫色の被風を着て、杖をつき、橋懸りに現れた」という文で能の開始時点にまで戻る。以後、能の進行に即して「僕」が述べる印象や思考とともに文章は進んでいく。

「僕」は、前場では老尼の面を「仔猫の屍骸」の重なりの様に感じ、間狂言の時は場内の観客の顔の「不安定な退屈な表情」を眺めつつ、近代告白文学の始祖とされるルソーを批判するが、後場になり「中将姫のあでやかな姿が、舞台を縦横に動き出す」やいなや、「僕」はその姿を「歴史の泥中から咲き出でた花の様に見」、世阿弥の「花」について考えを巡らす。そして初出「当麻」は次のように閉じられていた。

観念の動きを直ぐ模倣する顔の表情の様なやくざなものは、お面で隠して了ふがよい、彼は恐らくさう断言したいのだ。僕は、星を見たり雪を見たりして夜道を歩いた。去年の雪何処に在りや、いや、それはいけない思想だ、それより俺はずゐ分腹が減つてゐる筈だ。僕は、再び星を眺め、雪を眺めた。

世阿弥の「花」について考えをめぐらしていた後場の時点との区別をはっきりさせないまま文章は観能の帰り道の時点に戻り、作品は閉じられる。従って、初出「当麻」は冒頭で設定された作品の基調時間である執筆時との整合性に欠けた構成となってしまっていた。

それに対して、初版では冒頭部が次のように改められている。

梅若の能楽堂で、万三郎の当麻を見た。

僕は、星が輝き、雪が消え残つた夜道を歩いてゐた。何故、あの夢を破る様な笛の音や太鼓の音が、いつまでも耳に残るのであらうか。夢はまさしく破られたのではあるまいか。白い袖が翻り、金色の冠がきらめき、中将姫は、未だ眼の前を舞つてゐる様子であつた。

初出の「先日……」が削除され、「梅若の能楽堂で、万三郎の当麻を見た」という一文に続けて「僕は、星が輝き、雪が消え残つた夜道を歩いてゐた」と接続させることで、作品を統御する時間は、初出と異なり、観能から帰る時点に設定されている。以後、初出と同様に能の開始時点に遡り、能の進行に対応しつつ、「僕」の考えが述べられて行く。そして、後場の中将姫の姿と対応して述べられた美についての「僕」の考えが記述された後、初出の最終段落は分割され、前半部は「不安定な観念の動きを直ぐ模倣する顔の表情の様なやくざなものは、お面で隠して了ふがよい、彼が、もし今日生きてゐたなら、さう言ひたいかも知れぬ」と書き改められて、後場と対応した思考が述べられている段落に移しかえられ、後半部は「僕は、星を見たり雪を見たりして夜道を歩いた。あゝ、去年の雪何処に在りや、いや、いや、そんなところに落ちこんではいけない。僕は、再び星を眺め、雪を眺めた」と改稿され、段落として独立する。

初出では冒頭に設定された作品の基調時間まで戻らないまま作品が閉じられるなど、作品の時間統御に不都合があったが、初版テキストでは、作品の基調時間が観能の帰り道の時点に設定され、時間の不整合が改められている。また、時間の移行過程が明瞭にされたことで能の各場面とそれに対応した「僕」の思考も明確になった。ただし、その「僕」の思索がそのまま小林の思想ではないことには、十分な注意を要する(2)。

「僕」は、ルソーに毒づき近代文明を批判し(3)、「無要な諸観念の跳梁しない」室町時代を想い、観念的な美を否定する。しかし、能面に対する「念の入つたひねくれた工夫」という冷淡な感想が、舞台が進行するにつれて「慎重に工夫された仮面」という積極的な判断へと変動していく点は、「僕」の思考もまた、彼自身批判している近代人の「不安定な観念の動き」と同様のものではないか、との疑念を抱かせる。

案の定、「僕」は、能の終了後の帰途、「あゝ、去年の雪何処に在りや」と、眼の前にある星や消え残った泥まみれの雪をはなれ、ありもしない「去年の雪」即ち観能中の「僕」が否定し去ったはずの観念的な美に思いを馳せてしまう。「肉体の動きに則つて観念の動きを修正するがいゝ」と言っていたにも拘らず、能楽を座って鑑賞していた「僕」の語る近代批判は血肉化されたものとはなっておらず、アイロニカルな事態が生じているわけである。無論、初出で「去年の雪何処に在りや」と観念的な美への逸脱をさせた後、「いや、それはいけない思想だ、それより俺はずゐ分腹が減つてゐる筈だ」と記していた小林は、「僕」のこの滑稽を知っている。

作者と「僕」とのこのズレこそが「当麻」の批評性の最も重要な意味を生み出しているのである。仮に観能中に「僕」が表白した思考が作者の思想でもあるなら、作品は、自己告白の否定及び観念的美の否定という「僕」の反近代的思考が「告白」され終わった、能の終了時点で閉じられてよかったはずである。しかし、小林は、能の終了時点で作品を終えることをせず、その後の「僕」にいったん観念的美への逸脱を行わせる。この逸脱によって、「当麻」一篇は、近代以後に生きる「僕」が過去の文化へ没頭することによって近代の病弊から脱しようとする試み自体の観念性を暴露する。近代がもたらした様々な弊害が、過去へ投身することによって克服されるなら、古典の美に陶酔するなり、それへの讃歌を歌うなりして没入していけば良い。しかし、小林にとって、古典はそのようなものとして立ち現れてきたものではなかった。(4)

例えば、同じく『無常といふ事』に収められている「徒然草」(『文学界』一九四二・八)で、兼好法師について小林は「古い美しい形をしつかり見て、それを書いただけだ。『今やうは無下に卑しくこそなりゆくめれ』と言ふが、無下に卑しくなる時勢とともに現れる様々な人間の興味ある真実な形を一つも見逃してゐやしない」と述べている。この一節は、そのままこの古典論集における小林の方法を示したものと考えてよい。小林が古典の「美しい形」との接触を求めたのは、そこに沈潜することで救済されようとの期待からではなく、それと接触することによって「無下に卑しくなる時勢とともに現れる様々な人間の興味ある真実な形」を映し出そうとする方法意識からであった。つまり、『無常といふ事』における古典は、批評の対象ではなく、方法なのである。同じことは「無常といふ事」についても言える。

「無常といふ事」は冒頭に『一言芳談抄』の一節をかかげて、その文章にまつわる「僕」の経験から語り起こされている。

先日、比叡山に行き、山王権現の辺りの青葉やら石垣やらを眺めて、ぼんやりとうろついてゐると、突然、この短文が、当時の絵巻物の残欠でも見る様な風に心に浮び、文の節々が、まるで古びた絵の細勁な描線を辿る様に心に滲みわたつた。そんな経験は、はじめてなので、ひどく心が動き、坂本で蕎麦を喰つてゐる間も、あやしい思ひがしつゞけた。あの時、自分は何を感じ、何を考へてゐたのだらうか、今になつてそれがしきりに気にかゝる。

「無常といふ事」の狙いが『一言芳談抄』の分析ではなく、自身の不可解な経験の認識にあることを、この部分は示している。ただし、「僕」は、比叡山の経験に対して、「どの様な自然の諸条件に、僕の精神のどの様な性質が順応したのだらうか」というような知的分析による接近法は採らない。体験を分析解釈することを回避する小林は、比叡山での経験を思い出し、それを「充ち足りた時間」「自分が生きてゐる證拠だけが充満し、その一つ一つがはつきりとわかつてゐる様な時間」と呼ぶ。続いて「歴史の新しい見方とか新しい解釈とかいふ思想からはつきりと逃れるのが、以前には大変難しく思へたものだ」と突然文章を転回させ、歴史は「見れば見るほど動かし難い形と映つて来るばかり」であり、そのことを知ると「歴史はいよいよ美しく感じられた」と、しばしば審美的と評されてきた歴史観を述べる。また、川端康成に話したという、次のような考えを披露する。

生きてゐる人間などといふものは、どうも仕方のない代物だな。何を考へてゐるのやら、何を言ひ出すのやら、仕出来すのやら、自分の事にせよ他人事にせよ、解つた例しがあつたのか。鑑賞にも観察にも堪へない。其処に行くと死んでしまつた人間といふものは大したものだ。何故、あゝはつきりとしつかりとして来るんだらう。まさに人間の形をしてゐるよ。してみると、生きてゐる人間とは、人間になりつゝある一種の動物かな(5)

このような言葉のある「無常といふ事」の後半部分からは従来、「現代に対する抗議(6)」や、アモルフな「生」を生きる人間ではなしに「常に完璧性の面でのみものを見る彼の美学の原理(7)」、あるいは「常なるものを見失った今の世とはおそらく何のつながりも持たない」「審美的に観照してみせた歴史の形(8)」というような小林の審美的歴史観が読み取られてきた。しかし、これらの理解は「当麻」で「僕」が観能中に語っていた思想にこそふさわしいものであろう。そして、それは、既に見たとおり、小林の思想とはわずかに、そして決定的にズレていたはずである。

先の「僕」の言葉は、それを笑った川端の表情によって予め相対化されてから提示されているし、さらに「してみると、生きてゐる人間とは、人間になりつゝある一種の動物かな」という言い方に表れている冗談めいた口調を考えると、やはりここでも、「僕」の考えを、直ちに作者の思想として理解するのは危険であろう。「無常といふ事」は次のような言葉で閉じられている。

この世は無常とは決して仏説といふ様なものではあるまい。それは幾時如何なる時代でも、人間の置かれる一種の動物的状態である。現代人には、鎌倉時代の何処かのなま女房ほどにも、無常といふ事がわかつてゐない。常なるものを見失つたからである。

ここで小林は、「無常」ということを、仏教というある一つの宗教の教義としてではなく、あらゆる時代に妥当する、生きている人間の普遍的状態として捉えているのだが、この認識の奥には、現在のアモルフな生を「常なるもの」＝超越的なものとの関係において認識しようとする小林の批評のモチーフがある。この宗教的ともいえるモチーフは、小林がドストエーフスキイ研究を通じて獲得したものだが、以後『本居宣長』に至るまで彼の批評を導いていく。

『無常といふ事』において、古典の近代的解釈を小林が峻拒するのも、古典に超越的なものの顕現としての他者性が付与されているからである。この作品集に収められている一連の作品は、そのような〈他者〉としての古典を通じて、超越的なものとのつながりを回復し、無常なる生を照らし出そうとする試みであった。

2

さて、小林の本居宣長研究であるが、一九六五年六月から開始されたそれは、十年以上にわたって続けられた後、『本居宣長』（一九七七年刊）としてまとめられた。小林はその後も、宣長に関する文章を書き継ぎ、それを『本居宣長補記』（新潮社　一九八二年刊）として刊行した翌年、小林は没する。宣長研究は、文字通り小林文学の総決算となった。また同時代の読者にとっても、「『本居宣長』を作品としてもつだろう小林とそれをもたなかったかもしれない小林とでは思想家としての質が変わることになるのではないか」[9]と野崎守英が洩らしたように、その連載中から、この批評家の文学活動の帰趨を決するものとして注目されていた。『本居宣長』は刊行されると同時に大きな反響を呼んだが、この批評作品に対する評価は、次のような大きく対立する二つの価値感情に従ってなされているように思われる。

この本が雑誌にのり始めた時、安堵のやうな感銘を味つた。（中略）私は日本の国と、日本人の永遠を信じてゐるが、時〻流行の不安も味ふ。私は、自分の日本及び日本人といふ、たかぶつた感情から、小林氏に感謝し、しかしみづからの思ひでは、敬拝してゐたのである。

（保田與重郎「小林氏『本居宣長』感想」『新潮』一九七八・一）

小林秀雄の宣長論の文章から無数に引用してことごとく〈ノン〉だ〈それはちがう〉をいわなければならないだろう。小林自身が潜在的に〈戦後〉の史学や思想や文学の成果を、そしてもしかすると〈戦後〉の全歳月を〈無化〉したいというモチーフをもっているからであるとおもえる。

（吉本隆明「『本居宣長』を読む」『週間読書人』一九七八・一・二）

この全く対照的な評価は、しかし、論者の立場の相違に由来しているに過ぎない。価値感情こそ対立しているものの、両者の判断を決定しているものは、宣長に対して好意的な研究者であった村岡典嗣も「古伝説に対する無批判的信仰」として指摘しなければならなかった「主観的古道主義」[10]（傍点原文）を内包する宣長の国学思想について一切批判することなしに論じている小林の態度である。確かに、小林のこの態度は、百川敬仁が「宣長頌」[11]と形容したように、小林の宣長論の特徴として先ず第一にあげられるものであろう。一方、この批評の対象である宣長は、子安宣邦の言う「『自己（日本）』の神聖化にかかわる」「日本の自己同一性を求めるような発言」の原型を与えた人物としてとらえられていることも事実である。[12] 国学の大成者宣長についてのそうした一般的理解と宣長に対して小林の示す全面的肯定の態度と、この二つが結び付いたところでこの作品についてのイメージは成立している。

そこに保田も吉本も、おそらくは吉田凞生の言うように「戦中思想と地続きの面」[13]を見、各々の立場からする判断を示しているのだと思われるが、しかし、他方には「その『言霊』、歌について、あるいは宣長の歌学について、幾度もいうが懇切というほかにない『労作《トラヴァーユ》』をかさねた後、小林氏が次のようにいわれる時、僕はいかなるオプスキュランティスムとも無関係に『言霊』という独自の言語観、世界観の前に立っている自分を見出す」というような大江健三郎の如き理解も存在している。[14] もし大江の言うオプスキュランティスムと村岡の言う無批判的信仰とが異なるものではないとすれば、この大江の読みと先の保田・吉本の如き読みとは両立しないはずである。

問題は、宣長の国学思想の基底にある「主観的古道主義」を小林が宣長と共有しているかどうか、という宣長論として最も根本的な点についての対立なのだが、未だにこの点についての共通理解は得られていないように思われる。以下、この問題に論点をしぼって、宣長の思想と小林の思想との異同について、その幾ばくかを明らかにしたい。

宣長の「主観的古道主義」を最もきびしく批判したのは、いうまでもなく上田秋成である。秋成と宣長の応酬は、宣長によって「呵刈葭」にまとめられている。「呵刈葭」上編には古代国語音韻に関する論争が、下編には「鉗狂人」（藤貞幹『衝口発』に対する宣長の反駁書）をめぐって行われた論争が収められている。下篇はとくに「日の神」論争としてよく知られており、小林が『本居宣長』でとりあげるのも「日の神」論争である。そこで戦わされている論点はいくつかあり、それぞれの議論における両者の対峙はそれ自体興味深いのだが、その全てを追うわけには行かないので一般化して言えば、秋成が神話や国家の相対性を主張したのに対し、宣長は神話の絶対化、皇国絶対化の「信」を以てした、と整理できよう[15]。また、秋成の経験主義と宣長の古文献絶対主義といった両者の神話に対する方法的側面も指摘されている[16]。さすがの小林もこの論争については、「秋成の筋を通した論難にかゝはらず、宣長は、已れの非を全く認めなかつたのである」と言わざるを得なかった。しかし、小林は「秋成の論難の正確」を言いつつも、例えば「少名毘古那神」に関する議論を次のように要約する。

秋成は、少名毘古那神の事蹟に関する宣長の考按を、妄想であると難ずるのだが、論難はどういふ形式を取るかといふと、「粟茎に縁《ノボリ》て弾《ハジ》かれ給ふ程の矮小なる一神をして、広大もなき国々に万事を創業し給はむこともいかにぞや」といふ、文の姿から離れた内容の吟味を出ないのであり、宣長の古学の建前からすると、この類ひの物の言ひ方は、悉く言葉の遊戯を出ないのだが、かういふ言葉の遊びから脱れる事は、非常に難しい。何故かといふと、それは、古伝との出会ひで、先づ極く普通の意味での、その訝しさを見たがる常見を抑へる困難に発してゐるからだ。

（四十一章）

ここで小林が示している宣長サイドからする秋成批判は、「宣長の古学の建前からすると」というような形での留保があり、ここでの秋成批判をそのまま小林自身の考えとすることはできないが、全体的に見て、このような要約を行う小林の態度は、決してフェアであるとは言えない。確かに秋成の論難は、小林が引用している部分のごとく、「文の姿から離れた内容の吟味」とも言えるような形で行われていることも事実だが、秋成の宣長批判の決定的な点は、「さらは万国を悉く創業せしといふ伝説ありや、無きにおきては、此常世国に渡るのみを所因として、思慮妄想の念他より我の老婆心に異ならす」と、宣長の所論が古伝説の記載にないことを衝いたところにあったはずである。小林は、しかし、この点について論及せずに、「古学の眼」――小林の解釈によれば、古伝の「趣」や「姿」を「心眼に描き出す想像の力」――を、ひたすら賞揚する。ところが、小林の賞揚する「古学の眼」を宣長自身は、次のように論争中で用いている。

殊にこの少名毘古那神万国経営の御事は、それとさたかに伝説のあることにもあらす、故に決して然也といふにあらす、されはこそ古学の眼を以て見れはといひ、又始め給へる物とこそ思はるれとはいへるなれ、此文の意をよく見よ、已は古学の眼を以て見れは然思はるゝ也、古学を信せさる人は、これを信せさらんこともとより論なきをや、猶此事は古事記伝に追考して委くいへり、信せん人は信せよ、信せさらん人の信せさるは又何事かあらん、

古文献の記載内容を逸脱して自国の優越を主張するこの宣長の返答には「宣長学の思想的側面に内在していた[17]」――「篤胤学への展開を必然とした内的要因」とも言える「国学の思想的性格と文献学的性格との矛盾」が露呈しているといわざるをえない。一読して明らかだと思うが、宣長の言う

「古学の眼」は、小林の解釈とは異なり、「皇国の万国の上たることを世人の知らざることを恤《ウレ》ふる」宣長の心情であり、さらには儒学と対立関係にあった国学という一つのイデオロギー的な立場を指すものである。宣長古学のこの側面は、秋成の「日神の御事、四海万国を照しますとはいかゞ」という批判に対する、宣長の次のような答えにも露骨に表れている。

まづ書紀に照徹於六合とあるをは、姑く御国のことに借りていへりと説曲《トキマゲ》たるにゆるす共、日神と申す御号をはいかにせん、猶是をも仮《リ》に然名けたりと説曲《トキマゲ》んとする歟、書紀一書に、使レ照二臨天地一ともあるをばいかんとかする、唐天竺などの天地は、皇国の天地と別なるにや、又一書に、日月既生、次生二蛭児一云々、是はいかに、日神月神とあるをは、猶日月にあらすと強《シヒ》ていひまぐ共、たゞに日月とあるをはいかにとかする、猶此類多し、神代紀をよく見よ、但し、唐天竺の日月は皇国の日月とは別也とするにや、いふかし〳〵（中略）太古の伝説、各国にこれ有といへ共、外国の伝説は正しからす、或はかたはしを訛りて伝へ、或は妄に偽造して愚民を欺くもの也、漢字の通ぜざる国々の伝説も、大氏類推すべし、かの遙の西の国々に尊敬する天主教の如き、皆偽造の説也、然るにわが皇国の古伝説は、諸の外国の如き比類にあらす、真実の正伝にして、今日世界人間のありさま、一々神代の趣に符合して妙なることいふへからず、

そもそも秋成と宣長の論争は、宣長が「鉗狂人」で「抑皇国は。四海万国を照し坐ます天照大御神の生坐《アレマセ》る本つ御国」であり、「万国の元にして。万国にすぐれたる」国であると主張したことに端を発していた。宣長の主張に対して、秋成は「日神」が「天地内の異邦を悉くに臨照ましますといへる伝説、何等の書にありや」と、宣長の主張が古文献から逸脱していることを衝いたのだが、

それに対する宣長の反論は、天照大御神とは即ち太陽であり、太陽は現実に四海万国を照している、唐天竺の日月と皇国の日月は二つのものではないのだから、日本神話に登場する「日の神」が「四海万国を照します」のは事実である、といった論理によって行われている。

　ところが、この論争に言及する小林は、「日の神」論争の核心とも言える先の引用箇所から「……神代紀をよく見よ」までの部分を引用し、「『日神と申す御号《ミナ》をばいかにせん』といふ端的な返答から見て、すぐ解る事だが、宣長には、古伝の問題とは、直ちに言語の問題なのである。言葉によつてその意味を現す古伝の世界を、その真偽を吟味する事実の世界と取違へては困る」と宣長になりかわったかのようにして自身の読みを提示する。しかし、「日神と申す御号をばいかにせん」という宣長の発言は、神話世界の天照大御神を現実の太陽と同定する為の論理として働いており、小林の注解とは反対に、古代の神話世界と、近世の現実世界とを混同しているのは秋成ではなく、宣長であると言わねばならない。

　従って、小林が、「私達は、史実といふ言葉を、史実であつて伝説ではないといふ風に使ふが、宣長は、『正実《マコト》』といふ言葉を、伝説の『正実《マコト》』といふ意味で使つてゐた」という時、この発言を、もはや字義通りに受け入れることはできない。神話を言語と結び付けた地点で読み解いて行くのは、宣長ではなく小林だからである。そうした小林の神話理解は次のような部分に表れている。

> 　古人に倣ひ、「産巣日大神の御霊」と呼ばれた生命力を、先づ無条件に確認するところに、学問を出発させた以上、この「御霊」の徳の及ぶ限り、「皇統《アマツヒツギ》は、千万世の末までに動きたまはぬ」事については、学問上の疑ひは出来しない。だが、学問は行くところまで行かねばなら

ない。といふのは、このやうに古伝説の内容と考へられたもの、宣長の言ふ、「神代の始メの趣」と素直に受取られたものも、古伝説の作者達からすれば、自由に扱へる素材を出ないからだ。そこまで遡つて、彼等の扱ひ方が捕へられなければ、学問は完了しない。（五十章）

大和政権から律令国家形成時にかけての王権が自己の支配権を正当化するために体系化した神話の無窮を、小林が宣長とともに疑ってはいないように見える引用部の前半は、読者からその後の論理を追う忍耐を奪いかねない。しかし、小林の論理の重点は『古事記伝』著者のそのような信条、さらには『古事記』撰録時の王権の思惑もまた、古伝説作者たちにとっては、一素材に過ぎないという指摘にある。たとえば古代神話におけるオホヒルメノムチなどの太陽神が、皇祖神としての性格を与えられて『古事記』『日本書紀』における天照大神となったのだろう[18]が、神話はその後も、『古事記』撰録者たちの意図とはかかわりなく、外来宗教である仏教と習合するなどして必要に応じて様々に変容していくだろう。小林が注意を促しているのは、古代王権の意図に従って構成された神話体系の永遠性ではなく、それを解体し変容させる物語の力なのである。小林は物語を、刻々と移り変わる世界を体系化され安定した意味へ回収する装置としてではなく、体系を新たな状況と対峙させることで新しい意味を生み出していく力として、捉えている。『本居宣長』において小林の思想が最もスリリングに提示されている場面である。

3

最後に、超越的なものとの関係が言語において成立するという、『本居宣長』における小林の思想の骨格とその背景を確認しておきたい。

　万葉歌人が歌つたやうに「神社《もり》に神酒《みわ》すゑ　祈祷《いのれ》ども」、死者は還らぬ。だが、還らぬと知つてゐるからこそ祈るのだ、と歌人が言つてゐるのも忘れまい。神に祈るのと、神の姿を創り出すのとは、彼には、全く同じ事《わざ》なのであつた。死者は去るのではない。還つて来ないのだ。と言ふのは、死者は、生者に烈しい悲しみを遺さなければ、この世を去ることが出来ない、といふ意味だ。それは、死といふ言葉と一緒に生まれて来たと言つてもよいほど、この上なく尋常な死の意味である。（中略）死は「千引岩」に隔てられて、再び還つては来ない。だが、石を中に置いてなら、生と語らひ、その心を親身に通はせても来るものなのだ。上古の人々は、さういふ死の像《カタチ》を、死の恐ろしさの直中から救ひ上げた。（中略）其処に含蓄された意味合は、汲み尽くし難いが、見定められた彼の世の死の像《カタチ》は、此の世の生の意味を照らし出すやうに見える。（五十章）

引用の最後の文は、超越的なものと照らし合わされることによって現在の生が認識されるという、「無常といふ事」以来の発想の端的な表れである。ここでの小林は、死という出来事とその意味を、死者と生者との関係の中で、生者が死という言葉を発するところで考えている。従って、「死者は去るのではない。還つて来ないのだ」というような表現も単なるレトリックとして見過ごすことはできない。「死が到来すれば、万事は休する」との意識が、死の意味を語るこの部分で、小林に死ぬ者の立場ではなく死者を悼む生者の視点を固持させているからである。小林は、「神道の安心は、人は死に候へば、善人も悪人もおしなべて、皆よみの国へ行ク事に候」という宣長とは、全く異なる立場にいる。「神に祈るのと、神の姿を創り出すのとは、彼には、全く同じ事《わざ》なのであつた」という発言からすれば、小林の超越的なものについての考えは、むしろ荻生徂徠の「鬼神の情状は、祭ればすなはち聚り、聚ればすなはち見るべく、祭らざればすなはち散じ、散ずればすなはち見るべからず、見るべからざればすなはちなきに幾し」（『弁名（下）』）という鬼神論を承けたものと考えられる。田原嗣郎は、祖霊よりも現実に存在する子孫の側の心情に重心があるところに徂徠の鬼神祭祀のポイントを認めているが[19]、あくまでも生者の側から此の世ならぬものの意味を捉えようとし、「鬼神有無の説」にかかずらわない態度が、小林・徂徠両者に共通して認められる。

異なるのは、この問題においても小林が、最終的な契機として言葉を要請する点にある。小林は宣長に託して、次のように述べている。

> 彼が註解者として入込んだのは、神々に名づけ初める、古人の言語行為の内部なのであり、其処では、神といふ対象は、その名と全く合体してゐるのである（高天原といふ名にしても同様である）。彼が立会つてゐるのは、例へば、「高御産巣日神《タカミムスビノカミ》、神産巣日神《カミムスビノカミ》」の二柱の神の御名を正しく唱へれば、「生《ムス》」といふ御名のまゝに、「万ヅの物も事業《コト》も悉《コトゴト》に皆」生成賜《ウミナシ》ふ神の「かたち」は、古人の眼前に出現するといふ、「あやしき」光景に他ならなかつた。（四十八章）

超越的なものを言葉との関係において捉えた点にこそ、ベルグソン論中絶後の『本居宣長』が小林の批評に開いた新しい局面があったのである[20]。ただし、小林は、宣長歌学や徂徠古文辞学の解釈を提示する際に、二十世紀の言語哲学を忍び込ませていた。『本居宣長』執筆時に小林がメルロ＝

ポンティを読んでいたことについては郡司勝義『小林秀雄の思い出』（文芸春秋　一九九三年刊）に証言があるが、「神といふ対象は、その名と全く合体してゐる」という小林の発言には、メルロ＝ポンティの「子供にとっては、対象はその名前が告げられたときにはじめて認識されたことになるのであり、名前は対象の本質であって、対象の色や形とおなじ資格で、対象自体に宿っているのである」（『知覚の現象学1』竹内芳郎他訳　みすず書房　一九六七年刊）という言語観が響いていることは疑えないだろう。また、前田愛は小林の言語観にソシュール言語学の反映も指摘している。(21)『本居宣長』で示される小林の言語観は、はやくも第十章で次のように述べられていた。

> 徂徠に言はせれば、「辞ハ事ト嫺《ナラ》フ」（答屈景山書）、言は世といふ事と習ひ熟してゐる。さういふものが遷るのが、彼の考へてゐた歴史といふ物なのである。彼の著作で使はれてゐる「事実」も「事」も「物」も、今日の学問に準じて使はれる経験的事実には結び付かない。思ひ出すといふ心法のないところに歴史はない。それは、思ひ出すといふ心法が作り上げる像、想像裡に描き出す絵である。各人によつて、思ひ出す上手下手はあるだらう。しかし、気儘勝手に思ひ出す事は、誰にも出来はしない。私達は、しようと思へば、「海」を埋めて「山」とする事は出来ようが、「海」といふ一片の言葉すら、思ひ出して「山」と言ふ事は出来ないのだ。

ここでは、「思ひ出す」というキーワードとともに史料から主体が想像するものとして歴史が捉えられており、『ドストエフスキイの生活』（一九三九年刊）の「序」や「無常といふ事」（一九四二・六）に示されていたものと変わらない小林の歴史観が述べられているのであるが、主体の想像を促すと同時に制限するものとして言語が採り上げられている点に、『本居宣長』の特徴を認めることができる。ただし、引用部分にある、「辞」が「事」と「嫺フ」例として提示されている、「海」と「山」という言葉をめぐる部分は、徂徠の歴史観ないし言語観が敷衍されたものというより、シニフィアンとシニフィエの不分離性とラングの規範性をめぐるソシュール以後の言語認識を示していると読んだ方が適切であろう。

ソシュールの名は小林の著作には出てこないが、小林は間違いなくソシュールの思想に接していた。そのルートの一つに、時枝誠記の著作を挙げることができる。時枝は、西洋言語学の「物としての言語」観を批判し、国学の語学的成果を採り入れ、「事としての言語」観から独自の言語過程説を提唱したことでよく知られているが、「小林秀雄文庫[22]」には、時枝の『国語学原論』（岩波書店　一九四一年刊）、『国語学原論続篇』（岩波書店　一九五五年刊）、『国語学史』（岩波書店　一九四〇年刊）、『言語本質論』（岩波書店　一九七三年刊）が架蔵されている。その中でも、とりわけ『国語学原論続篇』と『国語学史』は傍線等の書き込みが多く、小林が丁寧に読み込んでいたことが明らかな時枝の著作である。

その『国語学原論続篇』で「言語史を形成するもの」の項において時枝は、ソシュールの学説を次のように説明している[23]。

> 言語は、聴覚映像（音韻）と概念との二つの要素の結合体であるとして、これを『ラング』langue と名づけた。ソシュールは、更に、言語学に言語の歴史を研究する通時言語学 linguistique diachronique と、言語の体系を研究する共時言語学 l. synchronique とを区別し、通時態と共時態とは、ラングの二面であるとして、これを樹幹の縦断面と横断面の関係に譬へて説

明した（ソシュール『言語学原論』改訳本一一七頁）。

時枝の言う「聴覚映像（音韻）」は、現在のソシュールの用語では、シニフィアンに該当し、「概念」はシニフィエに該当すると思われる。[24] 小林がこの部分に目を通していたことは、同頁に万年筆による傍線等が書かれていることから間違いない。先に見た小林の「海」と「山」をめぐるレトリカルな文の背後には、こうした時枝の叙述を通して見たソシュールの言語観を認めることができる。また、「『海』といふ一片の言葉すら、思ひ出して『山』と言ふ事は出来ない」という表現は、ウィトゲンシュタインの次のような言葉を連想させる。

次のようなことを試みてみよ。「ここは寒い」と言い、「ここは暖かい」と思え。あなたにはそのようなことができるか。

（『哲学探究』五一〇　傍点訳文）

「小林秀雄文庫」にはウィトゲンシュタインの著作は架蔵されておらず、小林がウィトゲンシュタインを読んでいた可能性は極めて低いが、両者に共通する修辞的思考と言語に関する直観に類似した点があるのも確かであろう。[25]

ところで、このような言語認識を呼び出した「辞ハ事ト嫺フ」という徂徠の『答ニ屈景山一書』の言葉は、小林が徂徠のテキストとして用いていた「小林秀雄文庫」所蔵の『日本倫理彙編』（一九一一年年刊）の本文には、「夫六経。皆事也。皆辞也。苟ニ嫺辞与レ事。古今其如レ眎ニ諸掌一乎。[26]」とあり、万年筆で傍線が引かれ傍線部の上には二重丸が書かれている。また、この頁の右上には「ナラフ」と万年筆による書き入れがある。この箇所は日本思想体系『荻生徂徠』（一九七三年刊）では、「苟《モ》嫺《ならハバ》ニ辞《ト》与《ニ》レ事。古今其《ハ》如《レキ》レ眎《みルガ》ニ諸《ヲ》掌《ニ》一乎。」と訓点が付されているように、小林のように読み下すのは難しい。思想体系の訓点に従えば、徂徠の言葉は、制度文物と言葉とに習熟すれば古今のさまざまなものは掌を指すがごとくとなる、というように理解するのが一般的であろう。

小林が無理をしてまで徂徠の言葉を「辞ハ事ト媾フ」と読み下したのは、先のようなソシュール以後の小林自身の言語認識を示そうとしたからであったと考えられるが、今中寛司『徂徠学の基礎的研究』(一九六六年刊)の徂徠理解が小林にそうした読みを示唆した可能性も否定できない。「小林秀雄文庫」に所蔵されている同書は、小林が丁寧に読んでいたことが傍線等の書き入れから明らかだが、今中の徂徠観の中心に、「辞」と「事」をめぐる次のような理解があるからである。

言語は文学・思想・倫理・政治・制度文物と厳密に相関関係にあり、前漢以前の言語であるところの古文辞の優秀さは同時代の歴史的世界の優越をそのまま保証するものであるというのが、徂徠学の一貫した原理であり法則である。「夫れ六経は辞なり。而して法具して在り。孔門より後ち先秦西漢の諸公、皆なこれを以て其れ選ぶなり。降って六朝に至り、辞弊して法病む」と、徂徠がいっているように、「辞」とは先王の遺した言葉や政治をその内容とする。従って詩経や書経のような先王の「辞」は唐虞三代という聖代の言葉そのものであるとともに、先王の政治の倫理的意味を表現したものである。徂徠のいう「法」とは、このようにいわゆる聖代の民衆の「諷詠」や聖代の聖王の政治がそのまま「辞」となっている限り、それは「叙事」であるというのである。ここにいう「叙事」は単に舒情に対置される言葉であるのでなく、「辞」即ち文学、或いは広い意味での言葉は聖代の政治と民衆の生活そのものの表現であるという古文辞学の立場を指し示す。さらに徂徠の用語に従って正確に表現するならば、詩経は民衆が諷詠した生活詩であり、書経の内容は聖王が解釈した政論書であり、礼記は制度文物を記録した節文度数であり、楽記は当時の情操教育のために記録した歌舞八音である。徂徠の古文辞学でいう「辞」とは、以上でもはや明瞭であると思うが、唐虞三代という理想的なよき時代のすばらしい言語文化と、またその時代の理想政治の記録の総称であることとなる。徂徠は「節文度数」と「歌舞六音」を「事」と称して「辞」と対置しているが、これら先王の政治記録も、それが記録である限り「辞」を通過せねばならないことは当然である。

かくて古文辞は「辞」と「事」という「古言」を意味することとなり、前漢より以後の文章はこれらを欠いた「今言」であり、単なる脩辞や議論文となって「古言」の内容を失うに至った(27)。

今中は、言語の優秀さがそのまま世界の優秀さであるとする点を徂徠の古文辞学の原理とし、「辞」は先王の遺した言葉や政治をその内容とする「叙事」であるとする。そして、徂徠自身が対置している「事」即ち礼楽と「辞」即ち詩書を、「事」も記録である限り「辞」を通過せねばならないとし、「辞」を「広い意味での言葉」と拡張した上で、「『辞』と『事』という『古言』を意味する」ものという「古文辞」理解を今中は示している。今中がこうした「古文辞」理解から、徂徠に「『辞』と『事』の一致の立場(28)」を見出し強調している部分に小林は着目していた。

徂徠の『答二屈景山一書』の「辞ト事トニ媚ハバ」と読むべきところを「辞ハ事ト媚フ」と読み、「言は世といふ事と習ひ熟してゐる」と解釈し提示されている小林の「言」・「事」理解は、今中が徂徠の言葉を拡張しつつ提示した古文辞理解――言語と世界とは相関関係にあり、「辞」と「事」

が一致した「古言」こそ古文辞に他ならないという理解――の示唆によるところが少なくなかったと考えられる。

ここは今中のこの理解が徂徠論として適切なものであるかどうかを論ずる場所ではないが、今中が徂徠の古文辞理解として提示している言語観は、時枝誠記が「日本に古くから見られる考方」として取り出した言語観、即ち「事と言とを同一視する考方[29]」でもあることは確認しておきたい。徂徠の言葉に「辞」と「事」の一致を読む今中と小林は、時枝が「国語に於いて事と言とは共に『こと』と云はれて居る[30]」という点から指摘した「日本に古くから見られる考方」を徂徠に投影していたと見ることも可能であろう。

以上見てきたように、『本居宣長』において最も重要な神話論や言語論は、徂徠や宣長の言葉を用いつつも、彼等の思想とは大きく異なるものとなっていた。しかし、それも異とするには当たらない。この作品の狙いは、歌・物語・歴史・神話とそれらを通じた認識論、そして最終的な基盤としての言語についての考察にあるからである。その意味では、宣長もまた、批評の対象というより、方法であったというべきだろう。

注

（1）「当麻」の初出と決定稿との異同については、佐藤昭夫「初出と決定稿」（『国文学』一九六八・七）や樫原修「『当麻』の方法」（『国語国文論集』一九八四・三）にすでに考察があり、多くの示唆を受けた。また関谷一郎「〈直接性〉の救済と呪縛」(『小林秀雄への試み』洋々社　一九九四年刊)は、古典論に小林の「造形意識」を指摘している。

(2) 小林の批評文における一人称については、前掲樫原修「『当麻』の方法」、島弘之「〈感想〉というジャンル」(『群像』一九八七・二)、関谷一郎「〈私〉の仮構線」(『文学』一九八九・一二)等の議論を経て、ある種の作品においては、作者小林とは異なる仮構された語り手であるという見解が受容されてきている。

(3) だいぶ後になるが、小林は、ロマン主義以後の芸術家について「反動がどんなに強大であらうとも、彼等は、ルッソオの『告白』した個性の価値を否定し去る事を出来ない事に、はつきり気付いてゐた」(「『近代芸術の先駆者』序」一九六四・一)と述べている。「当麻」の中で行われている「僕」によるルソー批判とは異なって、小林の歴史認識がここには正確に表れている。

(4) この点については、大久保典夫「戦中・戦後の小林秀雄」(『解釈と鑑賞』一九七五・八)が指摘した通り、小林は「日本浪曼派の美学と歴史観に接近したが、けっして古代(あるいは古典)をいうことで近代を超克しようとしたわけではない」。ただし、大久保はこれに続けて「現実への断念が彼を歴史の不動な美へと向かわせたのである」と言うが、『無常といふ事』の小林に、現実(あるいは現在)への「断念」や「不動の美」への傾斜などを見るのは困難である、というのが本稿の理解である。

(5) ここで言われている「一種の動物」という発想は、早く「故郷を失つた文学」(一九三三・五)において、小林自身もその一人であるとした上で、青年の規定として用いられていたことに注意しておきたい。

(6) 座談会「コメディ・リテレール——小林秀雄を囲んで」(『近代文学』一九四六・二)において、佐々木基一の「何かに対するアンチ・テーゼとして提出している」という発言に答えて、小林は「現代に対する抗議、そんなものが現われるという意味ですか。（中略）それは僕の未熟さだ。尤もそれを僕の批評の現代的意義ととるのは勝手です」と答えている。

（7）河上徹太郎「小林秀雄」（『小林秀雄全集』解説　新潮社一九五五・九～一九五七・五）
（8）亀井秀雄『小林秀雄論』（塙書房　一九七二年刊）
（9）野崎守英「『本居宣長』論」（『理想』一九七六・一〇）
（10）村岡典嗣『本居宣長』（岩波書店　一九二八年刊）
（11）百川敬仁「小林秀雄『本居宣長』について」（『内なる宣長』東京大学出版会　一九八七年刊）
（12）子安宣邦『本居宣長』（岩波書店　一九九二年刊）
（13）吉田凞生「小林秀雄　本居宣長」（『国文学』一九八七・七）
（14）大江健三郎「小林秀雄『本居宣長』を読む」（『新潮』一九七八・一）
（15）高田衛「宣長と秋成」（『文学』一九六八・八）
（16）大久保正「本居宣長全集　第八巻　解題」（筑摩書房　一九七二年刊）
（17）注（16）に同じ
（18）日本古典文学大系67『日本書紀（上）』（岩波書店　一九六七年刊）参照
（19）田原嗣郎『徂徠学の世界』（東京大学出版会　一九九一年刊）
（20）ベルグソン論以後に小林が宣長を採り上げたのは、吉川幸次郎「本居宣長」（『新風土』一九四一・一〇）がつとに指摘した、認識の基礎としての位置を言語に与えている宣長学の特徴に着目したからであると考えられる。
（21）前田愛「『本居宣長』における言語意識」（『国文学』一九七五・一二）
（22）小林秀雄が『本居宣長』執筆時に手元に置いていた旧蔵書の多くが、一九九三年成城学園教育研究所に寄贈され、二〇〇一年から「小林秀雄文庫」として公開されている。

(23)『国語学原論続篇』一八八頁

(24) ただし、「聴覚映像」はシニフィアンに相当し、「概念」はシニフィエに相当するとすれば、その結合体は「ラング」ではなく、「シーニュ」とあるべきことは現在では明らかであろう。ソシュールについては、丸山圭三郎『ソシュールの思想』(岩波書店　一九八一年刊)を参照した。また時枝は同書一六二頁から一六四頁にかけて、ソシュールの「ラング」は「社会的結晶」とも「社会的所産」とも呼ばれ、社会集団の共有財産であり、言語が「社会的」である所以を示したと高く評価している。この部分に小林が着目していたことも傍線等の痕跡が示している。

(25) 中村昇『小林秀雄とウィトゲンシュタイン』(春風社　二〇〇七年刊)は、小林秀雄の言語観に、ウィトゲンシュタインの私的言語批判と同様の構図を認めている。

(26) 井上哲治郎・蟹江義丸編『日本倫理彙編　第六巻　古学派下』(金尾文淵堂　一九一一年刊)一三二頁。た

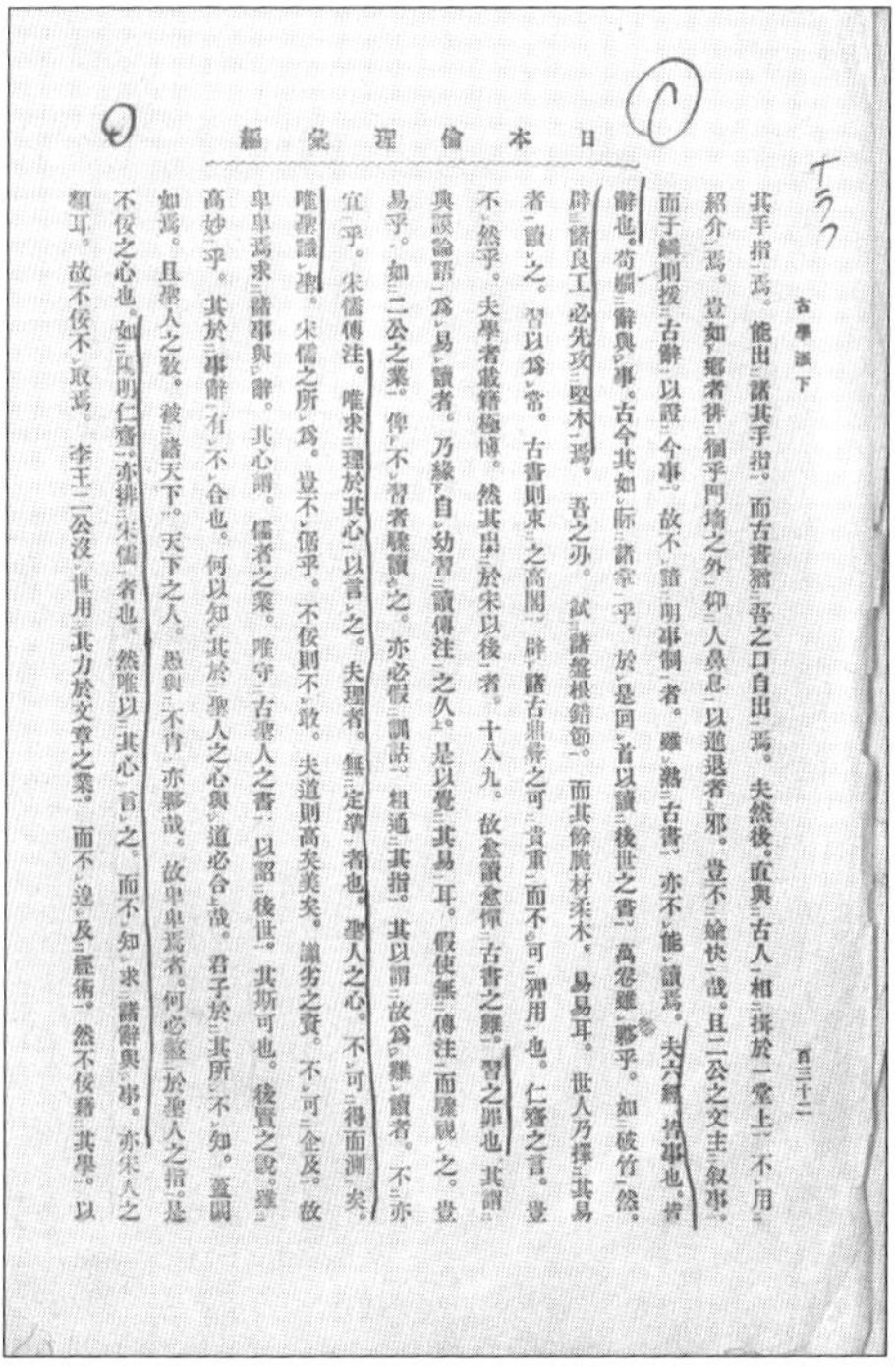
古學派下　百三十二

日本倫理彙編

其手指焉。能出諸其手指。而古書猶吾之口自出焉。夫然後。直與古人相揖於一堂上。不用紹介焉。豈如鄉者徘徊乎門墻之外。仰人鼻息以進退者邪。豈不愉快哉。且二公之文主叙事。而手觸則援古辭以證今事。故不諳明事側者。雖熟古書。亦不能讀焉。夫六經皆事也。皆辭也。苟嫻辭與事。古今其如視諸掌乎。於是回首以讀後世之書。萬卷雖夥乎。如破竹然。辟諸良工必先攻堅木焉。吾之亦。試諸盤根錯節。而其餘脆材柔木。易易耳。世人乃擇其易者讀之。習以爲常。古書則束之高閣。辟諸古鼎彝之可貴重而不可日用也。仁齋之言。豈不然乎。夫學者載籍極博。然其出於宋以後者。十八九。故愈讀愈憚古書之難。習之罪也。其謂典謨論語爲易讀者。乃緣自幼習讀傳注之久。是以覺其易耳。假使無傳注而驟視之。豈易乎。如二公之業。俾不習者驟讀之。亦必假訓詁。粗通其指。其以謂故爲難讀者。不亦宜乎。宋儒傳注。唯求理於其心以言之。夫理者。無定準者也。聖人之心。不可得而測矣。唯理識理。宋儒之所爲。豈不僭乎。不佞則不敢。夫道則高矣美矣。譾劣之資。不可企及。故卑卑焉求諸事與辭。其心謂。儒者之業。唯守古聖人之書。以詔後世。其斯可也。後賢之說。雖高妙乎。其於事辭有不合也。何以知其於聖人之心與道必合哉。君子於其所不知。蓋闕如焉。且聖人之教。被諸天下。天下之人。愚與不肖亦夥哉。故卑卑焉者。何必盡於聖人之指是不佞之心也。如伊明仁齋亦排宋儒者也。然唯以其心言之。而不知求諸辭與事。亦宋人之類耳。故不佞不取焉。李王二公沒世用其力於文章之業。而不遑及經術。然不佞藉其學。以

だし初版は、一九〇二年育成社刊。小林は蔵書への書き入れを様々な筆記具で行っているが、ここでは万年筆による書き入れを太線で表示した（前掲図版参照）。
(27) 今中寛司『徂徠学の基礎的研究』（吉川弘文館　一九六六年刊）五〜六頁。注（26）と同じく、万年筆による書き入れを太線で表示した。本文上部に記された山括弧様の印は、本書と当該書籍の活字の組方が異なるため、おおよその位置である。
(28) 前掲『徂徠学の基礎的研究』一六一頁
(29) 時枝誠記『国語学史』（岩波書店　一九四〇年刊）二二三頁。小林は、この時枝の指摘部分の上部に万年筆で線を引いている。
(30) 注（29）と同じ。

第二章　換骨される典拠――『本居宣長』の材源と論理

『本居宣長』（一九七七年刊）執筆時に小林秀雄が参照した旧蔵書の多くが、成城学園教育研究所に寄贈され、二〇〇一年から「小林秀雄文庫」として公開されている[1]。同文庫には、小林が手元に置き様々な書き入れをした書籍が架蔵されており、研究資料としての価値は極めて高い。ここでは、傍線等の書き込みによって小林が繰り返し読んだ形跡がはっきりと残っている書籍の中から、『本居宣長』の叙述に直接影響を与えたと考えられるものとの照応を見ながら、『本居宣長』における小林の論理を浮かび上がらせていきたい。

1

小林は本居宣長の学問の基本は「物のあはれ」論にあり、賀茂真淵入門以前に確立していたとし、『本居宣長』の十二章以降で丁寧に論じていくが、十四章で宣長が「あはれ」という言葉で考えたのは「『情の感《うご》き』の分類」ではなかったとし、次の様に述べている。

　心と行為との間のへだたりが、即ち意識と呼べるとさへ言へよう。宣長が「あはれ」を論ずる「本《モト》」と言ふ時、ひそかに考へてゐたのはその事だ。生活感情の流れに、身をまかせてゐれば、ある時は浅く、ある時は深く、おのづから意識される、さういふ生活感情の本性への見通しなのである。放つて置いても、「あはれ」の代表者になれた悲哀の情の情趣を説くなどは、末の話であつた。さういふ次第で、彼の論述が、感情論といふより、むしろ認識論とでも呼びたいやうな強い色を帯びてゐるのも当然なのだ。彼の課題は、「物のあはれとは何か」ではなく、「物のあはれを知るとは何か」であつた。（十四章）

「心と行為との間のへだたりが、即ち意識と呼べる」という発言には、「意識とは観念と行為との算術的差であつて、差が零になつた時に本能的行為が現れ、差が極大になつた時に、人は、可能的行為の林のなかで道を失ふ」（『罪と罰』についてII」一九四八・一一）という、ドストエーフスキイ論以来変わらない小林の発想を認めることができる。しかし、ドストエーフスキイ論においては、鋭敏な意識が陥る「自己紛失」のありように焦点が当てられていたのに対して、ここでは、宣長の「あはれ」論の中心に「物のあはれを知るとは何か」という認識論を見ることにより、ドストエーフスキイ論とは逆に、主体に自己認識をもたらす方向で小林が、「意識」あるいは「あはれ」を把握しているのがわかるだろう。

彼の言ふ「あはれ」とは広義の感情だが、なるほど、先づ現実の事や物に触れなければ感情は動かない、とは言へるが、説明や記述を受付けぬ機微のもの、根源的なものを孕んで生きてゐるからこそ、不安定で曖昧なこの現実の感情経験は、作家の表現力を通さなければ、決して安定しない。その意味を問ふ事の出来るやうな明瞭な姿とはならない。宣長が、事物に触れて動く「あはれ」と、「事の心を知り、物の心を知る」事、即ち「物のあはれを知る」事とを区別したのも、「あはれ」の不完全な感情経験が、詞花言葉の世界で完成するといふ考へに基く。

（十八章）

ここでは現実世界の事物に触れて動く不安定な「あはれ」の世界を安定させ、その意味を問うことを可能とするものとして言語表現が捉えられているが、同時に、現実世界およびそれと連動する「あはれ」という現実の感情経験と、それらに言語によって形を与え安定させることで「物のあはれを知る」「詞花言葉」の世界との質的な差異が確認されている点にも注意しておきたい。小林は宣長のいわゆる「物のあはれ」論を情趣論・感情論として捉えるのではなく、現実とは異質な自律したものとしての文学論、さらには言語を基盤とする認識論として、宣長の「物のあはれを知る」という言葉を受け取り、以後宣長の歌論や物語論あるいは古道論と、それらの根底にある認識の枠組みとしての言語の超越論的性格の検証に移っていくのである。その意味で、ここに示されている文学論ならびに認識論としての「物のあはれ」論は、『本居宣長』の叙述を可能にした極めて重要なものである。

ただし、小林に宣長の「物のあはれ」論を「物のあはれを知る」という側面から捉えさせることを可能にしたのは、ひとり小林の読みのみであったわけではない。こうした小林の宣長解釈に貢献したと考えられる研究書を紹介しておきたい。『本居宣長』三十章で宣長の『古事記伝』の方法について論じる際に言及されている笹月清美『本居宣長の研究』（一九四四年刊）である。笹月清美の『本居宣長の研究』には次のような部分がある。

物のあはれとは何であるか。宣長に随へば

世中にありとしある事のさま〴〵を、目に見るにつけ耳にきくにつけ、身にふるゝにつけて、其よろづの事を心にあぢはへて、そのよろづの事の心をわが心にわきまへしる、是事の心をしる也、物の心をしる也、物の哀れをしるなり、その中にも猶くはしくわけていはゞ、わきまへしる所は物の心事の心をしるといふもの也、わきまへしりて、其しなにしたがひて感ずる所が物のあはれ也、

（『紫文要領』）

すなはち吾々は人生の事実を見聞きし体験するにつけて、それ等の事実の意味を自分の心に含味し深く把握する。それが対象の芸術的意味をしることであり、物のあはれをしることに外ならぬ。なほその間の事を詳しく分けていへば、事の心を知り物の心を知るといふのは対象の芸術的意味を知ることであり、それによつて吾々の中に起る感動が物のあはれである。(2)

笹月はここで、「物のあはれとは何か」という問に対する回答として引用した『紫文要領』の言葉から、「事実の意味を自分の心に吟味し深く把握する」ことが「物のあはれをしること」であり、それによる感動が「物のあはれ」である、という理解を提示している。小林は『紫文要領』本文の「物の哀れをしる」という部分に赤鉛筆で傍線を引いているが、笹月の『本居宣長の研究』のこの箇所が、宣長の「物のあはれ」論を「物のあはれを知る」という認識論として把握した小林の発想に重要なヒントを与えたと推測されるのである。笹月は、さらに続く部分で次のように述べている。

宣長のいふ感ずる心が単なる生な自然の感情でないことは、前に引用したやうに「よろづの事を心にあぢはへてそのよろづの事の心をわが心にわきまへ知る」ことが感ずる心の前提とされ

てゐることによつて認められるであらう。(3)

笹月はここで宣長の「感ずる心」が「生な自然の感情」ではなく、「よろづの事の心をわが心にわきまへしる」という認識を前提としていることを指摘し、大西克禮『幽玄とあはれ』（一九三九年刊）に同様の理解があることを認め、この指摘の直後に『幽玄とあはれ』からの引用をしている。この大西の著作も「小林秀雄文庫」に架蔵されているので、笹月の引用した部分を「小林秀雄文庫」所蔵の書籍に見てみる。

深く感ずるとか、感情の深さとかいつても、本来の意味に於ける「あはれ」――平安朝の物語などに現れる「あはれ」に於いては、その深さの意味は沈潜的な観照や諦観を伴つて、自我の全体性にまで拡充されるやうな感情体験を指すのであつて、斯かる体験の構造はやがてまた直観と感動とが、自我の深部に於いて相即滲透すると云ふ、最も一般的な美的意識そのものの本質条件を言ひ換へたものに外ならぬであらう。(4)

大西の「あはれ」論のポイントは、宣長の「物のあはれ」に「『物の心をしる』と『物の哀をしる』とを結合することによつて、今日の美学に於いて所謂『直観《シャウエン》』と『感動《フユーレン》』の調和としての、美意識一般の概念に非常に接近して来る点(5)」を指摘し、「あはれ」を「純然たる感情その者の深さ即ち感動」と「直観、諦観等の知的客観的意味」の深さとを包含した「観照的態度に於ける感動(6)」とした点にあると考えられるが、該当箇所はこのポイントがよく表れている部分である。

ここに確認した大西の「あはれ」論は、「物のあはれを知る」ことは自己の全的な認識にまで及ぶ経験であるという理解を小林に示唆したと思われて、興味深い。小林はこうした研究書を参照しながら、『本居宣長』において、宣長の『古事記』研究にも「自照を通じての『古事記』観照の道」（四十三章）を探っていくのである。ただし、大西は宣長の「『わきまへしる』と云ふやうな言葉の中に、『直観』と『弁知』と云ふやうな区別が曖昧にぼかされてゐることは止むを得ない」[7]とし、宣長の言葉の曖昧を指摘している点に明らかなように、あくまでも近代美学のパラダイムから宣長を評価する姿勢を崩していない。一方、小林は笹月が引用した先の『紫文要領』と同一の箇所を引用し、「知ると感ずるとが同じであるような、全的な認識が説きたいのである。知る事と感ずる事とが、こゝで混同されてゐるわけではない。」（十四章）と述べる。この小林の発言が、宣長に対してなされる、大西のような近代的・分析的な批判を反転させたものであるのは疑いないだろう。

ところで笹月は先の大西の言葉から「感ずる心」が「生な自然の感情」ではなく、「よろづの事の心をわが心にわきまへ知る」という認識を前提としていたことを読み取っていたが、さらに次のように述べる。

感ずる心は自律的なのである。それはしのびぬところよりいづるもの、わが心ながらわが心にもまかせぬもの、まさに自律的な活動なのである。この感ずる心の自律性が、宣長における物のあはれの自律性、随つて文学の自律性の根拠であつたのである。

更に宣長によれば、「その感じたる心を其まゝにさしをけば、いよ〳〵深くむすぼほれて心にあまる」のである。感ずることによつて主体の内面に形成されたところのものは、みづから客観的な作品として外に表現されることを求める。[8]

こうして笹月は「物のあはれ」に宣長の文学論の「始原」を認めるのである。小林の『本居宣長』の叙述もこの笹月の論理に沿う形で進められており、笹月の著作が小林に大きな影響を与えていることがわかる。ただし笹月は、宣長が「物のあはれ」を平安朝の文学理念として限定せず「感ずる心一般のはたらきとして用ゐ」（傍点原文）、「普遍的なものに到達しようとした」が、一方で、平安朝文学を理想とする雅俗意識から宣長が自由になれず、雅俗の優劣意識から平安朝以後の「俗」を下位に置く「矛盾」を指摘している。(9) 他方、宣長の雅俗意識にそのような優劣の意識はなかったとする小林は、宣長の文学論を、歌や物語などの特殊な世界の考察からなされたものではなく、生活世界の通常の言語表現の観点から考察されたものとして、次のような言語理解を示している。

> 私達は、話をするのが、特にむだ話をするのが好きなのである。言語といふ便利な道具を、有効に生活する為に、どう使ふかは後の事で、先づ何を措いても、生な現実が意味を帯びた言葉に変じて、語られたり、聞かれたりする、それほど明瞭な人間性の印しはなからうし、その有用無用を問ふよりも、先づそれだけで、私達にとつては充分な、又根本的な人生経験であらう。「源氏」は、極めて自然に、さういふ考へに、宣長を誘つた。（二十四章）

ここに表れているのは、生な現実は言葉で捉えられることによって、初めて人間にとって意味を持つことができるという小林の言語観であって、宣長の言語観ではない。この言語観の背後には、言語によって捉えられない現実は、人間的事実とは呼べないという小林の強い信念がある。そして、この信念に基づいた小林の言語観は、小林が自らの死生観を語る最終章の重要な部分においても見ることができる。

死は、私達の世界に、その痕跡しか残さない。残すや否や、別の世界に去るのだが、その痕跡たる独特な性質には、誰の眼にも、見紛ひやうのないものがある。生きた肉体が屍体となる、この決定的な外物の変化は、これを眺める者の心に、この人は死んだのだといふ言葉を、呼び覚まさずにはゐない。死といふ事件は、何時の間にか、この言葉が聞こえる場所で、言葉とともに起つてゐるものだ。この内部の感覚は、望むだけ強くなる。愛する者を亡くした人は、死んだのは、已れ自身だとはつきり言へるほど、直かな鋭い感じに襲はれるだらう。この場合、この人を領してゐる死の観念は、明らかに、他人の死を確める事によつて完成したと言へよう。

（五十章）

ここに見られるのは、「生きた肉体が屍体となる」「外物の変化」が「死」という言葉で捉えられたとき、「死」という人間的事件が生じるという、小林の言語認識に基づく死生観である。そして、「死」という「別の世界」がこの世に残した「痕跡」から、「死」という言葉が生まれ、この言葉とともに人は「死といふ事件」と出会い、「死の観念」を完成させるという理解には、「別の世界」に関する小林の認識のありようが表れている。小林は、「別の世界」即ち超越的世界を、それがこの世に残した痕跡から此岸にある人間の言葉によって捉えていこうとしているのである。この点において、小林の超越理解は、超越的世界をそれ自体として肯定する宗教における理解とは紙一重の距離を持つのである。(10)

この小林の超越理解は、神話を事実として受け止めた宣長の古伝説信仰とは調和し難いはずであるが、小林は宣長に対して肯定的な態度を一貫して保っている。小林の宣長論のこの特徴は、多くの読者を戸惑わせてきた。前章でもふれたが、吉本隆明はこの著作に「〈戦後〉の史学や思想や文学の成果を」「〈無化〉したいというモチーフ」を読み[11]、保田與重郎は「日本及び日本人といふ、たかぶつた感情から」「感謝」と「敬拝」を示した[12]。ともに、「戦中思想と地続きの面」[13]を認めての発言と思われるが、しかし、問われなければならないのは、小林の論がどのような「戦中思想」と、いかなる点で共通し、あるいは異なっているか、ということであろう。以下では、この点を考える手がかりを与える文献と小林の叙述との具体的な照応をみたい。

　宣長の古伝説に対する絶対的信仰は、明治以後の学者達を悩ませてきた。はやくこの問題を指摘した村岡典嗣は、近代文献学の立場から宣長学の本質を文献学と規定し、古伝説を「没批評的（kritiklos）に承認」（傍点原文）した古道説は、文献学の変態であるとして、これを宣長の学問の中心から排除し、また中古研究と上古研究との間も「截然と区劃」されるとした[14]。宣長に対する近代的理解の代表的なものであるが、こうした村岡の理解とは異なる観点から宣長の学問を捉えた研究書に、前節で採り上げた笹月清美『本居宣長の研究』（一九四四年刊）と宮島克一『宣長の哲学』（一九四三年刊）とがある。両著とも、戦中に刊行された宣長論であり、ともに「小林秀雄文庫」に所蔵されており、小林が繰り返し読んだ痕跡が残っている。

まずは、笹月の宣長論から見ていきたい。笹月は、宣長は「自分の学問を歌まなび及び道の学びと規定し、両者の間に発展的乃至本質的関係のあることを認めてゐた」[15]（傍点原文）という理解のもと、彼の宣長論を展開し、「本居宣長における道と文学」の章で次のように述べている。

宣長における道は古代の神々のしわざによる自然現象及び人間生活の現成であつた。このやうな道を認識するためには、人はまづ儒仏の世界観から脱却しなければならぬ。ことわりを離れて事実をありのまゝに見る一つの自然な態度を得なければならぬ。しかるに既に吾々が見てきたやうに宣長において文学こそはその観照並びに表現の首尾を通じてことわりを離れた自然な活動であつた。「神の道は、儒仏などの道の善悪是非をこちたくさだせるやうなる理屈は、露ばかりもなく、たゞゆたかにおほらかに、雅たる物にて、哥のおもむきぞ、よくこれにかなへりける」（『うひ山ふみ』）といふのもその故である。こゝに文学がそれ自身に独自の価値をもちつゝ、しかも「古道をしる階梯」であるといはれる所以があつた。（このやうに文学に道を知る階梯としての意義を認め更に龝つて道の学びに文学的性格を認めたのは、宣長の学問の根本特質である。）[16]（傍点原文）

小林がここで赤鉛筆で線を引いた箇所、特に「道の学びに文学的性格を認めた」という指摘は、小林の古道理解を可能とした重要な指摘である。笹月は同様のことをさらに次のようにも述べている。

古事記に道を求めるに当つては、ことわりを離れて、あたかも文学を観照するやうに、その表

> 現を観照しなければならぬ。宣長が文学は古道への階梯であるといつたのはこの意味であつた。文学のみやびは自然や人生を、ことわりを離れてありのまゝに観照するところから生ずる。随つてまた文学は儒教仏教のやうなことわりを離れて観照されねばならぬ。するとそこには人生のありのまゝなる表現がある。古事記が観照されねばならぬといふのもこれと同様なのである。何となれば古事記は神々の事跡の表現であつて、「神の道は、儒仏などの道の、善悪是非をこちたくさだせるやうなる理屈は、露ばかりもなく、たゞゆたかにおほらかに雅たる物にて、哥のおもむきぞよくこれにかなへりける」といふべきものであるから(17)。

小林はここで『宇比山踏』からの引用部に鉛筆で大きく≪印を書き入れているが、物語を読むように『古事記』を観照すべきである、という笹月の古道理解を保証するものとして、「神の道」は「哥のおもむきぞよくこれにかなへりける」という言葉が引用されているのがわかる。そして、笹月の古道観と小林の古道観とが共通していることは、次の小林の論述を見れば了解されるであろう。

> 「玉勝間」での「あはれ」と見るといふ言ひ方は、「古事記伝」では「直《ナオ》く安らか」と見るとなつてゐる。それだけの違ひなのである。神を歌ひ、神を語る古人の心を、「直《ナホ》く安らか」と観ずる基本の態度を、彼は少しも変へない。彼は、この観照の世界から出ない。彼の努力は、古人の心に参入し、何処までこの世界を拡げ深める事が出来るか、といふ一と筋に向けられる。言はば、それは自照を通じての「古事記」観照の道だつた。
>
> （四十三章）

古代人が神を歌い神を語った歌物語であるとして『古事記』を捉え、宣長の古道をその世界を観照する道として捉える小林の理解は、文学観照と同様に『古事記』が観照されなければならないという笹月の宣長理解を換言したものと見ることができるが、この理解のもと、小林は宣長の学問に、村岡のように宣長の古道論に文献学からの変態や中古学との区別を見るのではなく、笹月とともに文学論と古道論の綜合を見ていくこととなるのである。

しかし、宣長の「道の学問」は「形而上学的な世界観の学問であった」とする笹月には、「世界の自然科学的な成立を説くいはゆる世界像と世界観とを混淆してはならぬ。その混淆が既に宣長にあつて、それがやがて国学の一つの限界となつた」[18]という指摘があることは、見逃せない。笹月は、「記紀の神代巻に記されたことを厳然たる事実として信じ、儒教仏教の世界観乃至後世の理知によるその合理的な説明を絶対に排斥した宣長は、その限りにおいては却つて記紀の世界観に徹し得た」とする一方で、宣長は自然科学的事実にも忠実ならざるを得ず、西洋の自然科学的天体観をもつて古伝を根拠づけようとし、それゆえに「古伝の説明に却つて幾多の破綻と荒唐無稽とを生ずるに到つた」[19]とも述べている。

宣長の学問にあるこの「破綻と荒唐無稽」が、いわゆる「日の神」論争において露わになっているのはよく知られている。それは、上田秋成の「日神の御事、四海万国を照しますとはいかゞ」という批判に対する、宣長の回答――天照大御神とは即ち太陽であり、太陽は現実に四海万国を照している、唐天竺の日月と皇国の日月は二つのものではないのだから、日本神話に登場する「日の神」が「四海万国を照します」のは事実である、といった論理による回答――に最もよく表れているものである。高田衛「宣長と秋成」[20]が的確に指摘したように、この宣長の論法は「事実としての太陽と、伝説としての日の神を同一化するという前論理」によるものであった。「小林秀雄文庫」

には、高田論文が掲載された一九六八年八月号の『文学』が所蔵されており、それを見ると、宣長の「前論理」に「『ことば』の使徒としての宣長の学問・思想の本質的問題」を認めている高田の指摘部分の上部に、赤鉛筆で線が引かれており、小林が注目していたことがわかる。

しかし、小林はおそらく高田がやや皮肉交じりに用いた「『ことば』の使徒」という言葉をヒントとして、この論争から「宣長には、古伝の問題とは、直ちに言語の問題なのである。言葉によってその意味を現す古伝の世界を、その真偽を吟味する事実の世界と取違へては困る」（四十一章）という解釈を示す。注意深い読者であれば、言語の問題として神話を捉えているのは小林であって、決して宣長ではないことに気づくはずであるが、宣長論としては明らかに逸脱していると言わねばならないだろう。

「言葉によつてその意味を現す古伝の世界」という言い回しに明らかなように、小林はここでも、事実の世界とは異質な、そして事実の世界に意味を与える言葉の世界として古伝説を捉えていることがわかる。そして、この小林の古伝説理解は、先に見た、大西の「あはれ」論を媒介に笹月が導き出した、文学観照の延長線上にある古伝説観照をさらに言語論のレベルから裏打ちしようとしたものであった[21]。

次に、小林の古伝説理解に関わる叙述に大きな影響を与えたもう一つの研究書、宮島克一『宣長の哲学』を見たい。笹月が「記紀の神代巻に記されたことを厳然たる事実として信じ」た宣長の誤謬を指摘しているのに対し、宮島は、古伝説に対する宣長の「絶対信仰」をそのまま肯定したうえで、宣長の学問を「古伝から妙理を体得し観照することによつて成り立つ学問」[22]と捉える。宮島の宣長論の特徴はこの「妙理観照」という点にあるが、大西や笹月と同様に「観照」という語がキーワードとなっていることに注意したい。

そして宣長の古伝に対する絶対信仰を肯定する宮島論の特徴としてもう一つ、その「妙理」を同時代にも通用するものとしようとしている点が挙げられる。この宮島自身の宣長理解を同時代に生かそうとする宮島のモチーフと苦心は、古代神話のアマテラスと現実の太陽を同定する宣長の主張を次のように解釈している部分に、よく表れている。

宣長は実は古伝を実在の事跡にはあらず、単に悠久の昔から自然に国民の間に発生し発達した国民的信念であつたことを知つてゐたとするならば、何故に彼はあのやうに古伝の素朴なる絶対信仰をあくまでも強調し、あくまでも天照大御神を太陽だといひ、月読命を月だと主張してやまなかつたのであらうか。（私は固よりかく信ずることの是非をここで断定しようとするのではない。しかし、果して今日の国民的信念は天照大御神を太陽そのものと信じてゐるであらうか。国民の意識に底流する天照大御神信仰は今日ではもはや太陽信仰からははなれきたつてゐることを私は感ずるものである。）やはり彼は古伝の内容をそのまま実在の事跡と信じて疑はなかつたのではなからうか。事実彼の言葉に徴するも、古伝をそのまま事実として絶対に信仰する態度に出てゐるところが殆んど全部であつて、古伝を国民的信念と考へてゐたらしい形跡は僅かに一つ二つに過ぎないではないか。それは如何に説明さるべきであるか。

私はこの問題を次のやうに解釈しようと思ふ。それは即ち、当時の時代人としての宣長にとつては、『国民的信念』とか『神話的思惟形式』とかいふやうな思惟の範疇が未だ確立してゐなかつたのである、当時の我が学界の状態・性質並びにその水準から言つて、古代的国民的信念といふやうなものをそのものとして十全に思惟し評価するための思考の範疇が未だ欠けてゐたのであり、それが宣長において漸く芽ばへ初めてゐたのであると。(23)

ここに引用した部分に小林が鉛筆で大きな二重丸を二つ記しているのも眼を引くが、ここでの宮島の眼目は、「古伝」は古代の「国民的信念」にほかならないが、江戸期における学問のパラダイムゆえに宣長はそれを歴史の範疇と捉えざるを得なかったという点を確認するとともに、その一方でこのパラダイムを切り崩し、「国民的信念」という新たな思惟の範疇の端緒を切り開いた人物として宣長を評価する点にある。ここには、「神代の古伝説として伝はるわが国太古以来の思想的遺産は、国民的な、即ち超個人的な思想産物」であり、それを「太古のわが祖先達の生活から産まれたもの」(24)と捉えはじめた点に、近世国学の価値を認める、宮島自身の思想史理解も示されている。そしてこの思想史理解から見た宮島の宣長理解は、端的に次のように示される。

吾々は、彼の所謂『古伝』の絶対信仰なるものが、決してたゞ単に一二の典籍への盲目的信仰ではなかつたことを知るのである。しからばそれは何であつたか。私はここに之を次のやうに言ひ得ると思ふのである。即ちそれは、太古より我が国民の間に語り伝へられ、広く国民の間に浸潤してゐた国民的信仰、而も儒仏の渡来以後、次第に外来文化と混淆し、乃至はそれによつて駆逐され、純粋な形においては殆ど湮滅し去らんとしてゐた国民的信仰を、古典の純粋科学的な考証・討覈によつて闡明し、そしてそれをそのまま全幅的に再び己が絶対信仰の対象としたものであると。(25)

宮島のもくろみは、おそらく「没批評的」（村岡）あるいは「荒唐無稽」（笹月）という宣長に対する批判から、「太古以来の思想的遺産」の再発見として「国民的信仰」を構築しそれを「絶対信仰」の対象とした復古神道の祖である宣長の思想、すなわち「古道」を救済する点にあったと考えられる[26]。小林はここに引用した部分だけでなく、宮島のこのような宣長理解が表れている箇所にはことごとく傍線等のさまざまな書き入れをしているが、それだけでなく、小林は『本居宣長』で宮島同様の叙述を行ってさえいる。

私達は、史実といふ言葉を、史実であつて伝説ではないといふ風に使ふが、宣長は、「正実《マコト》」といふ言葉を、伝説の「正実《マコト》」といふ意味で使つてゐた。（中略）文字も書物もない、遠い昔から、長い年月、極めて多数の、尋常な生活人が、共同生活を営みつゝ、誰言ふとなく語り出し、語り合ふうちに、誰もが美しいと感ずる神の歌や、誰もが真実と信ずる神の物語が生れて来て、それが伝へられて来た。この、彼の言ふ「神代の古伝説」には、選録者は居たが、特定の作者はゐなかつたのである。宣長には、「世の識者《モノシリビト》」と言はれるやうな、特殊な人々の意識的な工夫や考案を遙かに超えた、その民族的発想を疑ふわけには参らなかつたし、その「正実《マコト》」とは、其処に表現され、直かに感受出来る国民の心、更に言へば、これを領してゐた思想、信念の「正実《マコト》」に他ならなかつたのである。（四十二章）

宣長の信じた古伝説の「正実《マコト》」を言うこの部分は、『古事記』を「神代の古伝説」として捉え、そこに「国民」の「信念」の表現を認める点で宮島同様の読みを示すものとなっている。しかし、宮島が古代の「国民的信仰」を宣長が「絶対信仰」したとするのに対し、小林は古伝説に表れている「民族的発想」を宣長が疑わなかったとしている点で、両者の理解はやはり異なる。ここで「信仰」という語が、宣長についても古代の人々についても用いられていないのは、超越的存在をそれ自体において肯定するという意味での宗教性を、小林が宣長古道だけでなく古伝説にも認めていないからにほかならない。

3

しかし、『古事記』は、小林が認めたような死生観を表現する神話的要素だけでなく、歴史としての側面も持っている。小林は『古事記』の歴史性をどのように考えていたのか。最後にこの点について、小林が参照した研究書と比較しながら見ていきたい。「小林秀雄文庫」には多くの『古事記』研究書が架蔵されているが、その中でも最も基礎的な文献である『古事記大成』（一九五六年刊）を、小林は丁寧に読んでいた。

『古事記大成1　研究史篇』には、風巻景次郎「古事記研究の再出発」が収められているが、小林は風巻が「古事記の記述の歴史性」を論じた次の部分に特に注意を払って読んでいたようである。小林が下敷きとしたと考えられる部分なので、引用が長くなるが、丁寧に見ておきたい。

> 古事記は壬申の乱以後に於て、天武天皇によって企図された。（中略）天武天皇の治世は、古代天皇制国家の興隆期であって、日本書紀によれば重要な八色改姓のことが行われた時である。八色改姓は、大化前代旧氏族制度を改革したもので、それは普通に壬申の乱によって新国家建

設の行われるに当り、天武天皇の股肱となって活躍した氏族をたてるための族制改革であったと見られている。それで、国家の経済面は班田収授の法が定められ、土地人民の国有と租庸調の収納が定められ、専制国家が成立しても、伝統的観念による旧習への保守的な愛着と、新政府の専制的集権的な政治に対する抵抗とは案外に強く、元首である天皇の権威もまた唯一絶対の家柄が、神の直系である系譜の上に支えられねばならなかった。そしてその家の物語は、旧来の通りの伝達の手段によって語り継ぎ言い継ぎ行かれる物語である事が必要とされた。古事記が新しい天皇制国家の元首の家筋の物語でありながら、それが神の直系であり、引いては現人神である神秘性を払拭しないどころか、寧ろ最重要の要件として語り伝えたのは、天武天皇朝にうち立てられた国家が、神秘的天皇制国家であったことからの必然の結果であったに過ぎない。私どもは、古事記がそうした神秘性を深々と湛えた時代の国民の心理に、密接に結び付くものとしてのリアリティーを持っている事を理性的に把持し、冷静に分析するものでなければならない。それによって、私どもは、近代社会に先行した長い封建国家の始発点に於て、神秘的な氏族制社会があり、その上にのみ有機的に可能であった神秘的天皇制国家があった事を知りうるであろう。そのような国家の統率者として、そのような社会の中に生きる人間に宣り語り聞かす物語を制定するとすれば、それが古事記であったと言うことが出来よう。それはそうした社会の、人間の、神の、生活のというように、種々な面に対する叡智として、畏敬や神秘の情緒として、憲章としての力を持っていたと言えよう。もしそうした性質を正確に把握した現代人としての立場から言うならば、古事記は歴史であったとも言えようし、憲法であった

とも言えるであろう。(27)

風巻のこの叙述は、小林が『古事記』選録の背景について述べた『本居宣長』三十章の叙述に生かされている。小林の『古事記』理解がよく表れている重要な部分である。

壬申の乱を収束して、新国家の構想を打出さねばならなかつた天武天皇には、修史の仕事は、意気込みから言へば、新憲法制定の如き緊急事であつた事には、間違ひあるまい。この事実を、「古事記」は、支配者大和朝廷が、己れの日本統治を正当化しようが為の構想に従つて、書かれたもので、上代のわが民族の歴史ではない、と現代風に言ひ直してみたところで、何の事はない、天武天皇は、現代風な史家ではなかつた、といふ以上の事が、言へた事にはならない。編纂が、政策に準じたものだつたにせよ、修史である以上、当時の社会常識によつて、歴史事実と承認されたところを踏へずに、事が運んだわけはないからである。

言ふまでもなく、上代の社会組織の単位をなしてゐたものは、氏族であつた。所謂大化改新は、改新であつて、革命ではなかつたのであつて、唐風の政治技術を学び、皇室や豪族の個別的支配権を否定し、公地公民制に基く律令国家の統治体制を整へたが、古くから続いて来た社会秩序の基礎構造に、変動があつたわけではない。天皇を氏の上に戴く皇室といふ大氏族の優越と、それぞれの氏の上を通して、これに従属する諸氏族との関係、氏姓制上の、古くからの尊卑の関係は動きはしなかつた。この現実の生活秩序を支へてゐるものは、政府官僚の頭脳に蓄へられた新知識などではなかつた。世上の風俗習慣に溶け込んだ伝統的思想であつた。

天武朝の新政策にしても、基本的には、動乱によつて動揺した氏姓の権威の始末といふ実際問題の上に、立つものだつたであらう。天皇は、この機会に、国家の統治者として、又これと離せなかつた氏族宗教の司祭として、皇室の神聖な系譜とこれを廻る諸家の、その氏神にまで遡る出自の物語を、改めて制定し、その権威の確認を求めた。国民の側に、これを疑はしく思ふ理由が存しなかつたのは、物語の経緯をなすものが、先づ大体、自分等に親しい古伝承の上に立つものだつたからであらう。（三十章）

小林は、ここで一見すると、『古事記』が大和朝廷の日本支配を正当化するものであるという「現代風」の物言いを拒否しているように見えるが、『古事記』を、修史であるとともに「新憲法制定の如き緊急事」であったとする小林の理解が、『古事記』に「憲章としての力」を認め、「古事記は歴史であったとも言えようし、憲法であったとも言える」と述べる風巻の指摘を受けたものであるのは間違いない。

また小林は、『古事記』編纂は支配者大和朝廷の政策に準じたものであり、「氏姓の権威の始末といふ実際問題」の上に立つものであったとし、氏族制度を『古事記』の政治的課題として認めているが、この指摘も『古事記』の政治的背景に「天武天皇の股肱となって活躍した氏族をたてるための族制改革」としての八色改姓を見る風巻の指摘と対応する。さらに言えば、『古事記』受容の背景に「風俗習慣に溶け込んだ伝統的思想」を置く理解も、天武朝の社会に「伝統的観念による旧習への保守的な愛着」を認める風巻の歴史感覚と無縁ではないだろう。ただし、風巻は『古事記』が天皇に「現人神である神秘性」を与え、それによって天皇の権威が支えられる「唯一絶対の家柄」の物語を「宣り語り聞かす」ものであったとしているのに対し、小林は、『古事記』を「皇室といふ大氏族の優越」とこれに服属する氏族たちとの「古くからの尊卑の関係」を物語るものとしている点で、両者の理解は異なる。天皇を「氏族宗教の司祭」と捉える小林は、天皇に超越性を付与せず、『古事記』は皇室と皇室を廻る氏族たちの出自の物語であり、氏族たちに承認されたものとしているのである。小林が天皇に超越性を与えていないことは、小林の叙述において「神聖」という語が「系譜」を形容するものとなっており、「皇室」に冠せられていないことからも窺えるが、小林はここで『古事記』を、神秘的な専制天皇が自らの超越性を一方的に宣り聞かすものとしてではなく、最も強大な氏族とこれに従属する氏族たちとの「氏神にまで遡る出自」の関係[28]が示され、共有された物語として捉えているのである。

『古事記大成４　歴史考古篇』には林屋辰三郎「古事記とその時代」が収められており、林屋も、『古事記』の背景を、本質的には仏教を思想的支柱とした大化改新以後の律令国家が、壬申の乱以後の情勢として、「神祇に対する顧慮」と根強い伝統を持つ「旧氏族制」への配慮を必要としたと述べている[29]が、小林はこの林屋の発言にも万年筆で傍線等を引き、注目していた。

『古事記』制定当時における天武天皇の氏族に対する配慮に小林が注目するのは、『古事記』の伝承が皇室と皇室に服属する氏族たちの関係を示すものであり、そこに示されている関係が氏族たちのルーツを語る古伝承と整合しうるものであったこと、これにより氏族たちは『古事記』の権威を承認したであろうことを言い、「已れの日本統治を正当化しようが為の構想」という「支配者大和朝廷」サイドのみの論理が表れたものではないということを示そうとしているからである。そしてさらに、同じ『古事記大成４　歴史考古篇』に収められている、肥後和男「古事記の歴史性」が示している次のような『古事記』理解を採り入れたとき、小林は、氏族を「国民」にまで拡充し、『古事記』の伝承が「国民」に受容されたものであるという自らの主張を成立させることができたのである。肥後は『古事記』と『日本書紀』の差異を次のように述べている。

日本書紀は、いかにも官府の公文書といった感があり、律令と同じ心理的基盤に立っている。——それだけ公的権威をもったが、一般人はむしろ古事記的なものを、歴史として愛したであろう。(30)

風巻や林屋が、皇室と氏族たちとの関係において『古事記』の選録と受容を捉えていたのに対し、肥後は『古事記』の受容者に「一般人」という言葉を用いている点が注目される。肥後の「一般人」という用語は、「官府」という語と対になっている言葉であるが、小林の先の叙述でも、「政府官僚の頭脳に蓄へられた新知識」と「世上の風俗習慣に溶け込んだ伝統的思想」とが対比的に用いられていた。小林は肥後の「一般人」を「国民」と呼び換えて、自らの『古事記』理解を示したと考えられる。

以上見てきたように、小林の示した『古事記』の政治的背景は、戦後の『古事記』研究の成果から成り立つものであった。そして、その結果として小林が示している古代律令制国家の特徴は、天皇が「皇室といふ大氏族」の長と捉えられ、天皇に超越性が与えられていない点、また、「古くからの尊卑の関係」が変わらなかったとされ、大化改新以前の氏姓制からの連続性が強調されている点、この二点に認めることができる。さらに言うならば、『古事記』の「国民」による「確認」をいう点に明らかなように、戦後日本の国民国家としての性格が投影され、そのルーツとしての性格が『古事記』に付与されていることがわかるだろう。従って、ここで小林が提示する古代天皇制国家像の背後には小林自身の国家観があるはずであるが、今は小林の提示する『古事記』理解の背後に、右に見たような小林の天皇像や国家像があることを確認しておくに止めたい。

注

（1）成城学園教育研究所に小林秀雄文庫が所蔵される経緯に関しては、青柳恵介「教育研究所にて保管している『小林秀雄文庫』について」（『成城国文』二〇〇四・三）に詳しい。
（2）笹月清美『本居宣長の研究』（岩波書店　一九四四年刊）一八八～一八九頁。小林は蔵書への書き入れを様々な筆記具で行っているが、本書では赤鉛筆を波線、万年筆を太線、鉛筆を点線で表示した。
（3）前掲『本居宣長の研究』一九〇頁
（4）大西克禮『幽玄とあはれ』（岩波書店　一九三九年刊）一三六頁
（5）前掲『幽玄とあはれ』一二五頁
（6）前掲『幽玄とあはれ』一四三頁
（7）前掲『幽玄とあはれ』一二六頁。この引用部を含む部分の上部には万年筆で横線が引かれている。
（8）前掲『本居宣長の研究』一九一頁
（9）前掲『本居宣長の研究』二〇一～二〇三頁
（10）この点については、第Ⅰ部第五章で小林の他者理解を検討した際にも確認した。
（11）吉本隆明「『本居宣長』を読む」（『週間読書人』一九七八・一一・一二）
（12）保田與重郎「小林氏『本居宣長』感想」（『新潮』一九七八・一）
（13）吉田凞生「小林秀雄　本居宣長」（『国文学』一九八七・七）

(14) 村岡典嗣『本居宣長』(岩波書店 一九二八年刊)三七二〜三七六頁
(15) 前掲『本居宣長の研究』四三頁
(16) 前掲『本居宣長の研究』二二三頁
(17) 前掲『本居宣長の研究』二四七頁
(18) 前掲『本居宣長の研究』二二八頁
(19) 前掲『本居宣長の研究』三八九〜三九一頁。小林はこの指摘箇所の上部に赤鉛筆で線を引き注目している。
(20) 高田衛「宣長と秋成」(『文学』一九六八・八)
(21) 『本居宣長』における神話と言語との関係については、第II部第三章で考察する。
(22) 宮島克一『宣長の哲学』(高山書院 一九四三年刊)一二五頁
(23) 前掲『宣長の哲学』一六四〜一六五頁
(24) 前掲『宣長の哲学』二七頁
(25) 前掲『宣長の哲学』一四九頁
(下掲図版参照)
(26) 宮島の著書は笹月の研究書より

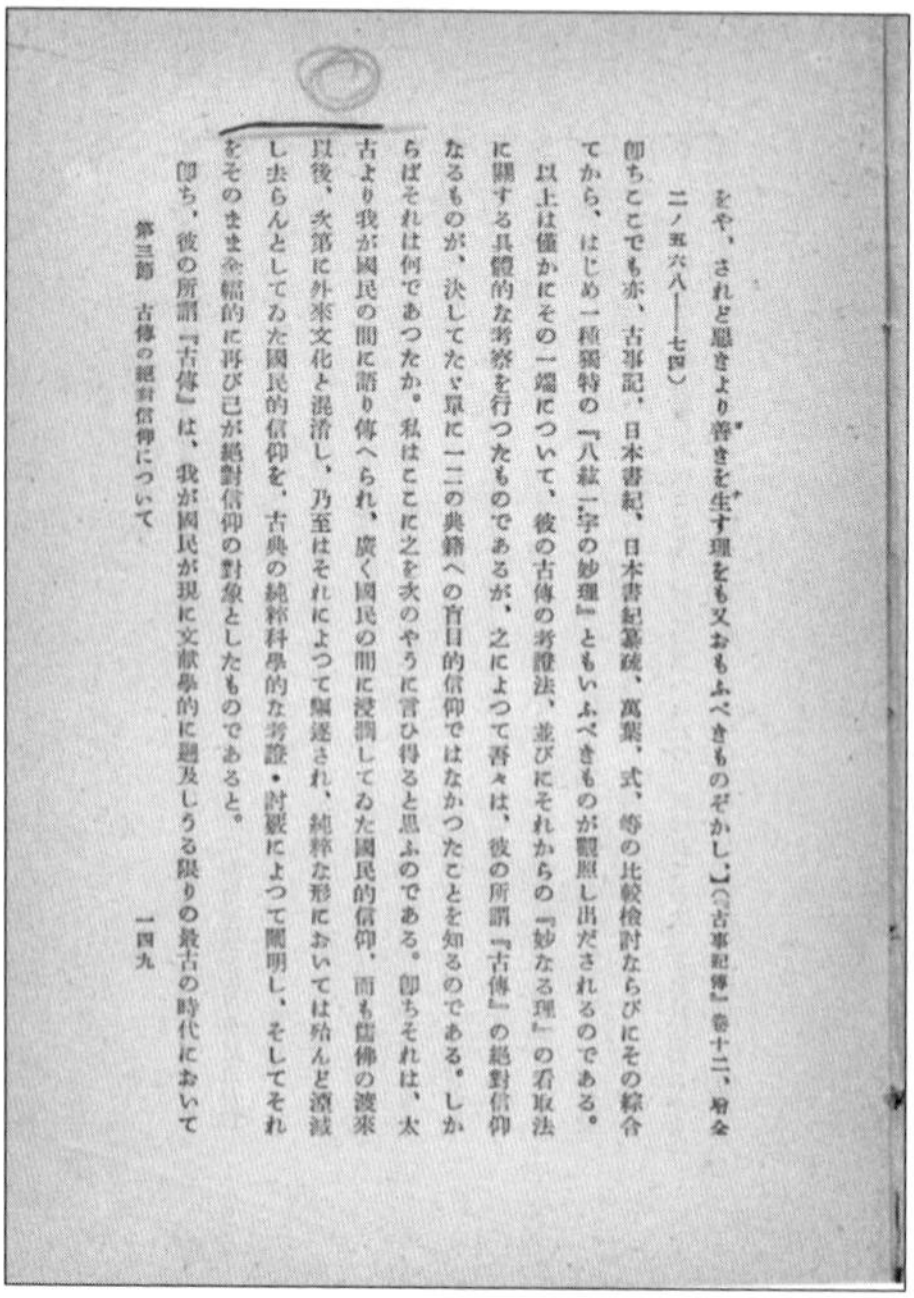
をや、されど悪きより善きを生す理をも又おもふべきものぞかし」(『古事記傳』巻十二、増全
二ノ五六八――七四)
即ちここでも亦、古事記、日本書紀、日本書紀纂疏、萬葉、式、等の比較検討ならびにその綜合てから、はじめ一種獨特の『八紘一宇の妙理』ともいふべきものが觀照し出だされるのである。
以上は僅かにその一端について、彼の古傳の考證法、並びにそれからの『妙なる理』の看取法に關する具體的な考察を行つたものであるが、之によつて吾々は、彼の所謂『古傳』の絶對信仰なるものが、決してたゞ單に一二の典籍への盲目的信仰ではなかつたことを知るのである。しからばそれは何であつたか。私はここに之を次のやうに言ひ得ると思ふのである。即ちそれは、太古より我が國民の間に語り傳へられ、廣く國民の間に浸潤してゐた國民的信仰、而も儒佛の渡來以後、次第に外來文化と混淆し、乃至はそれによつて驅逐され、純粹な形においては殆んど湮滅し去らんとしてゐた國民的信仰を、古典の純粹科學的な考證・討覈によつて闡明し、そしてそれをそのまま全幅的に再び己が絶對信仰の對象としたものであると。
即ち、彼の所謂『古傳』は、我が國民が現に文獻學的に遡及しうる限りの最古の時代において
第三節 古傳の絶對信仰について　一四九

もはやく刊行されているが、本稿に引用した笹月の宣長批判の言葉が見られる論考は、宮島の著書の刊行より早く発表されている。

(27) 久松潜一編『古事記大成1研究史篇』（平凡社　一九五六年刊）二〇三〜二〇四頁

(28) この小林の理解の背景には、梅沢伊勢三『記紀批判』（創文社　一九六二年刊）の指摘がある。梅沢は、『古事記』において皇室の同族とされる氏族の数は『日本書紀』の数倍に上り、殆ど全ての氏族が血族国家の系譜に位置づけられているとしている。「小林秀雄文庫」に架蔵されている同書には、多くの傍線等が引かれて小林が丁寧に読んだ痕跡が残っているが、この指摘がなされている三三四〜三三五頁にも小林によって万年筆で傍線等が引かれている。

(29) 坂本太郎編『古事記大成4歴史考古篇』（平凡社　一九五六年刊）七九〜八〇頁

(30) 前掲『古事記大成4歴史考古篇』一一七頁

第三章　神話と言語——カッシーラーの著作を手がかりとして

「小林秀雄文庫」には、国学・儒学関係の文献とともに西洋哲学・言語学関係の書籍も所蔵されており、『本居宣長』執筆に際し、小林が内外の幅広い文献を渉猟したことを示している。それら多様な小林秀雄の旧蔵書を初めて閲覧した際に、カッシーラーの著書が多く架蔵されている点に、やや意外の感を覚えた。

「小林秀雄文庫」には、カッシーラーの『神話—象徴形式の哲学第二—』（矢田部達郎訳　培風館　一九四一年刊）、『人間』（宮城音彌訳　岩波書店　一九五三年刊）、『言語と神話』（岡三郎他訳　国文社　一九七二年刊）、『象徴形式の哲学・第一巻 言語』（生松敬三他訳　竹内書店　一九七二年刊）、『アインシュタインの相対性理論』（山本義隆訳　河出書房新社　一九七六年刊）、『哲学と精密科学』（大庭健訳　紀伊国屋書店　一九七八年刊）および『言語と神話』と『象徴形式の哲学』（第一巻、第二巻、第三巻）の英訳［*Language and Myth*（1946）, *Philosophy of Symbolic Forms* I（1953）, II（1955）, III（1958）］が架蔵されている。特に『神話—象徴形式の哲学第二—』、『人間』、『言語と神話』およびその英訳 *Language and Myth* には、様々な筆記具による傍線等の書き込みがあり、小林が繰り返し読んでいた痕跡が明らかである。

カッシーラーは一八七四年生まれの新カント派の哲学者で、ベルリン大学私講師を経て新設のハンブルク大学教授に就任し、後にドイツで最初のユダヤ人総長となるが、ナチス政権成立と同時にハンブルク大学総長を辞任、亡命した。同時代の哲学者ハイデガーと同様フッサール哲学を基盤としながら、ハイデガーの実存主義哲学を、政治神話に対する抵抗力を弱体化させたものとして批判したことはよく知られている。

小林がそのような哲学者に共鳴していたことはこれまで知られていなかったが、「小林秀雄文庫」所蔵のカッシーラーの著作を見ると、神話を徹底的に言語の問題へと還元する『本居宣長』で展開される小林の神話理解に理論的な支柱を与えたのは、主としてカッシーラーの著作であったことが了解されるのである。もちろん、小林のそれまでの批評活動の集大成である晩年のこの著作で、カッシーラーから影響を受けたというのは適当ではなく、それまでの小林の文学観・言語観と照応する点が多いからこそ、この哲学者の著作を『本居宣長』執筆時に参照したと考える方が適切であるかも知れない。しかし、小林の論理とカッシーラーの著作とを比較したとき、小林がいわば、カッシーラーの著作を梃子として、宣長の言葉を変容させ『本居宣長』の思想を展開していった様子が浮かび上がってくるのである。やや煩瑣な引用が多くなるが、「小林秀雄文庫」所蔵のカッシーラーの著作と『本居宣長』の叙述との具体的な照応を見ながら、小林の神話理解と言語観の特徴について考えてみたい。

カッシーラーは『神話―象徴形式の哲学第二―』の序論で、神話が哲学の問題となった経緯を記しているが、そこでシェリングの功績を次のように述べていた。小林秀雄文庫所蔵の当該書にはおよそ次のような傍線等の書き込みがある。

シェリングは神話に対してその寓喩的解釈を厳として排斥した。啻に寓喩的解釈のみならず神話を歴史の初期とするオイヘメロス（Euhemeros）的解釈も、これを素朴的自然解釈とする物理的解釈も、凡て神話を神話以外から理解せんとする他説的（allegorisch）な立場は神話を神話それ自身から理解せんとする自説的（tautegorisch）な立場にその位置を譲らなければならぬことを主張した。神話はそれ自身としての事実性を有し必然性を有する。(1)

この部分は『本居宣長』四十二章末尾の次の箇所と照応している。

神話は神話として扱はねばならぬ、他物から説いても、説いて他物としてもいけない、語られ、信じられて来たまゝの、その意《ココロ》を知らなければならない、さういふ神話学者並みの徹底した態度が、彼の古学で、少くともその出発点では確かに取られてゐた。

「少くともその出発点では」という言い回しには明らかに含みがあるが、「他物から説いても、説いて他物としてもいけない」という言葉で宣長古学の性格を示す時、小林が「他説的」な立場ではなく「自説的」立場に立たなければならないというシェリングの神話理解の方法を、宣長の『古事記』に対する態度に重ねようとしているのは明らかであろう。この発言の直前の部分で、小林が『古事記伝』「古記典等総論《イニシヘブミドモノスベテノサダ》」の「上ッ代の清らかなる正実《マコト》」という言葉を評して、「私達は、史実といふ言葉を、史実であつて伝説ではないといふ風に使ふが、宣長は、『正実《マコト》』といふ言葉を、伝説の『正実《マコト》』といふ意味で使つてゐた」と述べているのも、宣長が、「神代の伝説《ツタヘゴト》」（『古事記伝』三之巻）をシェリングと同様の「自説的」立場で理解していたことを示すためであろう。(2)

宣長の「神代の伝説《ツタヘゴト》」に対する態度を浮かび上がらせるために、小林は様々な学者の「神代」理解と対比させているが、まず、新井白石の『古史通』の方法が検討される。

白石の「神《カミ》とは人《ヒト》也」という『古史通』の言葉は、神からその超越性を引き剝がす方向で「神代」解釈を行う白石の思考の出発点にあった言葉である。よく知られているように白石は「高天原」を、「高」は「多珂」で「今《ノ》常陸国《ノ》多珂郡《ノ》の地」、「天」は「阿麻」で「上古の俗に阿麻といひしは海」、「原」は「播羅《ハラ》」で「上古之俗に播羅《ハラ》といひしは上」とし、「高天原」は「多珂海上之《ノ》地」であるとし、現実の国土の特定の地点として確定しようとした。小林の指摘したように、白石の神代理解は「『神』を『人』と翻訳すれば、神話の史実への逐語訳は、立ちどころに成る」という体のものであったと言ってよいだろう。

一方、宣長は白石とは正反対の方向で神代の記述を考えていた。「其代の人は皆神なりし故に、神代とは云なり」という『古事記伝』（三之巻）にある言葉は、白石とは逆に、人やその他もろもろの実在物に超越性を認める宣長の感受性の端的な表れである。「其代の人は皆神なりき」という言葉は、宣長が「迦微《カミ》と申す名義《ナノココロ》」について論じた、「凡て迦微《カミ》とは、古御典等《イニシヘノミフミドモ》に見えたる天地の諸《モロモロ》の神たちを始めて、其《ソ》を祀《マツ》れる社に坐御霊《スミタマ》をも申し、又人はさらにも云《ハ》ず、鳥獣木草《トリケモノ》のたぐひ海山など、其余何《ソノホカナニ》にまれ、尋常《ヨノツネ》ならずすぐれたる徳《コト》のありて、可畏《カシコ》き物を迦微《カミ》とは云なり」という文の割注にある言葉である。

「其代の人は皆神なり」という宣長の発想を受けて、小林は宣長が「『神代之巻』で語られてゐることは、これはすべて、神と呼ばれた人々の『事跡《コトノアト》』である。『神々の事態《シワザ》』である」（三十八章）と考えたとする。そして、そのような「神々の端的な直知」には「どんな形の教理も纏はる余地はない。万物の説明原理だとか、万物に君臨する全能の神とかいふ『寓言《コトヨセゴト》』とは、何の関係もない」と断定する。小林がここで批判的に言及している「万物の説明原理」は、宣長が峻拒した「陰陽の理」をより一般化したものであり、「万物に君臨する全能の神」も宣長が「偽造の説」（『呵刈葭』下）として否定した「天主教」などの一神教の神を指しているのは明らかであろう。ここには一元論的世界観に対する小林の違和感が見てとれるが、それらを小林が「寓言」と捉えていることに注意しておきたい。このように述べる小林のねらいは、宣長の「神代」理解を、人知を恃み神話を寓言として合理的に解釈する方法と対立させることにあるからである。

ところで「『神代之巻』で語られていることは、これはすべて、神と呼ばれた人々の『事跡《コトノアト》』である。『神々の事態《シワザ》』である」と考えることは、「神々の事態《シワザ》」を「尋常《ヨノツネ》ならずすぐれたる徳《コト》」のある「人々の『事跡《コトノアト》』」と考えることでもあったはずである。そして、そういう宣長の「神代の伝説《ツタヘゴト》」理解は、神話論の視点から言えば、確かにアレゴリッシュではないとしても、エウエメロス的なものであるといわなければならないだろう。白石の『古史通』について述べた『本居宣長』

三十一章には、白石と宣長に対する津田左右吉の批判が引用されているが、津田は「一種の尚古主義」から記紀の記載を「事実」として「推断」した「徳川時代の学者」として白石と宣長を挙げて批判している。「神代史」に対する宣長と白石の共通点の指摘はやはりすぐれたものであったといわねばなるまい。

宣長の「其代の人は皆神なり」という言葉と白石の「神《カミ》とは人《ヒト》也」という言葉は方向こそ異にしているが、そしてこの方向の違いは決定的なものであったが、ともに記紀における神代の記載を史実として受け取っていた点で、両者の発想には共通するものがあった。そして、そのような白石や宣長の記紀理解を小林は「扱はれた古記が、歴史の形で書かれた神の物語であつたが為」であるとしているが、「歴史の形で書かれた神の物語」と記紀神話を捉えているのは、小林であって白石や宣長ではない。白石や宣長は『古事記』上巻や『日本書紀』神代紀を「歴史の形」をした「神の物語」としてではなく、「史典」即ち歴史として読んだはずである。小林も指摘しているように、彼らは「神話といふ現代語」を知らなかったのである。

宣長の「神代の伝説《ツタヘゴト》」理解を寓言的解釈と対比させる論法は、『本居宣長』において一貫しており、四十三章では、「神書」を「寓言」として理解する熊沢蕃山に対する宣長の批判が採りあげられ、四十七章で賀茂真淵の神話理解と宣長のそれとを対比し論じる際にも、「真淵の行き方では、蕃山の『寓言』といふ言葉の意味を、広く解するなら、到底、神典寓言説から、『清くはなれる』事は出来なかつた」と述べている。小林は蕃山・真淵らの合理的「神典」解釈を、「寓言」的解釈と集約し、それと対比させる形で、宣長の態度を提示しているが、この小林の提示法の背後にも、カッシーラーの神話観があると見てよい。カッシラーは寓喩的解釈を排し内在的批判を要求したシェリングの期待通りには神話研究が進まなかったことを指摘し、次のように述べていた。小林秀雄文庫の当該箇所には次のような書き込みがある。

(寓言) クロイツァ（Creuzer）でもゲレス（Görres）でも神話を以て純観念的内容を寓喩的象徴的に表現せるものと考へたのである。然るに神話それ自身は実にかゝる区別即ち象徴と象徴せられるものとの区別を知らぬ世界であると云はなければならぬ。[3]

小林は引用部の上部にボールペンで「寓言」と記し○で囲んでいるが、この書き込みは、カッシーラーがシェリングとともに批判した神話の寓喩的解釈と、「神書」を「寓言」として解読する蕃山の姿勢とを小林が重ね見ていたことを示している。こうした「寓言」理解に立って、小林は「寓言」的「神書」解釈に対立する立場に宣長を置いているのである。そして確かに宣長は、白石や蕃山とは全く異なる態度で、「神代といふ怪しげな時代」に向き合っていたのである。蕃山が「神書」を「寓言」として捉えたのに対し、宣長は次のような批判を行っている。

神の御典《ミフミ》を、いはゆる寓言也と見たるは、めづらしくもあらぬ、例のじゆしや意《ゴコロ》也、すべて儒者は、世中《ノ》にあやしき事はなきことわりぞと、かたおちに思ひとれるから、神代の事どもを、みな寓言ぞと心得たり、（『玉勝間』五の巻「熊沢氏が神典を論へる事」）

そして、この蕃山批判に続く「あやしき事の説二ケ条」の後段では、次のようにも述べている。

すべて神代の事どもも、今は世にさる事のなければこそ、あやしとは思ふなれ、今もあらましかば、あやしとはおもはましや、今世にある事も、今あればこそ、あやしとは思はね、つらつ

ら思ひめぐらせば、世《ノ》中にあらゆる事、なに物かはあやしからざる、いひもてゆけば、あやしからぬはなきぞとよ、

これらの文章に見られる、合理主義的思考即ち「例のじゆしや意《ゴコロ》」に対する激しい拒否の姿勢と「あやしき事」の受容こそ、宣長古学の国粋主義と宗教性との源泉であった。

2

『古事記伝』の「古記典等総論《イニシヘブミドモノスベテノサダ》」および「書紀の論《アゲツラ》ひ」は『古事記』が「あるが中の最上《カミ》たる史典《フミ》」であるゆえんを説いており、前節に引用した『玉勝間』の主張がどのような論理から生まれているのか、宣長の発想法が明瞭に表れているので、今更の感はあるが、確認しておきたい。

此記の優《マサ》れる事をいはむには、先《ヅ》上《ツ》代に書籍《フミ》と云物なくして、たゞ人の口に言伝《イヒツタ》へたらむ事は、必《ズ》書紀の文の如くには非ずて、此記の詞のごとくにぞ有けむ、（中略）此《レ》は漢にかゝはらず、たゞ古《ヘ》の語言《コトバ》を失《ウシナ》はぬを主《ムネ》とせり、抑意《ココロ》と事《コト》と言《コトバ》とは、みな相称《アヒカナ》へる物にして、（中略）此記は、いさゝかもさかしらを加《クハ》へずて、古《ヘ》より云《ヒ》伝《ヘ》たるまゝに記されたれば、その意も事も言も相称《アヒカナヒ》て、皆上《ツ》代の実《マコト》なり、是《レ》もはら古《ヘ》の語言《コトバ》を主《ムネ》としたるが故ぞかし（割注は省略した）

「漢にかゝはらず」「さかしらを加へ」ていないがゆえに「上ッ代の実《マコト》」が伝えられているという理由で、『古事記』の優秀性が主張されている。いわば「国粋」を知ることができる点での価値である。また、「書紀の論《アゲツラ》ひ」では、「漢籍」が古来重視されてきた理由とそれを排すべき理由とが次

のように述べられている。

凡てからぶみの説といふ物は、かしこき昔の人どもの、万《ヅ》の事を深く考へ、其理を求めて、我も人も実《マコト》に然こそと、信《ウク》べきさまに造り定めて、かしこき筆もて、巧《タクミ》にいひおきつればなり、然れども人の智《サトリ》は限《リ》のありて、実《マコト》の理は、得《エ》測識《ハカリシ》るものにあらざれば、天地の初《ハジメ》などを、如此《カク》あるべき理ぞとは、いかでかおしては知《ル》べきぞ、

ここには人知の限界の自覚と世界の不可測性の承認とを見ることができる。これに加えて、前節に引用した「迦微《カミ》と申す名義《ナノココロ》」の「尋常《ヨノツネ》ならずすぐれたる徳《コト》のありて、可畏《カシコ》き物を迦微《カミ》とは云なり」に続く部分も見ておきたい。

抑迦微《カミ》は如此《カクノゴト》く種々《クサグサ》にて、貴《タフト》きもあり賤《イヤシ》きもあり、強《ツヨ》きもあり弱《ヨワ》きもあり、善《ヨ》きもあり悪《アシ》きもありて、心も行《シワザ》もそのさま〴〵に随《シタガ》ひて、とり〴〵にしあれば、大かた一《ヒト》むきに定めては論《イ》ひがたき物になむありける、まして善《ヨ》きも悪《アシ》きも、いと尊《タフト》くすぐれたる神たちの御《ミ》うへに至りては、いとも〳〵妙《タヘ》に霊《アヤシ》く奇《クス》しくなむ坐《シ》ませば、さらに人の小《チヒサ》き智《サトリ》以て、其理《ノリ》などちへのひとへも、測《ハカ》り知るべきわざに非ず、たゞ其《ノ》尊きをたふとみ、可畏《カシコ》きを畏《カシコ》みてぞあるべき（割注は省略した）

ここには多神教的世界観がみごとに表れているが、「其《ノ》尊きをたふとみ、可畏《カシコ》きを畏《カシコ》みてぞあるべき」という言葉は、上代の人々の世界観を提示しているのではなく、読み手に信仰を説くものであり、宣長古学それ自身が持つ宗教性を示している。この点で、宣長古学は、そのまま古道でもあったわけで、学としては神学的性格の強いものであったと言ってよく、神話学や宗教学とはその立

脚点を異にしている。そして、この宣長の信仰から次のような主張が生まれているのも事実である。

> 神代に疑《ウタガ》ひはあるべからず。抑皇国は。四海万国を照し坐ます天照大御神の生坐《アレマセ》る本つ御国にして。その皇孫《ミマノ》命の。天より降りまし〳〵て。天地とともに遠長《トホナガ》くしろしめす御国なれば。万国の元にして。万国にすぐれたるが故に。天地の始より神代の事共。いと詳に正しく伝はり来て。今も古事記日本紀にのこれり。（『鉗狂人』[4]）

先に宣長の多神教的世界観を見たが、ここには「アマテラスを一神教的に崇拝していく」宣長古学即ち古道の性格が露わになっている。こうして宣長は「天照大御神の皇統」即ち天皇の神聖と「皇国」の聖性を主張していくことになる。宣長古道のこの宗教性と尊皇思想やナショナリズムについて小林は直接触れていないが、宣長の信仰については『本居宣長』四十九章で検討を加えている。そこで小林は秋成との論争の言葉から、「わが国の古伝説を信じたのは、『たゞ此国の人』として、『信ずるかほして』見せたのではない。万人が信ずべき事と見極めたから、これを信じたのである」と述べているが、この発言は、信仰対象が普遍性を持っているという宣長の信念を示すものであろう。小林はまた、「真を得んとして誤る危険」にも触れており、宣長の「危険」な「信」に小林が無自覚であったわけではないことが窺われるのだが、宣長の信仰それ自体を吟味することはしていない。

　小林がシェリングやカッシーラー的な神話理解を宣長に重ね、宣長に「神話学者並の徹底した態度」を見ようとした際に、「少くともその出発点では」という留保を必要としたのも、宣長古学に内在するこの宗教性ゆえであったと考えてよいだろう。しかし、四十九章では、宣長の古学の方法が、いわば信仰の外から様々な神話を比較検討し「日神の伝説」を「太陽崇拝」の一類型と考えるような神話学的方法とは本質的に異なっているという指摘がなされ、四十二章の言葉から若干の修正が生じている。小林はここで、神話学の方法と対比する形で、信仰の中に止まる宣長古学の方法を、「上ッ代の人々」の「宗教的経験」の観照に自足するものとして宣長の「学問の中心部」を提示しているが、宣長古学は決してそのようなものでなく、思想的にはきわめて戦闘的な宗教性と政治性を孕んでいるのは、既に見た通りである。

宣長古道の宗教性については、村岡典嗣が「宣長に於いては、文献学はやがて古道、即ち彼の哲学であり、宗教であつた。古代人の信仰の再現は、やがて古代人の信仰の信仰であつた」[5]（傍点原文）と的確な指摘をしている。村岡は宣長学の本質を文献学に認めているので、宣長の「主観的、演繹的、規範的」古道は「客観的、帰納的、説明的」な文献学が論理的に発展したものではなく、そこに「変態(Metamorphose)」[6]を認め、「中古文学から古事記へは、一つの価値から別の価値へとの変化が見られる」[7]としている。小林の『本居宣長』の四十章以後は、文献学と古道、中古文学を範とする文学論と古事記を範とする古道論との間に村岡のような異質性ではなく、一貫性を見いだそうとする点[8]に小林の努力は集中していく。

その際に、小林が取った方法の一つは、宣長の信の対象を『古事記』の世界観ではなく『古事記』の本文とすることであった。四十七章で小林は次のように言っている。

> 彼にとつて、本文の註釈とは、本文をよく知る為の準備としての、分析的知識ではなかつた。そのやうなものでは決してなかつた。先づ本文がそつくり信じられてゐないところに、どんな

註釈も不可能な筈であるといふ、略言すれば、本文のないところに註釈はないといふ、極めて単純な、普通の註釈家の眼にはとまらぬ程単純な、事実が持つ奥行とでも呼ぶべきものに、たゞさういふものだけに、彼の関心は集中されてゐた。神代の伝説に見えたるがまゝを信ずる、その信ずる心が己れを反省する、それがそのまゝ註釈の形を取る、するとこの註釈が、信ずる心を新たにし、それが、又新しい註釈を生む。

本文への信を前提とした、信と知の循環として宣長の『古事記伝』の仕事が捉えられている。従って、この小林の理解に従えば、宣長の信は、『古事記』は上代の人々の思想表現としての古伝説がそのままに記された書であるということに対する信念ということになり、「真を得んとして誤る危険」は注釈に際しての失考ということになる。小林が、宣長古道から宗教性を引き去り、『古事記』を「神の物語」と捉えた学者像を提示しようとしていることが明らかに見てとれるだろう。

小林はさらに、宣長が「神代七代」を「『天地《アメツチ》の初発《ハジメ》の時にして、神の状《サマ》も世のさまも、又甚《イタ》く異な』る伝へと見て、格別の関心を持つた」（五十章）とし、考察の対象を、「国之常立神《クニノトコタチノカミ》」から「伊邪那美神《イザナミノカミ》」までの「神代七代」以前に限定している。松村武雄『日本神話の研究』は、皇室神話の原初形を天照大神の生活史とその裔が高天原から降臨する神話とを主要部とするものであったと推定し、伊邪那岐・伊邪那美が国土と皇祖神天照大神を産む部分、即ち「神代七代」以前の部分について、本来は皇室神話の原初形の一部ではなかったとの考察を示している。[9] 同書については『本居宣長』に言及があるが、小林文庫所蔵の同書を見ると、松村の皇室神話に関する成立史的考察や神話の政治性に関する指摘部分に傍線を引くなど、同書を小林が読み込んでいた痕跡が認められる。小林が「神代の伝説《ツタヘゴト》」に関する考察を『古事記』の中の「神代七代」以前に限定した背後には、こうした松村の考察があったと見てよいだろう。そして、小林はこの限定によって、記紀の歴史性、政治性を忠実に受容した宣長古学からそれらを除去することに成功した。

3

こうして宣長古学に内在する宗教的要素や、『古事記』の記載を事実と考えた史学的要素、そこから生じる尊皇思想とナショナリズムという政治的要素を濾し去った小林は、宣長が全的に受容した『古事記』の「あやしさ」を、「古人の言語行為」の「あやしさ」として提示することで、人文主義的宣長像を完成させる。

彼が註解者として入込んだのは、神々に名づけ初める、古人の言語行為の内部なのであり、其処では、神といふ対象は、その名と全く合体してゐるのである（高天原といふ名にしても同様である）。彼が立会つてゐるのは、例へば、「高御産巣日神《タカミムスビノカミ》、神産巣日神《カミムスビノカミ》」の二柱の神の御名を正しく唱へれば、「生《ムス》」といふ御名のまゝに、「万ッの物も事業《コト》も悉《コトゴト》に皆」生成《ウミナシ》賜ふ神の「かたち」は、古人の眼前に出現するといふ、「あやしき」光景に他ならなかつた。（四十八章）

「神といふ対象は、その名と全く合体してゐるのである」という小林の言葉に、メルロ＝ポンティの『知覚の現象学』で示されている言語観が響いているとの指摘を本書第II部第一章でした[10]が、より直接的な影響関係を、「神々の名称の問題についての一考察」という副題を持つカッシーラーの『言語と神話』に認めることができる。

神に向けられたあらゆる訴えかけは、神がその正しい名前で呼び出されるときに限ってその注意をひきつけることができるからである。したがって正しい呼びかけの術は、ローマでは僧職上の技術にまで発展し、それは司教の職を守るための呪文による神の呼び出し（indigitamenta）を生みだしたのだ(11)。

小林秀雄文庫所蔵の『言語と神話』の当該箇所には右のごとき書き込みがなされている。また、『言語と神話』でカッシーラーは、神話的な概念作用と原始的な言語概念作用に共通の型を指摘し、「思考内容を意味する言葉はたんなる因襲的なシンボルではなくして、確固とした統一性をもってその対象と合体している」と述べ、さらに「単なる『記号』と『記号をつけられたもの』との間の緊張状態が解除され、多かれ少なかれ適切な『表現』の代わりに、同一性の関係、つまり『イメージ』と『もの』との間、名称と事物との間の完全な一致という関係を見出す」と述べている(12)。小林が注目していた、カッシーラーのこの一連の叙述と先の『本居宣長』四十八章の叙述は明らかな照応を示している。また、三十四章では、「神代の神は、今こそ目に見え給はね、その代には目に見えたる物なり」という『くず花』の言葉を評して、小林は次のように述べている。

こゝで、明らかに考へられてゐるのは、有る物へのしつかりした関心、具体的な経験の、彼の用語で言へば、「徴《シルシ》」としての言葉が、言葉本来の姿であり力であるといふ事だ。見えたがまゝの物を、神と呼ばなければ、それは人ではないとは解るまい。見えたがまゝの物の「性質情状《アルカタチ》」は、決して明らかにはなるまい。直かに触れて来る物の経験も、裏を返せば、

「徴《シルシ》」としての言葉の経験なのである。

『徴《シルシ》』としての言葉」とは『本居宣長補記』（一九八二年刊）の最終部でも繰り返される小林の言語観の端的な表現であり、ここにもカッシーラーの言葉の反映を見るのは過剰な推測と思われるかもしれない。確かに三十四章は、雑誌連載時の第三十九回にあたり、『新潮』一九七二年四月号掲載部分であり、同年一月二〇日発行の『言語と神話』の言葉を小林が反映させたと考えるのは時間的にはややきびしい。しかし、『言語と神話』の英訳を小林が所蔵していたことを考慮し、『言語と神話』の次のような言語理解を見ると、やはり両者が無縁ではないように思われるのである。

言語概念の第一義的機能が、体験の比較やある共通の属性の選択などにはなくて、そのような体験の集中化、いうならばそうした体験をある一点に凝縮させることにある点を証明した。しかし、こうした集中化の仕方は、つねにその主体的な関心の方向にかかっており、体験の内容と同時にその体験が眺められる目的論的見通しによって決定される。われわれの願望や意志、希望や不安にとって、行為や行動にとって重要と思われるものすべてが、そしてまさにそうしたもののみが、言語的な「意味」の徴を受けるのだ。(13)

小林秀雄文庫所蔵『言語と神話』の書き込みはおおよそ右のようなものであるが、同文庫所蔵の英訳本では右の引用箇所に相当するすべての部分にアンダーラインが引かれている。「有る物へのしつかりした関心、具体的な経験の、彼の用語で言へば、『徴《シルシ》』としての言葉が、言葉本来の姿であり力である」という小林の言葉は、主体の目的論的見通しに貫かれた体験の対象となったもののみが、言語による意味の「徴」を押されるというカッシーラーの言語観を換言したものではない、と断言するのは難しいだろう。そして、「神と呼ばなければ、それは人ではないとは解るまい」という小林の言葉の背後にも、「どのようにしてそのような本質的差異が言語に先立って存在することができるのか。むしろわれわれは言語のちからによってのみ、そうした差異を名付けるまさにその行為によってのみその差異を自覚するのではないだろうか」[14]（傍点訳文）という『言語と神話』の言葉があったと考えてよいと思われる。

小林とカッシーラーとの神話理解の差異についても確認しておこう。両者の神話理解の最大の違いは、カッシーラーの神話理解と言語観において重要な意味を持っている神話と言語の拘束性という側面が、小林の『本居宣長』では抜け落ちている点にある。カッシーラーは、フンボルトの言語理解を受けて、神話の拘束力を次のように述べている。

◎神話も芸術も科学も外力に対する単なる反応ではなく、むしろ真の意味に於ける精神の自発的活動に他ならぬ。最も原始的な神話的構造も既に一種の精神的加工であり精神の表現である。素よりその初期に於ては人類はか丶る活動を自覚することができない。従つて自ら創造せる象徴をむしろ一種の客観的現実として受容する。

（中略）

神話は元来一つの精神的生産活動として所謂直接所与を単に受容するものではないけれども、併しその次の段階に於てはそれ自身の所産を一種の所与として自らに対立せしめる運命にある。而もこの意味に於ける所与はそのうちに既に精神力を包含するが故に人間精神に対しては単なる感官的印象と云ふが如きものよりも一層大なる拘束力を獲得すると云はなければならぬ。[15]

小林秀雄文庫所蔵の『神話—象徴形式の哲学第二—』や『言語と神話』を見ると、神話の持つこのような、客観性と拘束力に関するカッシーラーの指摘箇所にも傍線や◎印が書かれ、小林が注意を払っていたことがわかる。そして、宣長の『古事記』理解は、まさに象徴が客観化され実在するものとして受け止められる神話と言語とが持つ拘束力に宣長が従順であったことを示しているが、宣長のそうした面に小林は目を向けない。このことにより、小林が『本居宣長』で展開する神話理解においては、発生段階にある、神話と言語の柔軟で生産的な側面ばかりが強調されることになる。カッシーラーには神話と言語の持つ創造的な面と同時にそれと表裏の関係にある人間に対する拘束力への注視が見られるが、『本居宣長』の小林にはそれが欠けているのである。

『本居宣長』に示されている小林の神話理解と言語観について、主としてカッシーラーの著作との関連から見てきたが、本居宣長の言葉を評しつつ小林がその神話理解や言語観を展開するに際して、「言語と神話は、相互に本来的で抜きがたい相関々係」[16]にあるという、カッシーラーの神話と言語に関する洞察が理論的支柱となっていたことは確認できたと思う。

カッシーラーは、『人間』「第七章　神話と宗教」の冒頭で次のように述べている。

宗教は、人々の間の最も深刻な衝突と狂熱的な闘争の源となった。[17]宗教は、絶対的真理を所有することを要求しているが、その歴史は、誤謬と、異端の歴史である。

小林はここで「人々の間の最も深刻な衝突と狂熱的な闘争の源」という部分に傍線を引いているが、ドストエーフスキイ論以来、信仰を言い宗教へ接近しつつも、決して宗教的信仰へ身を委ねなかった小林もまた、宗教の歴史が誤謬と異端の歴史であったことに苦い思いを抱いていたと思われる。『本居宣長』の最終章で小林は次のように述べている。

　宣長が、古学の上で扱つたのは、上古の人々の、一と口で言へば、宗教的経験だつたわけだが、宗教を言へば、直ぐその内容を成す教義を思ふのに慣れた私達からすれば、宣長が、古伝説から読み取つてゐたのは、むしろ宗教といふものの、彼の所謂、その「出で来る所」であつた。

教義や教理が成立する前の、発生段階にある宗教経験への注視を宣長に見る小林の姿勢が明らかなこの文章は、教義の形を取らざるを得ない宗教に対する小林の拒絶を示すものである。だからこそ、小林は『本居宣長』を閉じるに際し、「古伝説の内容と考へられたもの、宣長の言ふ、『神代の始メの趣』と素直に受取られたものも、古伝説の作者達からすれば、自由に扱へる素材を出ない」と述べ、『古事記』の編纂者ではなく「古伝説の作者達」に触れ、宣長が従順に受け入れた『古事記』の記載内容（皇室神話）から「古伝説の作者」たちが自由であったことを指摘しているのである。

　ここに言う「古伝説の作者達」とは歴史的に実在したであろう作者たちだけを指しているのではない。何事かを物語るとき、現在の私たちもまた、「古伝説の作者達」と変わらないことをしているのである。

注

（1）カッシーラー『神話―象徴形式の哲学第二―』一一頁。小林は蔵書への書き込みを、様々な筆記具によって行っている。本書では、万年筆を太線、赤鉛筆を波線、ボールペンを細線で表示した。

（2）しかし実際には、ここでの小林の主張とは異なり、宣長は天照大神を現実の太陽と同一視しており、「神代の伝説《ツタヘゴト》」を事実として受け取っていた。この点については、第II部第一章で確認した。

（3）前掲『神話―象徴形式の哲学第二―』三六頁（下掲図版参照）

（4）黒住真「日本思想における『一神教的なもの』」（大貫隆他編『一神教とは何か』東京大学出版会　二〇〇六年刊）

（5）村岡典嗣「復古神道に於ける幽冥観の変遷」（『増訂日本思想史研究』岩波書店　一九四〇年刊）

（6）村岡典嗣『本居宣長』（岩波書店　一九二八年刊）

（7）村岡典嗣「思想家としての賀茂真淵と本居宣長」（前掲『増訂日本思想史研究』）

（8）この点については、綾目広治「小林『本居宣長』試論」（『文教国文学』一九八五・一）に既に指摘が

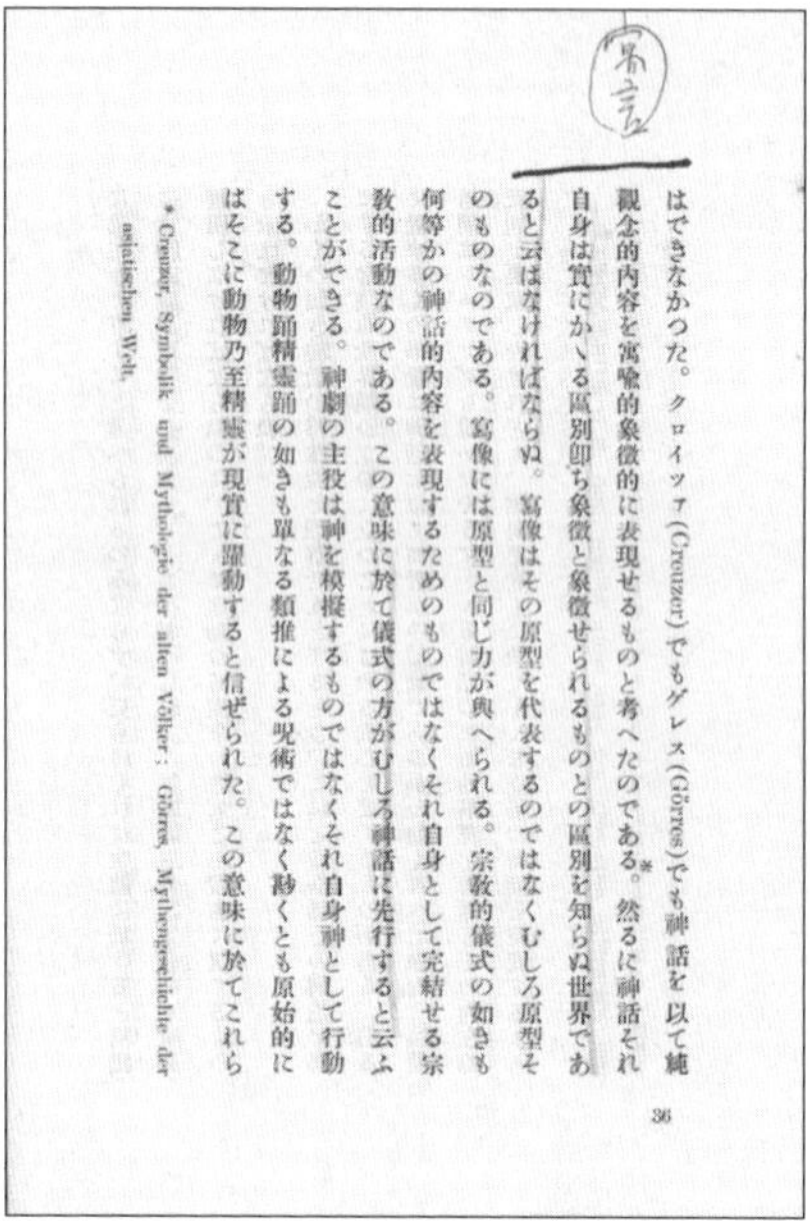
はできなかつた。クロイツァ(Creuzer)でもゲレス(Görres)でも神話を以て純觀念的内容を寓喩的象徴的に表現せるものと考へたのである。* 然るに神話それ自身は實にかゝる區別即ち象徴と象徴せられるものとの區別を知らぬ世界であると云はなければならぬ。寫像はその原型を代表するのではなくむしろ原型そのものなのである。寫像には原型と同じ力が與へられる。宗教的儀式の如きも何等かの神話的内容を表現するためのものではなくそれ自身として完結せる宗教的活動なのである。この意味に於て儀式の方がむしろ神話に先行すると云ふことができる。神劇の主役は神を模擬するものではなくそれ自身神として行動する。動物踊精靈踊の如きも單なる類推による呪術ではなく尠くとも原始的にはそこに動物乃至精靈が現實に躍動すると信ぜられた。この意味に於てこれら

36

* Creuzer, Symbolik und Mythologie der alten Völker; Görres, Mythengeschichte der asiatischen Welt.

ある。

（9）松村武雄『日本神話の研究』（培風館　一九五四年刊）五八～五九頁

（10）小林文庫にはメルロ＝ポンティの著作も多く架蔵されている。また、カッシーラー『神話―象徴形式の哲学第二―』には「児童に於ては物の本質と物の名とが同一視せられ」るという言葉があり、「子供にとっては、対象はその名前が告げられたときにはじめて認識されたことになるのであり、名前は対象の本質であって、対象の色や形とおなじ資格で、対象自体に宿っているのである」（『知覚の現象学1』竹内芳郎他訳　みすず書房　一九六七年刊）というメルロ＝ポンティの言語観と同様の認識が示されていることにも注意しておきたい。

（11）カッシーラー『言語と神話』八三頁

（12）前掲『言語と神話』八六～八七頁

（13）前掲『言語と神話』六三頁

（14）前掲『言語と神話』四四頁

（15）前掲『神話―象徴形式の哲学第二―』二一七～二一八頁

（16）前掲『言語と神話』一二四頁

（17）カッシーラー『人間』一〇三頁

第四章　超越と言葉――日本的なものの結晶化と溶解

三十年あまりにわたって取り組んだドストエーフスキイ研究をはじめとして、『無常といふ事』(一九四六年刊)、『ゴッホの手紙』(一九五二年刊)、未完に終わったベルグソン論(「感想」一九五八年～一九六三年)、そして『本居宣長』(一九七七年刊)にいたるまで、小林秀雄の主要な批評には宗教的モチーフが通底している。そして、それらの批評作品でなされた宗教をめぐる考察は、批評対象の変化と連動して、キリスト教や仏教あるいは神道を直接的な考察対象としているようにみえる。しかし、考察対象となる宗教が批評対象とともに交換可能であったことは、小林の批評が特定の宗教の信仰と結びついてはいないことを示唆している。また、その一方で、小林の批評は客観的な観察者の位置に立って、それぞれの宗教の教義と結びついている神や仏の概念規定を目指すような学術的なものでもない。信仰に根ざしたものでもなく、学問的記述を目指してもいない小林の宗教的思惟は、さまざまな宗教に共通する「宗教的なるもの」に対する小林自身の問いを原動力とした批評であった。ここでは、まず『本居宣長』にいたるまでの小林の批評に見られる、超越的なものの表象について確認し、そののち『本居宣長』の表現に即して小林の宗教的思惟の帰着点を明らかにしていきたい。

1

小林の批評に宗教性が導入されたのはドストエーフスキイ研究の成果であるが、小林は「『罪と罰』についてII」（一九四八・一一）末尾でシベリアに送られたラスコーリニコフを論じて、超越的存在を次のように描いている。

> 時が歩みを止め、ラスコオリニコフとその犯罪の時は未だ過ぎ去つてはゐないのを、僕は確かめる。そこに一つの眼が現れて、僕の心を差し覗く。

この引用部分で小林は、キリスト教の伝統に従って、「一つの眼」を用いていると考えてよい。よく知られているようにキリスト教は、しばしば神を「一つの眼」として表象してきた[1]。従って、「一つの眼」が「僕の心を差し覗く」という表現は、超越的存在が小林自身を見抜いているという意識の表れにほかならない。これとほぼ同じ表現が、『ゴッホの手紙』の冒頭部分に見られる。ゴッホの「鳥のゐる麦畑」の複製画を見た際の印象を述べた部分である。

> 旧約聖書の登場人物めいた影が、今、麦の穂の向うに消えた——僕が一枚の絵を鑑賞してゐたといふ事は、余り確かではない。寧ろ、僕は、或る一つの巨きな眼に見据ゑられ、動けずにゐた様に思はれる。

ここでも小林は、神を「一つの巨きな眼」として表象している。ただし「『罪と罰』についてII」では、「一つの眼」が「僕の心を差し覗く」という表現であったのに対して、『ゴッホの手紙』では、

「一つの巨きな眼」によって「見据ゑられ、動けずにゐた様に思はれる」という受け身の表現となり、文末もやや曖昧なものいいとなっている。『ゴッホの手紙』において「見据ゑられ」るという受け身の表現が採用されたのは、キリスト教における神と人間との関係を示すには、人間を主語として受動的に表現する方がより適切であるとの判断に基づくものであろう。なぜなら、創造主である神はこの世界の外部の存在であり、絶対的な他者である神の姿は人間には見ることはできず、その声は聞くことはできず、その業は人間の理解を超え、その心は人間には思い測ることのできないものであるからである。超越的存在は人間の理解を超えたものである以上、神の行動や意志を断定的に記述することはできない。したがって神の行為を記すとしても、それは自らの感受性がとらえた不確実なものとして叙述するしかない。『ゴッホの手紙』の受動的で曖昧な表現の背景にはこうした判断があったと考えられる。

『罪と罰』についてII」と『ゴッホの手紙』の表現を比較すると、「一つの眼」を主語として神の行為を述べる前者より、「僕」を主語として主体の受動的な感受性が示されている後者の方がより適切な表現であったと言える。小林はキリスト教の伝統に従って、超越的存在を「一つの眼」として表象すると同時に、超越的存在と自らとの関係もその批評に織り込んでいる。こうした点に、客観的な叙述を目指す学問とは異なり、小林という一人の人格を織り込んだ表現としてある、小林の批評の特徴を認めることができるであろう。

ただし、神を「一つの眼」によって表象するキリスト教の伝統に依拠した上で、超越者に見られる存在として自己を織り込んでいる小林の表現から、キリスト教という特定の宗教が提示する世界観を小林が受容していたと速断してはならない。小林には、「聖書に一つの宗教を読みたい人には、妥協的な解釈が現れざるを得ないだらう」（「『白痴』についてII」連載第三回　一九五二・八）という発言があるが、この言葉は小林が注目していたのが、多様なテクストの集合体としての聖書の持つ方向性の定かならぬ強烈な喚起力・破壊力であって、体系化されたキリスト教教義の正統な典拠としての聖書ではないことを示しているからである。

また、『本居宣長』の連載を開始した年に行われた岡潔との対談「人間の建設」（一九六五・一〇）には、小林がピカソの絵にあるヴァイタリティを、感じることはできても本当には理解できないと言うと、岡が「小林さんにおわかりになるのは、日本的なものだと思います」と言う場面がある。小林は岡の発言を、「この頃そう感じてきました」と肯定し、さらに「だいいちキリスト教というものが私にはわからないのです」と言っている。『本居宣長』の執筆を開始したころの小林は、西欧の諸学芸の底流にあるキリスト教が培った伝統的な感性を共有できない、自らの日本的な感受性を強く意識していたようである。

『本居宣長』の執筆に先立って小林は「花見」（一九六四・七）という短い随筆を発表しているが、この小品には『本居宣長』の執筆を準備していた小林が、この世界の外部にある超越的存在と自己との関係をどのように捉えていたかをはっきりと示す表現が見られる。「花見」の末尾である。

花の雲が、北国の夜気に乗つて、来襲する。「狐に化かされてゐるやうだ」と傍の円地文子さんが呟く。なるほど、これはかなり正確な表現に違ひない、もし、こんな花を見る機は、私にはもう二度とめぐつて来ないのが、先づ確実な事ならば。私は、そんな事を思つた。何かさういふ気味合ひの歌を、頼政も詠んでゐたやうな気がする。この年頃になると、花を見て、花に見られてゐる感が深い、確か、そんな意味の歌であつたと思ふが、思ひ出せない。花やかへりて我をみるらん、――何処で、何で読んだか思ひ出せない。

花の雲が「来襲する」という表現や、「狐に化かされてゐるやうだ」という円地文子の発言は、この世ならぬ超自然的な力の顕れとしての「花」に出会った際に感じる人間の不安感の表現として受け取っておいてよいだろう。「花」は超越的存在の依り代として描かれているが、そうした性格を与えられている「花」は見るべき対象として眼前に存在するものというより、逆にこちらが「花に見られてゐる」と感じるものとして示されている点に注意したい。

下句のみ引用されている源頼政の歌は、次のようなものである。

いりかたに成りにけるこそ惜しけれど花やかへりて我を見るらん

歌の意は、「いりかた」になってしまったため「花」を見ることができず残念であるが、逆に「花」の方が私を見ているであろうか、といったところであろう。しかし、小林はこの頼政の歌を「この年頃になると、花を見て、花に見られてゐる感が深い、確か、そんな意味の歌であつた」というように紹介している。上句を引かず、あやふやな記憶のままに書かれているようにみえるが、頼政の歌を小林は「花見」執筆中に調べているふしがある。[2] 従って、ここで示されている小林の解釈が頼政の歌から離れているとすれば、それは小林が歌に共感しつつも歌にとらわれずに、自身の感受性を示したものと考えてよいだろう。そして、小林の解釈が頼政の歌の素直な解釈と異なる点は、「花」が自分を「見る」のではなく、「花」に自分が「見られてゐる」とあるように、受け身の表現となっている点と、「花に見られてゐる」感覚を還暦を過ぎた自分の年齢ゆえとしている点であろう。後者については、「いりかた」という言葉は頼政の歌においても老齢期の比喩として機能しており、歌に触発されて、小林が年齢とともに深まってきた超越的なものに対する感受性を示したものと考えられる。宗教的感受性の深まりと老いの自覚とが連動していると感じる小林の感受性として受け取っておいてよい。

ここでは、そうした年齢と連動する小林の感受性のありようよりも、「見られてゐる」という受け身の表現によって、超越的なものと向き合った際の作者の受動的感受性が示されている点に注意を払っておきたい。『ゴッホの手紙』と「花見」において採用されている、「見られてゐる」という受動的表現は、小林が超越的なものを感受していることを示すメルクマールの役割を果たしているからである。

2

十年余りの連載の後、一九七七年に刊行された『本居宣長』は、小林が松坂の妙楽寺にある宣長の奥墓を訪れたエピソードと宣長の遺言書の紹介から始まる。寛政十二年に書かれた遺言書で、宣長は妙楽寺に定めた自らの墓について、石碑の型や大きさと刻むべき文字を指示し、その後ろに塚を築き芝で被い山桜を植えるよう指示している。刊行された『本居宣長』では、宣長が自ら描いた「本居宣長奥津紀」の図版が載せられている。さらに小林は、宣長がふだん用いていた桜の木の笏を霊牌に仕立てそれに「秋津彦《アキヅヒコ》美《ミ》豆桜《ヅサクラ》根《ネ》大人《ノウシ》」と記すよう指示した遺言を紹介し、宣長が晩年に桜を詠んだ「まくらの山」から後記と歌を三首引用している。

このように、小林は『本居宣長』冒頭部で、みずからの死を間近に控えた宣長の桜への執着をさまざまな点から丹念に提示している。これらの記述は、宣長が自己の霊魂の依り代として桜をとらえていたことをうかがわせるが、小林もあえてそのことを強調し、『本居宣長』の冒頭部に集中的に示したものと思われる。先にみた岡潔との対談を思い合わせるなら、『本居宣長』冒頭部は、小林が典型的な形で、「日本的なもの」に回帰しようとしていたことの表れともみえるだろう。

しかし、『本居宣長』刊行後に行われた江藤淳との対談「『本居宣長』をめぐって」(一九七七・一二)には、「あの人は日本に還ったんじゃない、学問に還ったのだ」という小林の発言がある。『本居宣長』連載開始直後の岡潔との対談における発言と、『本居宣長』刊行後の江藤淳との対談における発言との間には、「日本的なもの」に対する小林の態度に明らかな変化が見られる。岡との対談に見たように日本的なものへの接近が、キリスト教的な感受性との距離感から生じたものであるなら、『本居宣長』執筆後の日本的なものに対する距離感は、小林の宗教的感受性に変化が生じていたことを示唆している。江藤との同じ対談で、小林は「宣長にとって学問をする喜びとは、形而上なるものが、わが物になる喜びだった」とも述べているが、ここでいう「形而上なるもの」の質こそ、小林の「日本的なもの」に対する態度変更を決定づけたものであろう。小林が江藤との対談で言っている「形而上なるもの」とは、本書でいう「超越的なもの」と別のものではない。小林は『本居宣長』で『古事記』の描く超越的世界を次のように示している。

真淵が、「高天原」といふ言葉に躓いた事は、既に書いた。高天原とは、何処に在る国土《クニ》を指して名づけたものか、といふ尋常な問ひを、思ひ切つて、振り捨て、了ふのは、非常に困難な事であつた。古人の「心詞」に通暁してゐた彼にも、「高天原」といふ日常の場所の観念を超えた神域、――「其ノ物のあるかたちに名づけ初める」といふ、古人の言語行為の中に、入込んで行くといふ考へは、浮んで来なかつたのである。それが、宣長の場合になると、考へが浮ぶ浮ばぬといふ事ではなく、「古事記伝」の冒頭を読めば明らかなやうに、註解といふ仕事が、さういふ古人の言語行為の現場に、否応なく、彼を立会はせる事になつたのである。

（四十八章）

小林のこの部分での主張は、「高天原」という超越的世界は、この世界の内部あるいは外部のどこかにある場所ではなく、「其ノ物のあるかたちに名づけ初める」という古人の言語行為こそ「高天原」そのものにほかならないということに尽きる。そして、宣長が『古事記伝』という注解を通して、超越的世界そのものである古人の言語行為の現場に立ち会った以上、宣長がこうした考えを持っていたかどうかは、問うまでもなく自明であったというわけである。しかし、「高天原」とは古人の言語行為の場である、というような考えを宣長が抱いていたとは考えられない。

真淵が、「高天原」という言葉に躓いた点については、『本居宣長』四十五章で、「天若日子《アメワカヒコ》」の物語の「訓み」をめぐってなされた宣長の真淵に対する批判を紹介しながら丁寧に解説されている。「高天原」が「天上の国」であるという伝説は不合理であると真淵が考え、伝説をそのままには受容していなかったことを、宣長は『古事記伝』で暴露したわけだが、真淵批判を通してはっきりと示されている宣長の考えは、「高天原」は「下国《シタツクニ》」と「板などの如き物」によって「隔《ヘダテ》」られた「天上《アメ》」の国であり、「虚空《ソラ》の上《カミ》」にある「天ッ神の坐シます御国」であるといふものであった。

従って、「高天原」をこの世界の内部であろうと外部であろうと、どこかに在る場所とは考えずに、「其ノ物のあるかたちに名づけ初める」古人の言語行為こそ、「『高天原』といふ日常の場所の観念を超えた神域」にほかならないと考えているのは、小林であって、決して宣長ではない。先の引用部に続けて次のように述べるとき、小林が提示しているのは、神々の超越性ではなく、神の名を正しく唱えたときにその姿を彷彿とさせる言語行為の超越性である。

　彼が註解者として入込んだのは、神々に名づけ初める、古人の言語行為の内部なのであり、其処では、神といふ対象は、その名と全く合体してゐるのである（高天原といふ名にしても同様である）。彼が立会つてゐるのは、例へば、「高御産巣日神《タカミムスビノカミ》、神産巣日神《カミムスビノカミ》」の二柱の神の御名を正しく唱へれば、「生《ムス》」といふ御名のまゝに、「万ッの物も事業《コト》も悉《コトゴト》に皆」生成《ウミナシ》賜ふ神の「かたち」は、古人の眼前に出現するといふ、「あやしき」光景に他ならなかつた。（四十八章）

　この小林の発言の奥行きは深く、言語行為の超越性という言い方で要約しただけでは、ややわかりにくいかもしれない。以下、ここに示されている言語観のルーツを探りながら、超越的なものの顕れる場としての言語について、検討してみたい。

　ここで示されているような、神の名を唱えればその名のままに神の「かたち」が眼前に出現するという言語像は、その表層的意味に躓かなければ、マラルメが「詩の危機」において示していた言語像と全く同様のものであることがわかる。[3] よく知られている箇所であるが、マラルメの言葉を見ておこう。

たとえば私が、花！　と言う。すると、私のその声がいかなる輪郭をもそこへ追放する忘却状態とは別のところで、認知されるしかじかの花々とは別の何ものかとして、あらゆる花束の中には存在しない花、気持ちのよい、観念そのものである花が、音楽的に立ち昇るのである(4)。

ある言葉を発することによって、その言葉と対応する現実や事実が指示されるのではなく、その声を発した瞬間に、これまでの誰も認識したことのない、現実には存在したことのない、純粋な観念が立ち昇る。言葉のこの機能に、マラルメは貨幣のように流通する言葉すなわち現代を特徴づける報道の言葉とは異なる、文学の言葉の持つ創造的価値を認めていた。このマラルメの言葉は、フランス語圏を中心として、さまざまな文学者や哲学者の言語観に影響を与えている。例えばメルロ＝ポンティは「人間と逆行性」（一九五一年）で次のように述べている。やや長くなるが、成城学園教育研究所「小林秀雄文庫」所蔵の『シーニュII』（みすず書房　一九七〇年刊）により、小林の書き入れとともに見ておきたい。

意識とその身体とのあいだにと同様、意識とその言語のあいだにもある奇妙な関係を認めるというのが、この半世紀間の研究のもう一つの特徴でしょう。日常の言語というものは、それぞれの語や記号に、いかなる記号なしにも存在しうるし考えられうる一つの物ないし一つの意味を対応させうると信じています。けれども、文学においては、久しい以前から日常言語は忌避されてきました。マラルメの試みとランボーの試みは、それらがどれほど互いにまちまちなものであろうと、言語を「明証性」なるものの統御から解き放ち、新しい意味の諸関係を作り出しかちとるために言語に信頼をおくという点で、やはり共通なものをもっています。ですから、言語は作家にとって（いやしくも彼が作家であったならば）、別のところで与えられた何らかの意図を伝えるための単なる道具や手段であることを止めていたわけです。今や言語は作家と一体をなし、言語こそ作家そのものなのです。もはや言語は意味の召使いではなく、意味づけの働きそのものであり、話し手や作家は、生きている人間がその動作の細部や手段を予め熟慮するに及ばないのと同様、言語を意志的に統御するには及ばないのです。以後、言語のうちに身を置きそれを駆使する以外に、言語を理解する道はありません。(5)

メルロ＝ポンティはここで、フランス象徴派を例として、いわゆる言語論的転回について語っており、引用部分最初の上部にある赤鉛筆による書き込みは小林がまさにその点に着目していたことを示している。メルロ＝ポンティのここでの発言は、言語論的転回によって、伝統的な哲学において考えられてきた意識と身体と同様の関係が、意識と言語との関係に認められるようになってきたことを確認した上で、規定の意味の拘束から解き放たれた言葉によって、新しい意味を作り出す文学的営為を称揚するものとなっている。メルロ＝ポンティのこうした発言は、マラルメ以後のフランス文学の伝統に培われてきた言語観を端的に示しているといってよいだろう。(6)『本居宣長』の次の言葉は、このようなメルロ＝ポンティの言語観とほとんど同じ事態を語ったものである。

私達が言語を持つてゐるのは、あたかも私達が肉体を持つてゐるが如きものだといふ事であつた。言語は、本質的に或る生きた一定の組織であり、この組織を信じ、組織の網の目と合体して生きる者にとつては、自由と制約との対立などないであらう。

（二十七章）

言語の所有を肉体の所有のアナロジーで語る小林の発想は、意識と言語の関係に意識と身体のアナロジーをみるメルロ＝ポンティの発想と全く同じものといってよく、また、言語と合体して生きる者とは、メルロ＝ポンティの文章で言われている言語と一体化した作家の謂いにほかならない。(7)

このように『本居宣長』で小林が展開している言語論には、フランス文学とフランス哲学の伝統的言語観が流れている。この伝統につらなる哲学者の一人にジョルジュ・ギュスドルフがいる。ギュスドルフは「実存主義的な宗教哲学を成就せんとするプロテスタント哲学者」であり、実存主義的な現象学に関心を持ち、はやくからメルロ＝ポンティを知り、サルトルとも交友があった、二〇世紀フランス哲学とその歩みをともにした哲学者である。(8)「小林秀雄文庫」に所蔵されているギュスドルフの『言葉』を見ると、さまざまな筆記具による夥しい傍線や記号が書き込まれており、小林が本書を繰り返し読んでいたことがわかる。この著作には、言語の超越性をめぐる先の小林の発言と照応する部分があるので紹介しておきたい。

命名することは存在に呼びかけること、無から引き出すことである。命名されないものは決して存在することができない。自分の名を述べることを拒否する旧約聖書の神でさえも、「ヤーヴェー」の語の形をとって、人間の言葉の世界に現われることを承認しなければならない。(9)

命名すること、呼びかけることによって、無から存在を引き出すという発想には、発語によって観念そのものを現じさせるというマラルメの詩論と共通する言語観を見ることができる。ここでのギュスドルフの言葉は、マラルメの言語像を、文学の領域から哲学の領域に移し存在論へと変容させたものと考えることもできるだろう。無から存在を引き出す創造的な営みとして言語が論じられ、名告ることを拒否する超越的存在も、語の形を採ることによってはじめて、人間の世界に到来するとされる。言語行為の超越性とは、ここでギュスドルフが述べているように典型的には、神が「人間の言葉の世界に現われる」という事態であり、超越的存在が言語に到来することである。こうした言語観を採用するならば、超越者が到来する場としての言語には、先にみた依り代としての「花」と同様の性格が与えられることになるだろう。

こうした発想を『古事記』の世界に即して語ったものが、「『高天原』といふ日常の場所の観念を超えた神域」すなわち「古人の言語行為」とする小林の先の発言であったのである。小林は『本居宣長補記』（一九八二年刊）では、次のように言っている。

彼が着目したのは、言つてみれば、私達を捕へて離さぬ環境の事実性に、言語の表現性を提げて立ち向ふといふ事が、私達にとつては、どんなに奥の深い、基本的な経験であるかといふ事だ。歌道は、回答を求めて、私達の前に呈出されてゐる問題といふより、むしろ私達が問題の中にゐる、と言つた方がいゝ。中にゐて、外に出られぬところに、問題が本質的に難題である所以が現れる。言はば、こちらが、言葉の謎に見詰められる。

引用の最終文に注目したい。「見詰められる」という受動的表現は、すでに確認したように、小林が超越的なものと向き合った際に用いられるメルクマールとなる語法である。従って、引用の最後の一文は、言葉こそ超越的なものが到来する場である、という小林の思考を示したものと考えてよいだろう。この表現は、最晩年の小林が、桜やその他の樹木・巨石・滝・山・海などの自然に超越性を認める日本的な自然観や宗教観とは異なる場所に立っていたことを端的に示している。『本居宣長』は、小林の日本回帰の典型的な表れと見なされてきたが、この著作で展開されている小林の思想は、決して日本回帰と言えるようなものではなく、むしろ、超越性と言葉《ロゴス》の探求を執拗に繰り返してきた西欧哲学の伝統に根ざしたものであった。『本居宣長』の叙述を通じて小林は、「花見」や『本居宣長』冒頭部で結晶化させた「日本的なもの」を、西欧の言語哲学によって溶解させた、と言ってもよい。『本居宣長補記』がプラトンの『パイドロス』に関する考察から始められているのは、決して小林の気まぐれによるものではない。

注

（1）この点に関しては、本書第I部第五章で既に論じた。
（2）『群像日本の作家14小林秀雄』（小学館　一九九一年刊）には、「花見」の自筆原稿の写真が掲載されており、それを見ると、頼政の歌は、初め「花はかへりて我をみるかな」と書かれた後、正しく「花やかへりて我を見るらん」と訂正されたことが判る。
（3）「詩の危機」でマラルメの言う「観念そのもの」こそ、江藤との対談で言われている「形而上なるもの」であり、『本居宣長』では「神の『かたち』」と呼ばれたものである。それらを本稿は「超越的なもの」と呼んでいる。
（4）松室三郎訳『マラルメ全集II』（筑摩書房　一九八九年刊）二四二頁。ただし同書にある、訳者が補った字句は略した。
（5）竹内芳郎監訳『シーニュII』一三八～一三九頁。小林は蔵書への書き込みを様々な筆記具で行っているが、本章では赤鉛筆によるものを波線、鉛筆によるものを点線で表示した。

（6）メルロ＝ポンティは「間接的言語と沈黙の声」（一九五二年）においても、「経験的な言語」に対する「創造的言語」を語る際に、マラルメの「詩の危機」から先の部分を引用して語っている。

（7）ただし、小林の文章はメルロ＝ポンティの「人間と逆行性」を直接参照して書かれたものではない。この部分は『新潮』一九六九年一一月号に掲載された連載第二十七回にあたり、その時点では『シーニュII』の邦訳は刊行されていない。また、ガリマール社から一九六〇年に刊行された『シーニュ』の原書は「小林秀雄文庫」に架蔵されているものの、「人間と逆行性」の章はページが切られておらず、小林が読んでいた形跡はない。

（8）ギュスドルフ『言葉』（笹谷満・入江和也共訳　みすず書房　一九六九年刊）の訳者序による。

（9）前掲『言葉』五二頁（下掲図版参照）

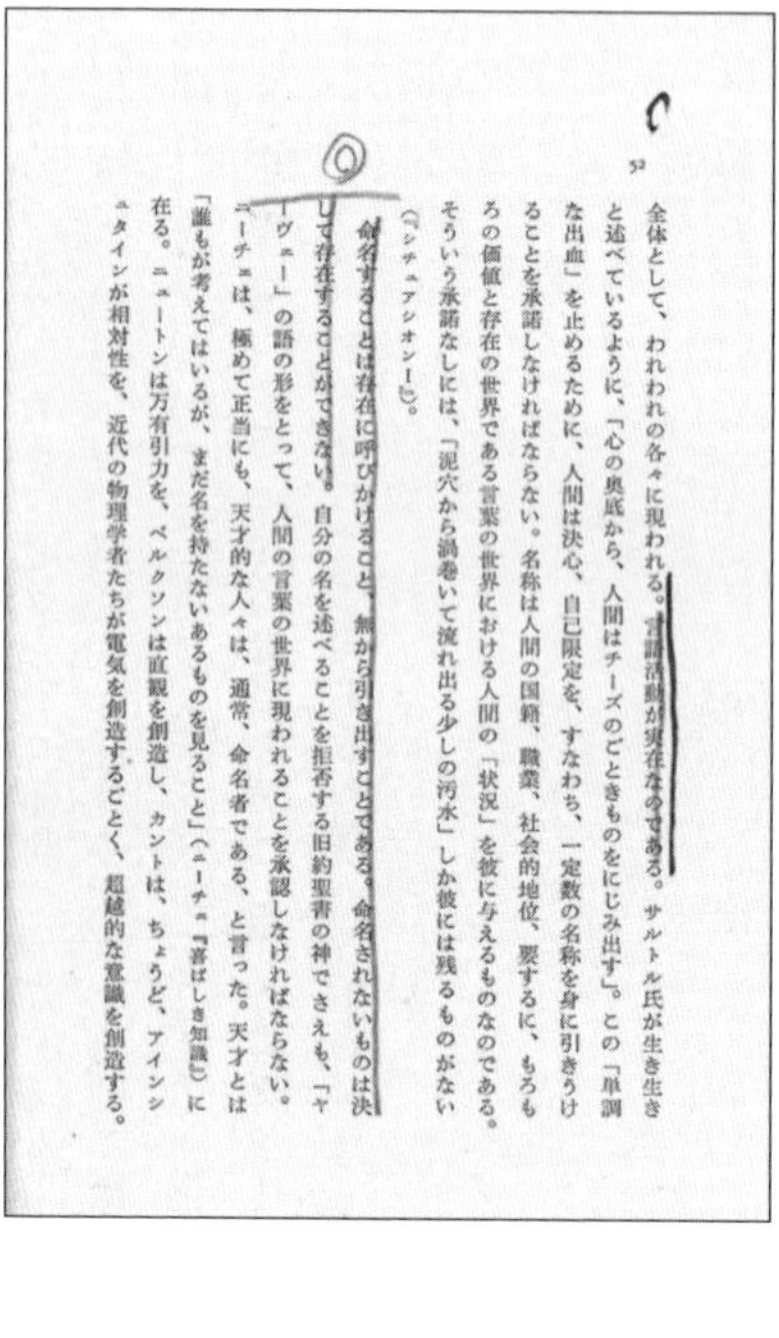
52

全体として、われわれの各々に現われる。言語活動が実在なのである。サルトル氏が生き生きと述べているように、「心の奥底から、人間はチーズのごときものをにじみ出す」。この「単調な出血」を止めるために、人間は決心、自己限定を、すなわち、一定数の名称を身に引きうけることを承諾しなければならない。名称は人間の国籍、職業、社会的地位、要するに、もろもろの価値と存在の世界である言葉の世界における人間の「状況」を彼に与えるものなのである。そういう承諾なしには、「泥穴から渦巻いて流れ出る少しの汚水」しか彼には残るものがない（『シチュアシオンI』）。

命名することとは存在に呼びかけること、無から引き出すことである。命名されないものは決して存在することができない。自分の名を述べることを拒否する旧約聖書の神でさえも、「ヤーヴェー」の語の形をとって、人間の言葉の世界に現われることを承認しなければならない。ニーチェは、極めて正当にも、天才的な人々は、通常、命名者である、と言った。天才とは「誰もが考えてはいるが、まだ名を持たないあるものを見ること」（ニーチェ『喜ばしき知識』）に在る。ニュートンは万有引力を、ベルクソンは直観を創造し、カントは、ちょうど、アインシュタインが相対性を、近代の物理学者たちが電気を創造するごとく、超越的な意識を創造する。

第五章　言霊とは何か——言葉の表現性をめぐって

1

ドストエーフスキイ論以後、小林秀雄の主要な作品を導いてきた宗教的モチーフは、『本居宣長』（一九七七年刊）において、神話ならびに神話の素材としての言葉に関する思索へと収斂していった。神話の言葉に関する小林の思索は次の文章に明瞭に見ることができる。

　彼が註解者として入込んだのは、神々に名づけ初める、古人の言語行為の内部なのであり、其処では、神といふ対象は、その名と全く合体してゐるのである（高天原といふ名にしても同様である）。彼が立会つてゐるのは、例へば、「高御産巣日神《タカミムスビノカミ》、神産巣日神《カミムスビノカミ》」の二柱の神の御名を正しく唱へれば、「生《ムス》」といふ御名のまゝに、「万ヅの物も事業《コト》も悉《コトゴト》に皆」生成《ウミナシ》賜ふ神の「かたち」は、古人の眼前に出現するといふ、「あやしき」光景に他ならなかつた。（四十八章）

不注意な読者は小林のこの文章から、呪文によって神がこの世界へ現れ出るという呪術的言語観を読み取ってしまうかも知れないが、そうした理解は明らかな誤りである。注意深く読めば、神の

「名」を唱えればたちどころに神の「かたち」が顕れるのは「言語行為の内部」であって、現実世界ではないことに気付くはずである。[1] これまで繰り返し確認してきたように、小林はこの世界の外部に存在する超越的存在である神を承認するという意味での宗教を肯定することはなかった。その姿勢は『本居宣長』においても全く変わることはない。古代神話の持つアニミズム的要素に関して、小林には次のような発言もあった。

　神の名の使はれ方を、忠実に辿つて行くと、人のみならず、鳥も獣も、草も木も、海も山も、神と命名されるところ、ことごとくが、神の姿を現じてゐた事が、確かめられたのである。

（三十九章）

　例えば、海は人間の前にそのさまざまな面を見せる。豊かな糧を与えてくれる果てしなく大きな海。愛する者の命を奪う怖ろしい海。夕陽と溶け合う美しい光景や荒れ狂う恐ろしい光景を見せる海。人間にその卑小さを気づかせる海。魅力的であるとともに畏るべきものでもある海。海がみせるこれらの姿や性質はまさに、〈聖なるもの〉の諸要素を備えており[2]、こうした性質に着目すれば、海はまさに「神」と呼ばれるのにふさわしいものといえるだろう。ただ、そうした神性は、それが「神と命名されること」によってのみ、その姿を現す、というのが小林の理解である。逆に言えば、「神」と呼ばれなければ、海はその神性を人に開示することなく、生活の糧等を得る単なる日常的な場所に留まることになる。ここで小林は、日常的・合理的世界とは異なる世界を開示する「神」という言葉の持つ表現性に注意を促しているのだが、日常的世界の価値や現実性を決して否定しているわけではない。

小林は、「言霊」という語にふれて「舟で山を登らうとする人がなかつたやうに、呪文で山を動かさうとする人もゐなかつた筈である。そのやうな狂愚を、秩序ある社会生活を営む智慧が許すわけがなかつたらう」とも言っていた。この発言には、呪術的言語観に対する明確な否定と、日常生活における合理的思考に対する小林の信頼を認めることができるだろう。日常的・合理的世界と言葉が切り開く世界との相違について小林は次のようにも述べている。

　天や海や山に、名を付けた時に、人々は、この「言辞の道」を歩き出したのである。天や海や山にしてみても、自分たちを神と呼ばれてみれば、人間の仲間入りをせざるを得ず、其処に開けた人間との交はりは、言葉の上の工夫次第で、望むだけ、恐しくも、尊くも、豊かにもなつただらう。この自由な感情表現の行く道を、日常生活が歩く合理的な道と、人々は混同する筈はなかつたであらう。（三十四章）

天や海や山の意味は人間の言葉によって開示されるものであり、言葉が切り開く「言辞の道」と日常生活を営む「合理的な道」とは全く異質であるという。小林は、この二つの道を人は混同するはずはない、と言っているが、実際には、人はしばしば、この二つの世界を混同してきた。神話が寓喩的に解釈されたり、歴史として読まれたり、古代の素朴な自然解釈と受け取られたりしてきたことが、この二つの世界の峻別が困難であったことを充分に示している。物語や神話といった言葉によって切り開かれる「感情表現の行く道」と日常生活の「合理的な道」との質的な差異を『本居宣長』において小林は繰り返し強調しているが、そもそも両者の違いはどこにあり、それは何に起因するのか。小林がここでいう「自由な感情表現の行く道」とはひろく人間の言葉による表現と考えてよいだろうが、「日常生活が歩く合理の道」とはどのような道なのか。まずこの点をはっきりさせておきたい。

人間の生きる世界は言葉によって開示されるほかないとする『本居宣長』の思想からすれば、この「日常生活」もまた言葉によってもたらされるはずである。「日常生活」における言語活動を小林は『本居宣長補記』(一九八二年刊)で次のように述べている。

実生活とは、その隅々まで、何かの役に立つ言葉で織られてゐるものだ。これは否定できないが、実生活に従属し、利用され、惰性で動いてゐる世の習慣中に捕へられて硬直し、いづれは死語となる運命にある言語群から自由になる「言辞の道」は開けてゐるのである。歌人はこれを行くのだが、この道の目指すところは、死語の群れの覆ひを取り除き、生きてゐる心と周囲の現実との、直かな接触の回復にある。

小林はここで、実生活を織り上げている「何かの役に立つ言葉」とは、実生活に従属し利用される惰性的で硬直した言葉であるとしているが、その典型的な例は現実生活を強く規制する、法律・政治・経済の世界で流通する言葉であろう。「言辞の道」の「表現性」とは対極にある、社会と人間を支配する強い力を持つこれらの言語群は、安定した意味を伝達する必要から、むしろ表現性に乏しく限定された意味の伝達を果たす記号的言葉の方が望ましい。(3) こうした表現性の乏しい記号的言葉をマラルメは貨幣のように流通する「報道の言葉」(「詩の危機」)と呼んだ。「生きてゐる心と周囲の現実との、直かな接触」が妨げられるのは、こうした「死語の群れ」による既成概念を通した物の見方を人々が受容し、それを通してしか世界を見なくなるからである。

「日常生活」とは、通念に染まった既成の言語群を通して見られた実生活のことであり、何らかの現実的な目的を遂行するために言葉が利用される世界である。しかも、隅々まで「何かの役に立つ言葉」で織られている実生活において、心と現実との直かな接触を阻むものは、「死語の群れ」だけではない。小林は「歌ハ情ヨリイヅルモノナレバ、欲トハ別也」という『排蘆小船』の言葉を引き、意欲と感慨とは本質的に対立するとした上で、次のように述べている。

我執に根差す意欲の目指すところは、感慨を捨て去つた実行にある。意欲を引提げた自我の目指すところは、現実を対象化し、合理化して、これを支配するにある。その眼には、当然、己れの意図や関心に基いて、計算できる世界しか映じてはゐない。当人は、それと気付かぬものだが。宣長が考へるのは、さういふ自我が、事物と人情との間に介入して来て、両者の本来の関係を妨げるといふ事である。（三十七章）

意欲を持った自我が世界を対象化し支配しようとする時、事物と人情との直接的な関係が妨げられるのは、何の役にも立たない感慨にかかずらっていては実生活において有効に行動することができないからである。意欲と結びついた自我は、自らの目的や意図の下でしか世界を見ようとせず、この目的に沿わないものは見ようともしない。(4) ここでいう意欲を持った自我とは、何もエゴイスティックな欲望の充足を求めるものだけではない。道徳的観点から自他の行動を制御しようとする意志も、自然な感慨を抑圧する点では同質であろう。「いましめの心」で物語を見ることを、宣長が「物のあはれ」をさます「物語の魔」と呼ぶゆえんである。

意欲と対立するこの感慨を、現実生活のいかなる論理からも守り、自由に育て上げること。これが小林の言う「言辞の道」である。宣長を「物のあはれを知る道」を語った思想家と呼んだ際に、小林はやはり『排蘆小船』を引用し、次のよう述べていた。

「欲」は、実生活の必要なり目的なりを追つて、その為に、己れを消費するものだが、「情」は、己れを顧み、「感慨」を生み出す。生み出された「感慨」は、自主的な意識の世界を形成する傾向があり、感動が認識を誘ひ、認識が感動を呼ぶ動きを重ねてゐるうちに、豊かにもなり、深くもなり、遂に、「欲」の世界から抜け出て自立する喜びに育つのだが、喜びが、喜びに堪へず、その出口を物語といふ表現に求めるのも亦、全く自然な事だ。（十四章）

欲望は実生活の中でその目的を果たせば解消されるが、感慨は認識を呼び、認識が感動を生む繰り返しの中で、「欲」の世界、即ち日常生活の世界から抜け出し、歌や物語として自立する。この歩みを小林は、「物のあはれを知る道」とも「言辞の道」とも言うのである。

2

「実生活とは、その隅々まで、何かの役に立つ言葉で織られてゐるものだ」と小林は言ったが、日常世界の中で何かの役に立つ言葉を反復することによって私たちは言語を習得してきたはずである。そうして習得された手持ちの言葉が「死語の群れ」であるなら、日常生活を営んでいる私たちに「死語の群れ」を取り除くことはそもそも可能なのだろうか。

この問いに対する小林の回答は、驚くほど簡明である。言葉の表情をよく見れば、どのような言葉も「死語」などではない、というものである。「日常生活」における「日常言語」の「やりとり」に対して、小林は次のような分析を示していた。小林が『本居宣長』において、初めて「言霊」に言及する重要な場面である。

宣長は、生活の表現としての言語を言ふより、むしろ、言語活動と呼ばれる生活を、端的に指すのである。談話を交してゐる当人達にとつては、解り切つた事だが、語のうちに含まれて変らぬ、その意味などといふものはありはしないので、語り手の語りやう、聞き手の聞きやうで、語の意味は変化して止まないであらう。私達の間を結んでゐる、言語による表現と理解との生きた関係といふものは、まさしくさういふものであり、この不安定な関係を、不都合とは誰も決して考へてゐないのが普通である。互に「語」といふ「わざ」を行ふ私達の談話が生きてゐるのは、語の「いひざま、いきほひ」による、と宣長は言ふ。その全く個人的な語感を、互に交換し合ひ、即座に翻訳し合ふといふ離れ業を、われ知らず楽しんでゐるのが、私達の尋常な談話であらう。さういふ事になつてゐると言ふのも、国語といふ巨きな原文の、巨きな意味構造が、私達の心を養つて来たからであらう。養はれて、私達は、暗黙のうちに、相互の合意や信頼に達してゐるからであらう。宣長は、其処に、「言霊」の働きと呼んでい〻ものを、直かに感じ取つてゐた。

（二十三章）

語り手の語りようや聞き手の聞きようで、語の意味やニュアンスは変化して止まない。それにもかかわらず、人は何の苦もなくお互いの発話を理解し、あるいは解釈し直し、談話を続けることができる。考えてみれば驚くべきことであるが、私たちは日々それを繰り返し、言葉を習得していく。

こうした日常生活における談話こそ、言葉本来の生き生きとした生態であり、それを可能とするのが「『言霊』の働き」である、と小林は言う。「言霊」こそ硬直した「死語の群れ」を賦活するというわけである。ここで小林が示している、「語り手の語りやう、聞き手の聞きやうで、語の意味は変化して止まない」という語用論的発想は、宣長の語義研究の持つ特徴的性格でもあった。『宇比山踏』で宣長は次のように言っている。

語釈は緊要にあらず、語釈とは、もろ〳〵の言の、然云《フ》本の意を考へて、釈《トク》をいふ、たとへば天《アメ》といふはいかなること、地《ツチ》といふはいかなることと、釈《ト》くたぐひ也、こは学者の、たれもまづしらまほしがることなれども、これにさのみ深く心をもちふべきにはあらず、こは大かたよき考へは出来がたきものにて、まづはいかなることとも、しりがたきわざなるが、しひてしらでも、事かくことなく、しりてもさのみ益なし、されば諸の言は、その然云《フ》本の意を考《へ》んよりは、古人の用ひたる所をよく考へて、云々《シカシカ》の言は、云々の意に用ひたりといふことを、よく明らめ知るを、要とすべし、

こうした発想からなされた宣長の語義研究の画期的性格を指摘したのは、時枝誠記『国語学史』（岩波書店　一九四〇年刊）であった。時枝は同書で元禄から明和安永期の研究史を叙述する際に、「語義の研究――本義正義の探求」の項を立て、語義研究の方法としての本義正義の探求は、一つの語に数義が存在する場合、その一つを本義正義とし他を転義と考え、本義によって転義を説明しようとするもので、仙覚以来契沖真淵に至るまでの様々な学者がこの方法により語義研究を行ったことを確認している。そして、明和安永期から江戸末期の研究史を叙述した箇所に次のような記述

がある。「小林秀雄文庫」所蔵本により、小林の書き込みとともに紹介しておきたい(5)。

近世初期の語義研究に就いて猶一つ著しい事実は、本義正義の探求であつて、先づ本義正義を明かにすることによつて、その転義は自ら明かになると考へたことである。延約通略の説の如きも、要するに、本義正義の発見の方法であつたのである。中古文献の理解に当つても、上代文献に於いて理解せられた語義を以てこれを理解するといふ方法が一般に行はれた。契沖の源註拾遺、古今余材抄の解釈は、多くの場合右の様な方法であつた。宣長は、かゝる本義正義の探求（宣長はこれを『語釈』といつた）にさまで価値を認めようとはせず、寧ろこれを拒否する態度に出でた。

これに続けて時枝は、本義正義の探求を否定する宣長の発言を『古事記伝』『宇比山踏』『源氏物語玉の小櫛』などから引用し、さらに次のように述べている。

この宣長の主張は極めて重要なる意味を持つて居る。それは本義正義のみを重視して、転義を軽んずる態度に対する抗議であると同時に、語義の歴史的変遷を重んじた処の態度を示したものであつて、契沖以来の語義理解の方法に一時期を劃したものといふことが出来る。かくして宣長のとつた新しい方法は、帰納法による語義の理解である。

時枝は宣長の語義研究に「転義を軽んずる態度に対する抗議」を見る一方で、帰納法という言葉を用いていることからも分かるように、帰納法によって語義を限定していく方法の画期性を宣長の語義研究に認めているのである。こうした時枝の指摘を受けて小林は、契沖や真淵について、「語義を分析して、本義正義を定めるといふ事は、彼等の学問では、まだ大事な方法であつた」と言い、その語源学的語釈を否定し「『語釈は緊要にあらず』と言ふ宣長の踏み出した一歩は、百尺竿頭にあつた」と言うのである。語義研究における宣長の画期性についての小林の叙述が、先に見た時枝の『国語学史』に拠っていることは明らかであろう。

ただし小林は、右にみたような時枝の理解を踏まえつつも、あくまでも「転義」に注目し、「語のうちに含まれて変らぬ、その意味などといふものはありはしない」、「語り手の語りやう、聞き手の聞きやうで、語の意味は変化して止まない」と言う。語り手や聞き手の話柄に対する姿勢や両者の関係、状況や文脈、発声の緩急など、あらゆる要素が絡んでいる談話において、語義は、その都度の発話と受信の中で相互に暫定的に了解される。時の経過など発話時の状況から離れると、同じ言葉が当初のものとはまた別の意味を生むことはしばしば起こる事態である。そうした意味の変転を小林は「転義」と言うのである。そして、「言霊」という古言の転義のありように対して次のように言う。

> 「万葉」に現れた「言霊」といふ古言に含まれた、「言霊」の本義を問ふのが問題ではない。現に誰もが経験してゐる俗言《サトビゴト》の働きといふ具体的な物としつかりと合体して、この同じ古言が、どう転義するか、その様を眼のあたりに見るのが肝腎なのである。

古代に用いられていたままの古言の古義に従うのではなく、この「言霊」という言葉が、今用いられている「俗言《サトビゴト》の働き」と向き合った際にどのように「転義」するか。ここで小林が考えているのは、「言霊」という語の古代における「本義正義」ではなく、宣長が用いていた用法であり、「転義」である。そして宣長はこの語を『詞の玉緒』で次のように用いている。[6]

そも〳〵切るゝ所とつゞく所とかはれる詞は。てにをはのとゝのへもかはり。切るゝ、つゝく同じ詞は。てにをはのとゝのへも又同じきは。いともあやしき言霊《ことだま》のさだまりにして。さらにあらそひがたきわざなりかし。

宣長は「てにをはのととのへ」を「言霊のさだまり」と呼んでいる。小林はここに注目した。小林の考える「言霊」の働きとは、この宣長の用いた「転義」、「てにをは」の機能に他ならない。そして「てにをは」とは「語の用ひ方」であるとし、次のように述べる。

「てにをは」の姿は、語意よりも文意へ、文意よりも文の「いきほひ」へと動く宣長の眼に捕へられ、普通の意味での詞と対立する。玉ではない、緒であるとは、語ではない、「語の用ひ方」だと言ひたいのである。

ここで小林は、「てにをは」は詞と対立するもので、語ではなく、語の用い方だ、としているが、ここにも、時枝を通した宣長理解を見ることができる。時枝は、『国語学史』で、宣長の「てにをは観」について次のように述べている(7)。

宣長の云ふ所のてにをはは、かゝる助詞助動詞或は用言そのものを意味するのでなくして、かゝる品詞に存する法則としててにをはを考へたのである。品詞的なものを取り扱つた場合でも、かゝる法則の具体的に実現したものとして考へて居るのである。これ実に宣長のてにをは観であつて、詞の玉緒の本質も亦この法則の闡明にあつたのである。(傍点原文)

ここに明確に示されているのは、宣長における「てにをは」は助詞や助動詞などの品詞ではなく、「法則」であるということである。時枝はこの宣長の「てにをは」観を、「機能的な抽象的なもの」

（傍線小林）と言い、さらに、詞とは「別の次元に属するものと云ふべきである」（傍点権田）とする。時枝はこうした宣長の「てにをは」観を基に、主体的なものを表現する「辞」なる概念を構築した。『国語学原論続篇』の「言語の社会的機能と文法論との関係」の項で、時枝は言語の社会的機能、話者と聞手との関係を構成する重要な役割を果たすものとして「辞」の機能について述べている。先に引用した小林の「語り手の語りやう、聞き手の聞きやう」に関する叙述とも対応する具体例が示されているので、やや長くなるが紹介しておきたい(8)。

国語においては、主体的なものは、辞によつて表現されるのであるが、主体的なものは、常に必ずしも、辞といふ語の形によつて、表現されるとは限らない。例へば、

彼は私を裏切った。

といふ表現において、話者が、語気を鋭くして云ふ場合と、静かに、ものやはらかに云ふ場合とでは、彼の「裏切り」といふ事実に対する話者の感情の相違が、その表現における語気に託されてゐると見ることが出来る。そのことは、聞手にとつては、話者が、ただ、彼の行為に対して、どのやうな気持ちを抱いてゐるかを理解させるだけでなく、話者と聞手との間に、ある種の関係を構成するに役立つ。ある場合には、聞手は話者の語気に圧倒されて、それがどのやうな事件であつたかを、問ひ質して、これを批判する機会を失はしたかも知れないのである。迫力のある表現とは、表現における主体的なものによつて、相手を同調者としての関係に置くやうな場合をいふのである。主体的なものは、表現の素材を、どのやうに把握するかといふことにも表現される。例へば、ある行為を、「罪悪」と表現するか、「失策」として表現するかは、

そこに、事物に対するその人の態度を表現することになるのであつて、聞手は、ある場合には、その人を峻厳な人とも見、ある場合には、寛容な人とも見ることになるのである。我々の日常の表現を見ると、表現における客観的なものが、真であるか、偽であるかによつて、対人関係の成否が決定されるよりも、表現の基底にある主体的なものが、これを左右することが多いことを経験する。

ここで時枝は、「辞」とともに発話者の「語気」などの音声も「主体的なもの」の表現としての機能を果たし、これが言語による人間関係の構成に重要な役割を果たすことを述べている。この時枝の言語過程説に基づく談話理解を、意味論的方向へと転換させたものが先に見た小林の談話理解であると考えられる。時枝が例として用いている「彼は私を裏切った」という文は、まさに通貨の様に流通する習慣的な意味に固定された語からなっている。だからこそ、誰もがこの文を理解できるのである。しかし、その表現性の極めて乏しい語も、談話においては語り方ひとつで賦活され、出来事に対する話者の感情を生き生きと表現することが可能となることを、時枝は示している。それを可能にするのが、時枝の言う「主体的なもの」である。時枝はさらに、ある出来事を「罪悪」と呼ぶか、「失策」と呼ぶかによって、事物に対する態度という「主体的なもの」が表現され、対人関係の構成に重要な役割を果たしているとも言っている。この時枝の指摘を、対人関係の構築という現実世界における目的意識の観点ではなく、出来事に対する語り手の認識とその表現という観点から捉え直せば、小林の言う「物のあはれを知る」という認識論へと通じるであろう。

時枝は、宣長において、法則的な「てにをは」と品詞的な「てにをは」との関係が充分に考察されなかったと指摘しているが、小林は品詞的な「てにをは」ではなく、語とは次元を異にする「てにをは」の純粋な機能を「言霊」と呼んだと考えてよい。それは語のようには対象化できない機能であり、語り手の認識や感情と連動した語彙選択や語順、発声の緩急や発話の際の表情や身振り手振りなどにも浸透しているあらゆる表現的機能の謂いである。口頭言語におけるこうした要素は誰もが日常談話において感受しているが、この感受性を書記言語へ向けたものを、「語意よりも文意へ、文意よりも文の『いきほひ』へと動く宣長の眼」と小林は評するのである。「言霊」と呼ばれたこの表現的機能によって、完成された言語の持つ規範性と記号性は揺さぶられ、「死語の群れ」は生気を取り戻し、その静的で記号的な言語の意味体系が動き出し、語は文脈の中で易々と転義し、しかも理解を阻まれない。小林は、こうしたことを可能にする表現的機能のもっとも原初的な表れを言葉以前の嘆きに認め、そこに歌と言葉の起源を見る。

言語表現といふものを逆上つて行けば、「歌」と「たゞの詞」との対立はおろか、そのけじめさへ現れぬ以前に、音声をとゝのへるところから、「ほころび出」る純粋な「あや」としての言語を摑むことが出来るだらう。（二十三章）

ここで言う「純粋な『あや』としての言語」の最も単純な例として、感動詞を想定すればわかりやすい。小林のこの発言はそもそも次の『石上私淑言』を受けたものであった。

かなしさの忍びがたく、たへがたきときは、おぼえずしらず、声をさゝげて、あらかなしや、なふ〳〵と、長くよばゝりて、むねにせまるかなしさをはらす、其時の詞は、をのづから、ほどよく文《アヤ》ありて、其声長くうたふに似たる事ある物也。これすなはち歌のかたち也。

これを受けて小林は「たゞの詞」より「歌」が先きであり、「歌」より声の調子や抑揚を整えるのが先だ、と言う。「おぼえずしらず、声をさゝげて、あらかなしや、なふ〳〵」というような強い感情表現は、それに耳を傾ける聞き手に対しては、言語の壁さえも越えて共感を呼ぶことができるだろう。この言語以前の嘆きと連続する声の調子や抑揚の持つ表現性は、詩歌の持つ音楽性や日常会話における「語気」の淵源でもある。ところが、音声による自在な表現性を失った書記言語においては、その表現性は背後に隠れ、表現性よりも論理が優先するものとならざるを得ない。しかし、行政文書や契約書などはともかく、それが書き手の自発的なものであるなら、それは書記言語にもつねに潜在しているはずである。「死語の群れ」を賦活させ、独特の意味を与えるもっとも素朴な力が音声言語における語気や間合いであるならば、書記言語におけるそれは文体《スタイル》であろう。(9) 文体《スタイル》とは、そのような表現性が規範的な言語体系と衝突して採ったかたちとして捉えることができる。

大正末に佐藤春夫が提唱した「しゃべるやうに書く」という散文論や、昭和期に活躍した太宰治の饒舌体と呼ばれる文体は、ともに書記言語に音声言語の表現性を導入する試みであったと考えられる。この佐藤や太宰に見られる特徴を小林の批評もまた備えていた。例えば、文壇にデビューした年に書かれた「批評家失格Ⅰ」(一九三〇・一二)の次の一節にそれを認めることができる。

　私は客観的な尺度などちつとも欲しかない。客観が欲しいのだ。(傍点権田)

小林の文体の特徴の一つに、こうした東京下町言葉の書記言語への導入を挙げることができる。読者はそこに小林の肉声の響き、すなわち「語気」を感じ取り、魅力を感じたり、反発したりしたのである。また、小林の文体の特徴としてしばしば指摘される逆説的表現も、この表現性の表出と考えられる。逆説は、言語の記号性と形式論理に逆らい、読者の通念に逆らう。最もよく知られているのは、「美しい『花』がある、『花』の美しさといふ様なものはない」という「当麻」の一節であろうか。先の「批評家失格Ⅰ」の表現も下町言葉的な表現を外せば「客観的尺度など少しも欲しくはない、客観が欲しいのだ」という文になり、「当麻」の名文句と同様の構造となっていることが分かる。対句的表現が、「客観的尺度」と「客観」、あるいは「美しい『花』」と「『花』の美しさ」との対立を生み出し、読者に対して思考を要求するのである。第II部第一章で検討した「私達は、しようと思へば、『海』を埋めて『山』とする事は出来ようが、『海』といふ一片の言葉すら、思ひ出して『山』と言ふ事は出来ないのだ」という一文なども、小林の修辞的思考の典型的な表れであった。

平均化された辞書的な語義や形式論理による解釈を拒否するこのような逆説的表現は、小林の批評の随所に現れ、小林の文体を特徴づける「かたち」であった。そして小林の文章は、この逆説的表現によって謎や矛盾を生み、その謎や矛盾の背後に、論理の一貫性や新たな視点を発見することを読者に要請する。要請された読者は、自らの視点を移動させ、「死語の群れ」の網の目をずらし、新たな論理を発見しなければならない。小林の批評が読者に喚起する魅力も反発も、小林の文章が持つこうしたかたち即ち文体《スタイル》が生んだものであった。

注

（1）『本居宣長』で展開されている小林の言語観に、ソシュールの思想が導入されていたことは、既に第II部第一章で確認した。神の「御名」を正しく唱えるとき、「御名のまゝに」神の「かたち」が出現するという小林の発言は、「神」というシーニュを具体例として、シニフィアンとシニフィエの不分離性を提示したものと捉えることもできる。そこには、神を語りながら、何ら神秘的なものはない。

（2）〈聖なるもの〉の諸要素については、本書序論で紹介したR・オットー『聖なるもの』（一九一七年刊）に依拠している。

（3）もちろん、これらの世界においても言葉の意味をめぐる闘争が日々行われている。言葉が言葉である以上、決して多義性から逃れられないことの当然の帰結である。

（4）このような限定された認識については、第I部第二章で簡単に考察した。

（5）「小林秀雄文庫」所蔵本は、時枝誠記『国語学史』（岩波書店　一九六二年発行　十三刷）。引用部分はその一二五頁。太線は万年筆によるもの。

（6）引用は、「小林秀雄文庫」所蔵『本居宣長全集第九巻（増訂版）』（一九二七年刊）による。引用部上部の大きな二重山括弧は万年筆によるもの。

（7）前掲『国語学史』一三七頁

（8）『国語学原論続篇』一七四〜一七五頁

（9）音声言語における声の抑揚の持つ表現性と書記言語における文体との関係について、メルロ＝ポンティは「人間と逆行性」で、シュルレアリストやヴァレリーらに共通する言語認識に触れながら次のように述べている。引用は小林秀雄文庫所蔵『シーニュII』（みすず書房　一九七〇年刊）による。注は省略した。太線は万年筆によるもの。

彼らはいずれも、やがてフランシス・ポンジュが言語の「意味の厚み」（l'épaisseur sémantique）、サルトルが言語のもつ「意味の腐植土」（humus signifiant）と呼ぶことになるもの、言いかえれば、言語が現行の約束に従う対応関係によって意味しているものを超えて、身振りやアクセントや声のように存在の抑揚を意味するという言語に固有の能力を眼にしていたのです。そこから、クローデルが言葉という「叡知のひと口」（bouchée intelligible）と呼んでいるものまではそれほど遠くありません。マルローにとってもまた、書き方を学ぶということは「自分の声で話すことを学ぶ」ことでした。そしてジャン・プレヴォは、自分は「民法典のように」書くのだと信じていたスタンダールのうちに、言葉の強烈な意味での一つの文体《スタイル》を、言いかえれば、語や形象や話の要素などの新しくきわめて個性的な配列、記号相互の対応の新しい制度、言語の装置全体のスタンダールに固有な目に見えない歪み、長年の訓練や生活によって作り上げられ、ついに彼をして即興演奏をも可能ならしめるまでにスタンダール自身に成りきった体系、もっともスタンダール自身がほとんど気づいていないのだから思想の体系と言うわけにはいかないので、むしろ言葉の体系とでも言うべきもの、こうしたものをあばき出して見せています。

付論　方法としての文体——佐藤春夫の方法、太宰治の文体

本書第II部第五章で簡単に触れたように、音声言語の表現性を失った書記言語に、音声言語の持つ表現性を導入し独特の散文スタイルを築いた近代の作家として、佐藤春夫と太宰治を挙げることができる。ここでは、「しやべるやうに書く」という散文論を展開した佐藤春夫の小説の方法と、「饒舌体」と呼ばれる独特のスタイルによる前衛的な小説を発表した太宰治の文体について検討し、彼等が切り開いた近代の日本語散文の特徴について考えてみたい。

1　佐藤春夫の方法

本書第I部第一章などで確認してきたように、佐藤春夫は青年時代の小林がその芸術観を獲得していく上で大きな影響を受けた作家であった。また、小林とはその文学観を異にする中野重治も、転向後の厳しい状況の中で自らの青春期を振り返った自伝的小説「歌のわかれ」（一九三九・七、八）において、佐藤春夫がモデルであると一読して分かる作家「藤堂」を登場させて、主人公の片口安吉に、「藤堂」について「彼の芸術を愛してきたし愛している。そうして彼と自分とのあいだに根

本的に共通するものを感じてもきた」と語らせている。「兇暴なものに立ちむかつて行きたいと思いはじめていた」安吉は、「藤堂」とは異なる立場であるという認識によって、「藤堂」から離れていくが、大正後期の転換期に、若い文学青年たちに魅力的な作家として佐藤春夫が映っていたことがよく示されている部分であろう。

そのような佐藤春夫の文学史上の位置について、戦後文学の旗手の一人であった中村真一郎は次のように述べていた。

大正文化は顕在的には明治期の小型の完成期であると同時に、昭和期の潜在的な先駆の時代でもある、という二重の相を呈することになる。そうして、そのもっぱら顕在的な部分を代表する作家がまさに芥川であるとすれば、その二重の相をともに文学的表現に捉えた選手としてぼくの脳裡に直ちに浮かんでくるのが、佐藤春夫なのである。（中略）芥川からは新しい可能性は生れないかも知れないが、佐藤春夫は後世にとって意外に豊富な新しい芽を、意外に無視されている多くの作品のここかしこに埋もれさせているかも知れないのである。

（「佐藤春夫による文学論」一九五八・一〇）

この言葉は、決して若い作家の老大家に対する社交辞令ではない。その文学的立場を全く異にし、昭和期に入ると同時に際立った活躍をする中野や小林が青春期に共に佐藤春夫へ親炙していたこと、また中野も小林も、ともに芥川の死について冷淡であったことを思い起こすと、佐藤春夫の文学史的な意味についての中村真一郎の指摘がある事実を言い当てていたことは否定できないと思われる。

太宰治もまた、佐藤春夫と交流があったが、彼はその文体や方法においても春夫のものを受け継いだ作家であった。例えば「女生徒」（一九三九・四）のような作品に最も顕著に現れる文体も、「喋るやうに書く」と言っていた春夫の文体を先鋭化したものであるし、また「道化の華」（一九三五・五）に見られる、実生活者としての作家と語り手としての作家を分離して小説に登場させる方法も、のちに小田原事件と呼ばれることになる、佐藤春夫自身と谷崎潤一郎夫人との恋愛に端を発した一連の出来事に取材した小説の一つである「一情景」（一九二三・七）において、佐藤春夫が既に試みていたものであった。

佐藤春夫についてはこのような昭和を先取りしていた点から史的位置を把握する必要があると同時に、一般に流通している耽美的作家というイメージとは対立する理知的な面を再評価して行かなければならない。

確かに春夫の作品を見渡した時、「西班牙犬の家」（一九一七・一）や「李太白」（一九一八・七）あるいは「星」（一九二一・三）等の小説や『殉情詩集』（一九二一年刊）の文語詩にあらわなロマン派的要素がその資質の中核を形作っているといっても良いのだが、例えば代表作である『田園の憂鬱』（一九一九年刊）は、詩的陶酔を求める情動と陶酔を妨げる理知との対立がその「憂鬱」を形作っていた作品である。主人公の繊細な感情の流露と踵を接して自身の感傷を嘲弄する意識の活動が描写されている次の場面には、『田園の憂鬱』に描かれた精神像が明瞭に現れている。

秋近い日の光はそれに向つて注集して居た。おお、薔薇の花。彼自身の花。「薔薇ならば花開かん。」彼は思はず再び、その手入れをした日の心持ちが激しく思ひ出された。彼は高く手を延べてその枝を捉へた。そこには嬰児の爪ほど色あざやかな石竹色の軟かい刺があつて、軽く枝を捉へた彼の手を軽く刺した。それは、甘える愛猫が彼の指を優しく噛む時ほどの痒さを感じさせた。（中略）彼は一種不可思議な感激に身ぶるひさへ出て、思はず目をしばたたくと、目の前の赤い小さな薔薇は急にぼやけて、双の眼がしらからは、涙がわれ知らず滲み出て居た。涙が出てしまふと感激は直ぐ過ぎ去つた。併し、彼はまだ花の枝を手にしたまま呆然と立ちつくした。頬は涙が乾いて硬ばつて居た。彼はぢつと自分の心の方へ自分の目を向けた。さうして心のなかでいくつかの自分同士がする会話を人ごとのやうに聞いて居た――

「馬鹿な、俺はいい気持ちに詩人のやうに泣けて居る。花にか？　自分の空想にか？」

「ふふ。若い御隠居がこんな田舎で人間性に饑ゑて御座る？」

「これあ、俺はひどいヒポコンデリヤだわい」（傍点原文）

ここに描かれているのは、無障碍の陶酔を決して許さない、鋭敏な意識の働きと言ってよい。『田園の憂鬱』は、このような感傷と自意識との対立葛藤が見事に形象化された作品であるが、過敏で病的な意識と詩的感興との葛藤それ自体が運動として捉えられているわけではない。『田園の憂鬱』における葛藤の形象化は、主人公の意識を審美的な世界に限定することによって、そしてまた「病める薔薇」というような静止したイメージにあらわなように絵画的に掬い上げることによって、成功している。

しかし、作家はこの静的な形象化に満足することを拒否し、『田園の憂鬱』に対する批評として読むことのできる「形影問答」（一九一九・四）・「薔薇を恋する話」（一九一九・四）や、「『田園の憂鬱』がいいからと言はれてもう一度あれを繰り返すことは出来もしないししたくもない」という

「都会の憂鬱の巻尾にしるす文」(一九二三・一)の宣言に明らかな通り、『田園の憂鬱』の成功を可能にした限定を解除しようとする。『田園の憂鬱』に続く春夫文学の第二期は、抒情を拒否し、詩的統一を破壊していく過程として規定することができる。そしてこの時期の春夫文学においては、小田原事件ものと呼ばれる一連の作品群が、とりわけ重要である。

詩的統一を拒否する理知の機能が増大していくことは恐らく佐藤春夫の資質として必然的な方向であったが、小田原事件が、その変化を加速したことは否めない。また、先にふれた太宰治が多様な方法を学んだと思われるのも、様々な方法的試みがなされるこの作品群だからである。ここで取り上げる「旅びと」は、これらの作品群の中で小品ながらも、様々な方法が駆使された、佳作である。

※

「旅びと」(一九二四・六)は、一九二〇年六月に行われた台湾への旅を素材とした旅行記風の小品で、十五の章からなる、なかなか複雑な小説である。先ず冒頭部分を見ておきたい。

「いらつしやいまし、さぞお暑うございましたでせう。——さきほどからお待ち申し上げて居りました。それでも大へんお早いお着きで……」

——と、かうその女が言つたと言へば、君たちは愛想のいい宿屋の女中がお世辞を言つたと思ふでせう。それに違ひないのです。ただ、それだけの言葉がしんみりとした味に受け取れたと思ひたまへ。

いい女かいつて？

いづれ殖民地の宿屋の女中だらうつて？

さう何もかも、一ぺんぢや返答に困る。一つ、ゆつくりと話す。――だが、断つておきますがね、何でもない事なのです。

（一）

この冒頭に明示されているように、小説はかつての台湾旅行の思い出を、読者の反応や好奇心を先回りしながら、話して聞かせるというスタイルで書かれている。このことによって語り手は、旅行者あるいは主人公としての自己と距離をもつことが可能になる。そして、そのような視点から、語り手は分不相応に賓客扱いされて日月潭へむかう道中を、お道化ながら語っていく。

しかし、徐々に寂れた風景の山中に入っていくにつれて語り手の饒舌は減少して行き、語り手と主人公との距離は短くなり、旅行当時の視点に密着して描写するスタイルに切り替わっていく。これにより、例えば、前半部では「私は放れ島にゐる意識で郷愁をつのらせながらすくみ込んでゐた」（二）というような回想として語られていた旅愁が、次のような表現を得ることになる。

（十一）

ただ女の顔が瓜実形にほの白く浮いてはゐる。いつの間にこんなにとつぷり暮れてしまつたのだらう。このひやりとする風の具合と言ひ、まるで秋の夕暮れではないか。いや、全く秋には違ひないのだ。もう九月の半もすぎた。この島でこそ無窮の夏だが、内地ならもう昼だつて秋風だ。

――ふと故郷恋しの思ひがあつた……

冒頭に見られた軽口とは対照的に静かに描出されるこの感懐によって、宿の女中の「あはれ」な美へ寄せる主人公のほのかな恋情が呼び起こされることになるのだが、そのことについて考える前に春夫文学の美の造形法について触れておきたい。

この小説において、名勝日月潭は次のように描写されている。

> 水そのものが重たく沈殿して、色さへも、明るい空を反映してさへもどんよりと物憂い。その投げやりな物憂さが、しかし明澄な水よりもなかなかに哀れである。好しと思ふ。卓抜な文人画風の絵巻は気韻を帯びてぢぢむさい。心細さが、しかし人の心を救ふ心細さだ。（七）

この部分からは、目の前に広がる湖を「文人画風の絵巻」に譬えることで、その美を提示していることが分かる。対象である自然を、芸術という人工性のヴェールを通して描写しているのである。あるいは、自然の中から芸術性を浮かび上がらせることによって、美を提示していると言ってもよいかもしれない。

春夫文学の美を成立させるこの方法は、『田園の憂鬱』においても「薔薇の色と香と、さては葉も刺も、それらの優秀な無数の詩句の一つ一つを肥料として己のなかに汲み上げ吸ひ込んで――それらの美しい文字の幻を己の背後に輝かせて、その為めに枝もたわわになるやうに思へるほどである。それがその花から一しほの美を彼に感得させるのであつた」（傍点原文）と明示されていた。

春夫文学の重要な特質と考えられるこの美の造形法は、主人公に淡い慕情を起こさせる女中の描写においても同様に機能している。女が幾度かの堕胎を経験していることを耳にした後、女の口から身の上話を聞いた主人公は「江州長浜の糸とり娘といふのが、あたりの景と情とに対して妙に支那めいた牧歌のやうな気持ちを私に感じさせた」という感慨を洩らしているが、この主人公の感慨によって、彼女の生きてきた実際の生活には、「支那めいた牧歌」という芸術的ヴェールが被せられることとなる。作者は、彼女の体験した労苦を覆い隠すことによって、女中の「あはれ」な美を生み出しているのであり、読者はこのフィルターを通した「美」より他に受け取ることはできない。いわば、この女性の現実に迫ることは禁止されているわけである。小説に描かれているこの女の美しさは、彼女の現実へは決して眼を向けようとしないこの主人公のロマン派的気質によって創造されたものにほかならない。

佐藤春夫は、この台湾旅行に取材した紀行や小説をいくつか書いているが、この小説の素材となっている出来事を記した紀行文「日月潭に遊ぶ記」(一九二一・七)の中にも、宿の女中について述べた部分があり、それと較べると、小説における作者の作為がよりはっきりと分かるので見ておきたい。「日月潭に遊ぶ記」では、この女性は次のように描かれていた。

唯妙に淋しさうに目を伏せて笑つた。この表情が旅愁を持つた私の心へほんのちよいと触れた。この女といふのは年は二十二(三にはまだなるまい)ばかりで、色の少し蒼白い優しさうな膚でその代りには顔には一面にそばかすがある。少し面長で、ちやんとした顔立ちだ。全体に汀に垂れて咲いてゐる花のやうに切なげでいぢらしい表情があつて、こんな山の中の宿屋の女中にしては品位もある。とぎれとぎれに少しせき込んで口を利く癖があつて、その人に与へる感じには頼りなげな寄りすがるやうな調子がある。顔の上の半分が自分の好きな或る人に心持似てゐる。

小説にも、ちょうどこの場面に対応する表現がある。

無理に笑つてゐるので、見てゐてへんに、たとへば懸崖にうつぶせに生えて、しかし日を望んで身をねぢらせて咲いてゐる花かなどのやうに切なげだつた。私はその女の顔をまともに見た。女は水の上へ目をそらしてしまつた。（十）

「日月潭に遊ぶ記」では、女性が日月潭のほとりの宿にいることから「汀」という場所が示され、淋しそうな表情が「垂れて」という状態に対応する形で「花」の比喩によって女性が描かれているのがわかる。一方、小説では、崖にうつ伏せに生えながらも日に向かって咲く花の比喩となっている。主人公は、逆境にもかかわらず明るく生きる、というような、この女性から主人公が引き出した観念を象徴する美的イメージをみずから作り出しているが、この比喩は「日月潭に遊ぶ記」とはその性質が異なっている。ここでの表現は、女性の生活の場や表情といった事実から引き出されたものではなく、主人公がこの女性から抽象した観念に対応したものとなっているからである。この主人公の視線は、女性のあるがままの姿を捉えようとはしていない。

また、容貌に関しては、「日月潭に遊ぶ記」では肌の色やそばかすの他に「顔の上の半分が自分の好きな或る人に心持似てゐる」という点が確認されている。ほぼ同様の情報が小説にも記されているが、「好きなひと」との類似の示し方が若干異なる。小説では次のように記されている。

色が白い。だがそばかすがある。整つた顔立ちで、まるで違ふのに、おもかげがどこか、さつき言つた私の大好きなひとに似ないではない。が、それだけの事だ。別に恍とも惚ともしなかつた。（八）

小さな相違であるが、「日月潭に遊ぶ記」では容貌の具体的な部分の類似が指摘されているのに対し、小説では容貌ではなく、全体的な「おもかげ」の類似を主人公が感じ取っている表現となっている。顔立ちの一部が似ているということは、その他の部分は似ていないというメッセージを含意する可能性がある。部分的な共通性ではなく、「おもかげ」が「似ないではない」という表現によって、「恍とも惚ともしなかつた」という主人公の言葉に嘘はないとしても、この女性と「好きなひと」とは否応なく重ね合わせられることになる。だからこそ、主人公はこの女中に心惹かれるのである。

次に引用するのは、その夜、嵐の後に月が出たことを彼女が主人公に知らせに来た場面の描写である。

女も月のことを言ふのだ。女はいつの間にか私のうしろに、殆ど私と並んで立つてゐる――一枚の戸の隙間から人がふたり外を見るのだ。すれ〲に近い。

で、話の主人公たる旅人はその女の肩に手をかけたかい――つて？　僕より君の方が小説家だね。全く君の言ふとほりの方が小説らしい。が――事実は、私はたゞ、蝌を出てから思ひ出して新しく吸ひつけた煙草の吸ひがらを、ひよいと外へ投げただけだつた。（中略）――正直にいふが、どうも少し平静を欠く二三分だつた。

ここは二人の関係が小説中最も接近する場面であるが、冒頭部からこの場面に至るまで徐々に減少しつつあった、現在の語り手と主人公との距離が、読者の期待を予想し読者に語りかける語り手の言葉によって、再び最大限にまで拡がっている。語り手はみずからの心の揺れを正直に告白しているのだが、一方で旅行当時の主人公の心情と、その心情から読者が期待する人間関係の展開を小説論的に批評し、読者の通俗的期待を裏切っていく。同様の表現は、その翌朝、宿屋を出た後に語られる主人公の次のような感懐にも見ることができる。

ふとクリスチナ・ロセツチに詩があつた事を思ひ出して、その原詩はさつぱり思ひ出さないやつを、私は駕籠の上でいいかげんに口ずさんでみた――

「いざさらば」むかしはをとめ子、こひ人を戦の庭におくるとてかく言ひぬ。

「いざさらば」いまははたごの厨女《くりやめ》が、朝戸出の朝の旅びとがうしろでに言ふ。　（十四）

何？　うまい訳詩だつて？　その調子ぢやその女とも一緒に月を見ただけぢやなさゝうだつて？

君にギリシヤだかラテンだかの格言を一つ教へよう――「疑ふ者に恥あれ」しかし、私は考へるのさ。あそこに私が一ケ月あの女と一緒にゐたとしたら、私は今この格言を君に教へることが出来るかどうか――全く。

しかしだね。私の心にふれたものは、それはあの女ぢやなく、あの女の抱いてゐたその悲しみではないだらうか。私はその時の魅惑の正体を今はさう解釈してゐる。

――殖民地にゐる男たちが、あの女に心を牽かれるとしたら、私にはそれが何だかひどく面白い。――旅びとは道の辺の秋草に目をとめるよ。さうして私は、嵐の次の朝に砕けてゐる秋草を見たのであつたらう。　（十五）

小説はここで閉じられるのだが、台湾彷徨当時の感興がクリスティナ・ロセッティの詩「FORGET ME NOT」の訳を口ずさむことによって表現される一方で、現在の語り手のお道化た饒舌によって、主人公の甘い抒情は破壊される。主人公はあるがままの彼女に惹かれたのではなく、彼女から引き出した観念に惹かれていたのではないか、との認識を提示する語り手の手際は見事というほかない。

ここでも語り手は、この女性を「嵐の次の朝に砕けてゐる秋草」という比喩で捉えているが、「嵐」は主人公が日月潭に着く前に台湾に吹き荒れた台風を受けた表現であると同時に、「嵐の次の朝に砕けてゐる秋草」という句は、植民地台湾に来て以来、この女性の身に降りかかった事件とそれによって傷ついた女性の状況を受けている表現でもある。しかし、このような比喩表現は、この女性の経験してきた現実を美化することで覆い隠し、女性を「秋草」という寂しさや悲哀感を喚起する美的イメージの中に押し込めてしまうことになる。

なぜ、語り手はこのような表現を繰り返し示すのか。自分が決してこの女性の現実を見ていなかったことを語り手は強調しているかのようである。一方で、「今はさう解釈してゐる」という言葉は、台湾旅行当時の主人公は、そのような認識を必ずしも持ってはいなかったことを示唆している。「旅びと」としての主人公「私」と語り手「私」との間にある、このような差異は何を意味するのか。

ここまで触れずにきたが、ここで、主人公の台湾旅行の動機について確認しておきたい。それは作品中に次のようにはっきりと示されていた。

私には別に大へん好いてゐるひとがゐた。それから大へん好かない女房がゐた。今だから言ふが、さういふことで思ひ屈して台湾三界へ放浪しに出たのである。

（五）

恋愛と家庭生活との危機から一時的に逃避するための旅行であったことが明示されている。佐藤春夫と谷崎潤一郎との千代夫人をめぐる、いわゆる小田原事件は、この小説の素材となっている一九二〇年の台湾旅行の後、春夫が米谷香代子と別れ、小田原の谷崎宅に滞在しているうちに千代夫人との恋愛が進行し、翌一九二一年に起こったわけだが、ここに記されている「大へん好いてゐるひと」が当時の谷崎夫人千代であり、「大へん好かない女房」がこの旅行の後に別れた米谷香代子であることは、当時の読者も知っていたであろう。台湾旅行当時、千代夫人への恋情はまだ春夫の心中に秘められており、旅行後に思いは相手に通じるのだが、結局、旅行の翌年には恋人も友人も失なってしまう。春夫はこの直後から、この事件とその後の作家自身の私生活を素材とする詩や小説を執筆していくが、それらは友人から敵へと変わった谷崎には「挑戦状」（「佐藤春夫に与へて過去半生を語る書」一九三一・一一〜一二）のように映り、閉口するほどのものであったようである。

しかし、ここで考えたいのはモデル問題や彼らの間に起こった出来事の事実関係ではなく、この小説発表時の作者の状況である。「旅びと」が発表されたのは、関東大震災の翌年、雑誌『新潮』一九二四年六月号であるが、年譜によるとその年の三月に、春夫は小田中タミと結婚している。つまり、この小説執筆の時点では、谷崎夫人千代とのことは既に過去のものとなっていなければならなかったのである。このような作家の伝記的事実を踏まえると、この作品に複雑な構成が要求されていた理由が浮かび上がってくるように思われる。

この小説は、旅行時と語りの現在との時間的差異を際立たせるスタイルで書き始められていたが、かつての自分を諧謔を交えて批評的に提示する語り手は、女の美しさと彼女に惹かれた当時の心情を形象化する必要から小説の中程では影をひそめ、旅行時の視点にほぼ統一されるが、最終部で再び冒頭部と同様のスタイルに戻り、女の現実を見ていなかったとして、かつての「私」の観念性が語り手によって指摘されていた。こうした小説の構成を要請したものは、女の美しさも彼女に寄せる「私」のほのかな恋情も思い出として過去の中に封じ込めようとする、小説発表時の作者の強い意志であったと考えられる。

そしてまた、一九二一年から一九二二年にかけて執筆された、小田原事件に取材した小説『剪られた花』の次のような一節を参照する時、「旅びと」に描かれている女性が「大へん好いてゐる人」に似ているという特徴は、彼女に対するほのかな恋情を主人公に喚起させる、単なる方便ではないことが分かる。

> 私は今まであまりに詩を愛しすぎてその代りに人生をおろそかにした。そのために私は重ね重ね人生そのものから罰せられたやうな気もする。私はいつもその時々の夢を追うて本当のものは何も見ないで来たのだ。私があの女を愛したのだつて、或はあの女そのものではなくてあの女の不幸をであつたかも知れない。その不幸が、その悲しみがただ私のものに似てゐたからであつたかも知れない……。

この事件が春夫の芸術観や人生観を根底から覆すようなものであったことが覗える文章であるが、「私はいつもその時々の夢を追うて本当のものは何も見ないで来たのだ。私があの女を愛したのだつて、或はあの女そのものではなくてあの女の不幸をであつたかも知れない」という、千代夫人との恋愛を事件後に振り返っての考察は、自信のない推量表現から確信を持った表現へと変わっている点を除けば、「旅びと」の末尾に示されている認識と完全に一致している。

紀行文「日月潭に遊ぶ記」の描写とは異なって、「大へん好いてゐるひと」に「おもかげ」が似ているという特徴を作中の女性に与え、さらにその女性の現実を主人公が捉えていなかったという語り手の認識は、作者の現実においては、この女性から反対に「大へん好いてゐるひと」に対する認識へと投影され、その観念性を確認させるものであったと考えられる。つまり、「大へん好いてゐるひと」に対する恋情を、この語り手が旅で出会った女性に対したのと同様に、自らのロマンチックな観念性に起因する幻像として過去の中に封じ込めることを作者は試みていたわけである。（しかし、現実はそう簡単にはいかない。実際には、「旅びと」執筆から六年後の一九三〇年、春夫は千代への想いを遂げ、谷崎と別れた千代と結婚する。）

以上、「旅びと」の女性造形の方法とその意味について若干の考察を述べてきたが、最後に、この小説に見られる植民地先住民に対する主人公の視線について簡単に触れておきたい。

作中には、主人公たちが、日月潭を舟で渡り、観光資源と化している水社の民族舞踊を見に行く場面がある。その場面で語り手は、水社の先住民が生きていくために支配者に迎合している様子を描くとともに、霧社の反乱事件に先鋭化して現れている支配者と被支配者との本質的な対立の構図を浮かび上がらせるような発言を行い、翻って支配者側の立場にある自らの圧倒的優位性に対する批評的視点をも提示している。この主人公の政治的批評意識は、同じ水社の民族舞踊を見ての感想が記されている野上弥生子「台湾」（一九四二・八）などと較べても、遙かに鋭敏である。春夫は、その資質の故か、具体的な政治制度を点検したり、自らの感性が捉えたものを政治思想に練り上げていくことはせず、例によって、先住民の「悲しみ」を描くところで止まってしまっているが、ここにも、叙情と理知との対峙あるいは拮抗という春夫文学の特徴が現れている。そして、この抒情と理知との葛藤のかたちこそ、佐藤春夫の文体《スタイル》にほかならない。

2　太宰治の文体

太宰治の文体、特に饒舌体と呼ばれるスタイルについて考察する際に、初期の代表作である「道化の華」（『日本浪曼派』一九三五・五）を避けることはできない。この作品の最大の特徴は、太宰自身が「川端康成へ」（一九三五・一〇）で述べているように、「『僕』といふ男の顔を作中の随所に出没させ」た点にあろう。小説の語り手でもあり、また作者の役割をも引き受けている「僕」という人物の特徴は、次のような部分に顕著に現れている。

　僕は後悔してゐる。二人のおとなを登場させたばかりに、すつかり滅茶滅茶である。葉蔵と小菅と飛騨と、それから僕と四人かかつてせつかくよい工合ひにもりあげた、いつぷう変つた雰囲気も、この二人のおとなのために、見るかげもなく萎えしなびた。僕はこの小説を雰囲気のロマンスにしたかつたのである。はじめの数頁でぐるぐる渦を巻いた雰囲気をつくつて置いて、それを少しづつのどかに解きほぐして行きたいと祈つてゐたのであつた。不手際をかこち

> つつ、どうやらここまでは筆をすすめて来た。しかし、土崩瓦解である。
> 許してくれ！　嘘だ。とぼけたのだ。みんな僕のわざとしたことなのだ。書いてゐるうちに、その、雰囲気のロマンスなぞといふことが気はづかしくなつて来て、僕がわざとぶちこはしたまでのことなのである。

「僕」は自ら設定した小説の登場人物たちの言動やこの小説のモチーフについて次々と自己言及的に言葉を積み重ねていき、ついには自ら発した言葉について「嘘だ。」と評する。この「僕」の語り口には、嘘つきのパラドックスによって真偽の測定を不可能にしていく韜晦の所作や、鋭い自己批判・自己意識によって自己を紛失していく運動の過程を認めることができる。いわゆる自意識過剰の饒舌体の典型的なスタイルである。

　こうした特徴を持つ「道化の華」が発表されると、既に「ロマネスク」（『青い花』一九三四・一二）などに注目していた佐藤春夫は、虫垂炎の予後療養のため経堂病院入院中の太宰に、山岸外史を介して「ほのかにあはれなる真実の蛍光を発するを喜びます。恐らく真実といふものはかういふ風にしか語れないものでせうからね」（傍点権田）と「道化の華」の語り方に言及してその読後感を伝えた。[1]

　春夫はこうして直接太宰を励ます一方で、第一回芥川賞に太宰を推していた。この第一回芥川賞選考の経緯は、太宰の「川端康成へ」に応える形で書かれた、川端の「太宰治氏へ芥川賞に就て」（一九三五・一二）に詳しい。それによれば、「逆行」の方がよいと判断した川端の意見が予選担当者滝井孝作に伝えられ、滝井が「道化の華」を捨て「逆行」を本選に残して選考が進められた。しかし、最終決定の席で春夫が「逆行」ではなく、「道化の華」の太宰を支持すると言い出し、多少のやりとりがあったらしい。自らの推薦にもかかわらず、選にもれた太宰を、春夫は「芥川龍之介賞選評」（一九三五・九）で「僕は本来太宰の支持者であるが予選が『逆行』で『道化の華』でないのは他の諸氏の諸力作が予選に入つてゐるのに対して大へんそんな立場であると思ふ」と弁護している。しかし、結局、春夫も石川達三「蒼氓」を「諸家がこれを推すのを見て一票を入れる気になつた」ようである。「道化の華」が本選に残っていれば、春夫はまた違った対応を取ったかも知れないが、予選の経緯や選考対象が「逆行」であったことから退いたと考えてよいだろう。「道化の華」が発表された当時、その価値をもっとも高く評価したのは、既成文壇の中では、佐藤春夫であった。こうしたことから、第一回芥川賞発表後、しばらく経った八月二十一日、太宰は初めて小石川の春夫を訪ねる。以後一年あまりの間、二人は親密な交流を重ねる。

太宰との交流が始まった後だが、春夫は「尊重すべき困つた代物」（一九三六・四）で、太宰の諸作に「芸術的血族」を感じ、「『道化の華』の発表されるのを見て自分は心中で果然！　と会心の思ひがあつた」と述べている。春夫のこうした言葉は文字通りに受け取ってよいと思われる。春夫は確かに、「道化の華」の血族とも言えるような小説を書いていたからである。小田原事件の後日談ともいえる小説「一情景」（『新小説』一九二三・七）である。

「一情景」は、主人公「小説家並木秋三君」のモデルが佐藤春夫自身であり、「並木君」のかつての友人「小説家前田絢太郎君」のモデルが谷崎潤一郎であることが、一読して明らかな小説である。小説は、「並木君」が書きかけの小説を放り出し散歩に出かけ、「前田君」がその妻の妹と一緒にいるところに出くわした場面を、語り手の「私」が「君」に向かって実況中継的に語るという形式を採っている。三人が出くわした場面のぎこちない動きと心理を描いた後、語り手は「さつきからのこの腑に落ちない一情景を合点するためには、小説家並木秋三君と同じく小説家前田絢太郎君との間柄に就て、たとひその輪郭をだけでも、君は知つてゐなければならない」と「君」に語りかけ、小田原事件として知られている事件の概要を、「前田君」の妻をめぐる「並木君」と「前田君」の関係として説明する。そして、「たうとう、前田君と並木君とは口も利かないやうな間柄になつてしまつた。終局を美しいものにしなかつた事に就ては、それを前田君から聞けば並木のせいだといふかも知れない。私は前田君からはまだ聞いたことはないが、並木君からは聞いた」と言い、「並木君」から聞いた言葉を引用さえしている。

　こうした点に明らかなように、「一情景」は、春夫自身をモデルとして「並木秋三君」を造型する一方で、小説の語り手を「並木君」とは別人格の「私」として造型した点に、小説形式としての特徴を持つ作品である。この点において「一情景」と「道化の華」とは同様の方法に拠っていると言ってよい。もちろん「道化の華」の「僕」の特異性は、自ら記した小説の文章や、大庭葉蔵という主人公の名前、あるいは小説形式に対して異様に饒舌である点にあり、その点では「一情景」の「私」とは確かに異質である。「一情景」の「私」も、お道化た、しゃべるような語り口で、「並木君」の行動や心境、ときには小説家「並木君」の小説制作意識をも語っていくが、語り手である「私」自身の語りを意識化した自己言及的な発話は行わないからである。

　両者のこの相違は確かに小説の性格を論じる際には、無視してはならないであろう。「一情景」

の「私」は「小説家並木君」を対象化する装置の水準にとどまるのに対して、「道化の華」の「僕」は「大庭葉蔵」と癒着した作家の自意識が造型されたきわめて複雑な登場人物となっているからである。言い換えるなら、「道化の華」の前衛性も時代性も、春夫の「一情景」と同様の小説形式を持ちながら、それとは異なる性格を語り手に与えた点にあり、その形式的な類似点にはないということである。しかし、太宰自身をモデルとする大庭葉蔵と小説の作者「僕」を分離させたところに、その最大の形式的特徴を持つ「道化の華」が、春夫の「一情景」という先行する作品を持っていることは文学史上の事実として確認しておく必要があるだろう(2)。

※

春夫と太宰との関係は、太宰が「創生記」(『新潮』一九三六・一〇)を発表したことによって決定的な亀裂が入るが、「創生記」を受けて執筆された「芥川賞——憤怒こそ愛の極点(太宰治)——」(『改造』一九三六・一二)においても、春夫は自作「芥川賞」のモチーフを「僕は今太宰治を異常に憎悪してゐる。しかし同時に彼の無比な才能を讃歎してゐる。この矛盾が自分のこの作をする動機である」と述べていた。ここで春夫に「憎悪」と「讃歎」とを感じさせた太宰の「無比な才能」こそ、初期の太宰文学を特徴付けるものにほかならない。春夫にそのような感情を起こさせた「創生記」はいかなる「才能」を示した作品なのであろうか。

「創生記」は、同時代には中条百合子が「文芸時評」(『東京朝日新聞』一九三六・九・二七)で「封建風な徒弟気質」を厳しく断罪したように、作中の「山上通信」に焦点があてられ、佐藤春夫と太宰治との師弟関係ならびに「芥川賞」をめぐる暴露小説として受容され物議をかもしたが、近年は「道化の華」をはじめとする初期の「私小説」風メタフィクションの場合と同様、混乱と見られていた表現の中から精緻な方法意識を析出したり(3)、哲学的意味を探求する読み(4)へと移ってきている。

しかしながら、この小説が冒頭から「佐藤ヂイサン」と呼ばれて登場する佐藤春夫をはじめとして、林房雄、石坂洋次郎、葛西善蔵、島崎藤村、島木健作、小田嶽夫、川端康成、杉山平助、中村地平、井伏鱒二など、当の太宰治も含めて、実在の人物が太宰との距離に応じて、多数登場する「実名小説」であることもまた、紛れもない事実である。なかでも佐藤春夫はこの小説で最大の役回りを演じさせられている。「創生記」はそもそも、カタカナで書かれたこの小説の冒頭部を佐藤春夫が読む場面から始まる。

> 太宰イツマデモ病人ノ感覚ダケニ興ジテ、高邁ノ精神ワスレテハヰナイカ、コンナ水族館ノめだかミタイナ、片仮名、読ミニククテカナハヌ、ナドト佐藤ヂイサン、言葉ハ怒リ、内心ウレシク、ドレドレ、ト眼鏡カケナホシテ、エエト、ナニナニ？——海ノ底デネ、青イ袴ハイタ女学生ガ昆布《コブ》ノ森ノ中、岩ニ腰カケテ考ヘテヰタサウデス、エエ、ホントニ。

「太宰イツマデモ病人ノ感覚ダケニ興ジテ、高邁ノ精神ワスレテハヰナイカ」という書き出しの一節は、この作品に対する他者の批評を先取りするものである。この冒頭部は「病人ノ感覚」に対して太宰が十分に自覚的であることを示すと同時に、読者にも「病人ノ感覚」に対する注意を喚起するものとなっている。そうした批評を佐藤春夫にさせつつ、春夫を「佐藤ヂイサン」と呼び、茶化しながら読者を小説世界に引き込む手腕は並みのものでない。
「創生記」第一断章の潜水夫が水死者を発見する場面を、当の春夫は「異様に幻想的なあの作全体を幻想化するだけの用意を示してゐる部分」として理解し、「太宰に言はせたら既にあの部分で読者をすつかり幻想の世界に誘導してゐる以上、後の芥川賞に関する部分の妄想なる事は断る必要がないと逃げるかもしれない」と、小説の布置に配慮した太宰の計算を見抜いた読みを示している。このような読みは、太宰文学の理解者としての春夫の見識を示すに十分であろう。[5]「創生記」の戦略について春夫は、「芥川賞」で次のように指摘している。

　事実を事実として知つてゐる自分は、事実が太宰の文章の上で（或は頭脳の中で）どれだけ歪曲されて妄想化されてゐるかを明細に知つてゐる。しかし事実も全然知らない読者が、身辺雑記――事実そのままの小説（この拙作などがその最適例）が行はれてゐる今日、妄想小説をも錯覚によつて事実小説と早合点することはありさうな事である。恐らく太宰はその逆効果を覘つてゐるものらしい。このトリックはこの作で忌々しい程効果を挙げてゐる――いや読者が進んでこのわなに陥ちて行くやうに、仕掛けられてある。

「妄想」を「事実」として受け取らせる「逆効果」を狙った「トリック」の指摘は、表と裏が対立するのではなく連続してしまうメビウスの輪のように、虚構と事実を連続させている点に「創生記」の特徴があることを指摘したものであろう。「創生記」で述べられている出来事を、読者が事実と思い込むのは勝手であるが、「創生記」が虚実の対立を無効とするような方法的な仕掛けを持つ小説[6]であることはみじんもゆるがない。春夫が太宰の「無比な才能」を認めざるをえなかったゆえんであり、また小説の記述を事実として受け取った中条百合子の読みを「愚劣な錯覚」として批判するゆえんでもあろう。ただし、中条に代表される反応が示す通り、こうした小説の戦略が、実名を用いている以上、この小説を読む多様な読者に対して現実的に有効なものとして機能するかどうかは、作者の手腕の領分を超える。そして、この点については作品が発表される以前から懸念されていたようである。

「創生記」は全部で十九の断章からなっているが、最終の第十九断章は、当初第十八断章までで完結していた「創生記」に、急遽付け加えられたものであった。最終断章は八月下旬（日付未詳）船橋発信の、『新潮』編輯部楢崎勤宛の書簡で「いろいろと、苦しき都合、起りました。別封の二枚、十月号創作「創生記」末尾に（一行アケテ）付加して下さい。万難廃して付加して下さい。懸命にたのみます」という文面とともに送付された。(7) 楢崎宛書簡の文言から判断すると、この部分は小説の外部要因によって書かざるを得なくなった、佐藤春夫に対する弁明と考えてよいだろう。(8)

最終断章には、作中の「山上通信」の内容を杉山平助がうろ覚えのままに「東京のみんなに教へ」たことから、「佐藤先生」が困るのではないかと心配した井伏たちが太宰を問いただした場面が描かれている。そこに記されている「山上通信」に対する「太宰」の弁明は、次のようなものである。

けれども、先生、傷がつくにも、つけやうがございませぬ。山上通信は、私の狂躁、凡夫尊俗の様などを表現しよう、他にこんたんございません。先生の愛情については、どんなことがあらうたつて、疑ひません。こんどの中外公論の小説なども、みんな、——

「山上通信」が佐藤春夫に傷をつけるにも、つけやうがない、「太宰」の「狂躁」を表現しようとしたもので他意はない、という弁明に続けて、「太宰」に対する「先生の愛情」までも期待する物言いは、冒頭の「佐藤ヂイサン」の描写を思い起こすと、虫の良さにあきれる向きもあるかもしれない。しかし、春夫を「佐藤ヂイサン」とも「佐藤先生」とも呼ぶ語り手の振幅こそ、「狂躁」あるいは「病人ノ感覚」の現れであり、この作品の狙いであろう。その意味で、「山上通信」が語り手の「狂躁」とも呼ぶべき心理の表現であってそれ以外のものではない、という弁明の主たる論理は、期せずしてこの作品に対する作者自注ともなっている。

「山上通信」が芥川賞をめぐる「太宰」の「狂躁」の表現であるように、「創生記」という小説全体もまた、文壇的野心とも芸術的野心ともつかない思念や、夫婦喧嘩の口論のありさまが、必ずしも脈絡が明確ではない断章の集積によって、矛盾や混乱もいとわずしゃべり散らされており、作者太宰の「狂躁」の表現となっている。当初からこの小説が「錯乱」を描くことに焦点が当てられていたことは、この小説が「白猿狂乱」とのタイトルで構想されていた事実が示す通りである。(9)

もちろん、作者は「病人ノ感覚」にも「狂躁」にも十分自覚的であり、「創生記」に見られる混乱や脈絡のなさは、作者が意図的に構成したものである。(10)パビナール中毒治療中の場面が挿入されていることもあり、かつては「創生記」の記述の混乱はパビナール中毒ゆえのものとも受け取られていたようであるが、この小説の作者は決して中毒症状ゆえの錯乱に陥っていたわけではない。佐藤春夫を小説の冒頭部で「佐藤ヂイサン」と呼び、「山上通信」以後では「佐藤先生」と呼ぶ小説の結構ひとつとっても明らかなように、「創生記」は断章の配列や、表記の細部に至るまで計算されており、作者の方法意識は明瞭である。この小説の「錯乱」や「狂躁」の多くは、語り手の脳裏に浮かんだ思考を論理的に整えることを忌避し、浮かび来るままに羅列していく「意識の流れ」の手法による記述に基づいており、小説の「狂躁」はこうした方法以外に根拠を持つものではない。「意識の流れ」の手法はこの小説の随所に認めることができる。たとえば、第十四断章の次のような箇所である。

このやうな客観的の認識、自問自答の気の弱りの体験者をこそ、真に教養されたと言うてよいのだ。異国語の会話は、横浜の車夫、帝国ホテルの給仕人、船員、火夫に、――おい！　聞いて居るのか。はい、わたくし、急にあらたまるあなたの口調をかしくて、ふとんかぶつてこらへてばかりゐました。ああ、くるしい。家人のつつましい焔、清潔の満潮、さつと涼しく引いた様子で、私も内心ほつとしてゐた。それは残念でしたねえ、もういちど繰り返して教へてもいいんだが、――。家人、右の手のひらをひくい鼻の先に立てて片手拝みして、もうわかつた。いつも同じ教材ゆゑ、たいてい暗誦して居ります。お酒を呑めば血が出るし、この薬でもなかつた日には、ぼくは、とうの昔に自殺してゐる。でせう？

この部分では、「私」や「家人」の発話と行動および「私」の内部意識が弁別されることなく、一様に時系列に従って描写されている。この断章に続く第十五断章も同様の手法に基づいているが、夢と現実との対立を解消するシュルレアリスムの方法とも近接する、このような「意識の流れ」の手法は、既に「ダス・ゲマイネ」（一九三五・一〇）の第三章末尾において、語り手である「私」（佐野次郎）が死亡する場面で典型的な形で用いられていた。「意識の流れ」の手法は後の「女生徒」

（一九三九・四）や「駆込み訴へ」（一九四〇・二）などでより洗練されていく、[11] この作家のスタイルの基盤となっていることをここで改めて確認しておきたい。

そしてそれらの作品に顕著に見られる太宰の饒舌体と呼ばれるスタイルは、近代以後の口語文章の推移という視点から見るならば、「しやべるやうに書く」ことを提唱した春夫の口語文章論の延長線上にあることも、否定しがたい事実であろう。つまり、太宰治の小説の方法でもあり文体でもある「饒舌体」と呼ばれるスタイルは、小説の方法論においては「意識の流れ」の延長線上にあり、また日本語散文のスタイルの点においては佐藤春夫の「しやべるやうに書く」という散文論の延長線上にあるということである。太宰の「饒舌体」とは、語り手の自意識過剰を動力源として動き出すこの二つの方法を駆使した言葉の姿態の謂いである。

注

（1）春夫は「道化の華」の読後感を、六月一日付山岸外史宛書簡によって太宰に伝えた。この春夫の山岸外史宛書簡の全文が、『晩年』（砂子屋書房　一九三六年刊）の帯の表紙側に記されることになる。

（2）太宰が「道化の華」執筆時点でこの小説を読んでいたかどうかは定かでないが、後年の座談会「現代小説を語る」（一九四七・四）で、平野謙、坂口安吾、織田作之助が佐藤春夫に対して否定的な発言を繰り返している中で「『侘びしすぎる』といふのはやはりいいと思つた」と発言しているのが注目される。「一情景」は、『侘びしすぎる』（改造社　一九二三年刊）に収録されている。

（3）中村三春「小説のオートポイエーシス」（『太宰治研究』一九九六・一一）

（4）花田俊典「『創生記』—憤怒こそ愛の極点」（『解釈と鑑賞』二〇〇一・四）

（5）浅見淵「佐藤春夫と太宰治」（『早稲田大学新聞』一九三六・一一・二五）は、「作家としての太宰治の人物や芸術に関しては一点だつて誹謗してゐるところはない。のみならず、なかなか我々には正体の摑めぬ太宰治の姿を、流石に佐藤氏はよく摑んで髣髴と描いてゐる。立派な作品ですよ」という壇一雄の「芥川賞」評を伝えている。

（6）この小説の直前に発表された「虚構の春」（『文学界』一九三六・七）も、実名がいくつか用いられている同様の性格を持つ作品である。「虚構の春」は、実在の人物から太宰に宛てた現実の手紙そのものと、現実の手紙を太宰が加工したもの、さらには虚構の人物の手紙とをこき混ぜて構成された作品であるが、小説発表後、太宰は井伏鱒二から書簡掲載に関して叱責されていた（一九三六年七月六日付井伏宛太宰書簡）。

（7）『太宰治全集第二巻』（筑摩書房　一九八九年刊）の山内祥史「改題」は、第十八断章までの「原『創生記』」は八月中旬までに『新潮』編集部に送付され、最終断章は八月二十六日以後谷川温泉から下山し井伏鱒二宅を訪れた後、八月末に脱稿したと推定している。

（8）小説の記述通りに井伏の強い指示によって、この最終断章が追加された可能性が高い。ただし、この最終断章も「太宰」が「こんどの中外公論の小説なども、みんな、——」と言いかけたところから、発話者の明示されない会話へと流れていき、「だんだん象棋の話だけになつていつた」という文で閉じられており、佐藤春夫に対する現実的な弁明としては、十全に機能しているわけではない。太宰お得意の「竜頭蛇尾」の結末部には、現実の論理の前に小説の方法を敗北させることを潔しとしなかった小説家太宰の意地を見ることもできる。

（9）一九三六年七月二十七日の佐藤春夫宛葉書では「白猿狂乱」、八月三日楢崎勤宛書簡では「白猿ノ狂乱」とあったが、同年八月十二日小館善四郎宛書簡で「創生記」となっている。

(10) この点については、はやく野口武彦「『反立法』としてのスティリスティク」(『日本語学』一九八六・一〜二)が、「創生記」の「混乱それ自体をテクスト化する文体秩序」として指摘している。

(11) 「女生徒」の方法について、川端康成は「いはゆる『意識の流れ』風の手法を、程よい度合に用ゐてゐる」(「小説と批評」一九三九・四)と評した。また「駆込み訴へ」は、語り手「ユダ」の「あの人」に対する愛憎の振幅が「ユダ」の狂躁の表現となっており、この小説の魅力となっているが、「狂躁」の表現方法という点において「駆込み訴へ」の語りと「創生記」の語りとに共通する点があることも指摘しておきたい。

初出一覧

本書各章の原題と初出は以下の通り。ただし、本書にまとめるに際し、初出にあった誤りやわかりにくい表現・字句は改め、不必要な繰り返しは削り、必要な文言を加えるなどしてある。

序論　〈聖なるもの〉の表象をめぐって――夏目漱石「琴のそら音」私解――（『日本文学』二〇〇五・六）

第Ⅰ部　自意識と他者

第一章　昭和初期批評の場所――小林秀雄の出発期をめぐって――（『恵泉女学園大学人文学部紀要』二〇〇一・一）

第二章　小林秀雄「Xへの手紙」試論（『恵泉女学園大学人文学部紀要』二〇〇二・一）

第三章　ドストエーフスキイ論とトルストイ論争から見る一九三五年前後の小林秀雄について（『金沢大学　国語国文』一九九九・二）

第四章　小林秀雄と詩歌――「歴史」と「文学」の発生する場所――（野山嘉正編『詩う作家たち』至文堂　一九九七年刊）

第五章　小林秀雄におけるドストエーフスキイ研究の意味──「『罪と罰』についてII」を中心に──（『国語と国文学』一九九四・七）

第II部・超越と言葉

第一章　小林秀雄の再検討──『無常といふ事』と『本居宣長』をめぐって──（『昭和文学研究』一九九八・二）

第二章　小林秀雄『本居宣長』における徂徠理解の背景──成城学園教育研究所所蔵「小林秀雄文庫」の調査から──（『群馬県立女子大学　国文学研究』二〇〇八・三）

第三章　小林秀雄『本居宣長』の材源と論理──成城学園教育研究所所蔵「小林秀雄文庫」の調査から──（『群馬県立女子大学　国文学研究』二〇〇七・三）

第四章　小林秀雄『本居宣長』の神話理解と言語観──カッシーラーの著作を手がかりとして──（『国語と国文学』二〇〇六・一一）

第五章　超越と言葉──小林秀雄『本居宣長』における「日本的なもの」の結晶化と溶解──（『金沢大学　国語国文』二〇〇九・三）

付論　書き下ろし

佐藤春夫の方法──「旅びと」の女性造型を中心に──（『群馬県立女子大学　国文学研究』二〇一〇・三）

太宰治の方法と文体──佐藤春夫との関係を中心に──（安藤宏編『論集太宰治』ぎょうせい　二〇〇九年刊）

成城学園教育研究所所蔵「小林秀雄文庫」閲覧並びに資料掲載に際し、成城学園教育研究所に格別のご配慮をいただいた。記して感謝申し上げる。

なお、小林秀雄の作品タイトル並びに本文は、特に断らない限り、原則として第五次『小林秀雄全集』（新潮社　二〇〇一年～二〇〇二年刊）によった。

また、夏目漱石、佐藤春夫、太宰治の作品本文は以下の各全集によった。

・『漱石全集』（岩波書店一九九三年～一九九九年刊）
・『定本佐藤春夫全集』（臨川書店　一九九八年～二〇〇一年刊）
・『太宰治全集』（筑摩書房　一九八九年～一九九二年刊）

権田 和士（ごんだ かずひと）
一九六四年、群馬県生まれ。
金沢大学文学部卒。
東京大学大学院人文社会系研究科満期退学。
現在、群馬県立女子大学文学部教授。
専門は日本近代文学。

言葉と他者 小林秀雄試論

二〇一三年一〇月一五日 初版第一刷発行

著　者 権田和士
発行者 大貫祥子
発行所 株式会社青簡舎
〒一〇一-〇〇五一
東京都千代田区神田神保町二-一四
電　話 〇三-五二一三-四八八一
振　替 〇〇一七〇-九-四六五四五二
装　幀 水橋真奈美（ヒロ工房）
印刷・製本 株式会社太平印刷社

ISBN978-4-903996-68-4 C3093